*Le souvenir du bonheur
est encore du bonheur*

Salvatore Adamo

Le souvenir du bonheur est encore du bonheur

ROMAN

Albin Michel

© Éditions Albin Michel S.A., 2001
22, rue Huyghens, 75014 Paris

www.albin-michel.fr

ISBN 2-226-11657-5

Du fond de ma prison
J'appellerai Magritte
Avant que mes ongles s'effritent
Au mur de la raison.

Bruxelles endimanchée a lâché ses blancs moutons dans son ciel de printemps. Du faîte d'un bouleau du bois de la Cambre, un passereau s'élève par-dessus le flot de voitures et de joggers qui tournent inlassablement sur le boulevard qui ceinture le lac du même nom, où se prélassent à longueur d'année canards sauvages, cygnes, canoës et autres adeptes du pédalo. Comme dans le fameux bois de Boulogne, le folklore brésilien en moins. Et à cette différence près que tout est « bon enfant » en Belgique, du moins en apparence.

Aux abords de l'avenue Louise, au rond-point, l'oiseau décide de bifurquer vers le nord pour survoler l'avenue Lloyd George qui débouche sur le boulevard Général-Jacques. Il balaye d'un regard quelques hôtels de maîtres qui affichent ostensiblement leur bien-être, et poursuit son survol jusqu'à ce que les façades, progressivement, se résignent à plus de modestie, mais se parent, pour égayer leur humilité, de couleurs denses, fortes, provocantes, ne reculant pas devant des orange, des vert céladon, des terre de Sienne, des bleu indigo et des ocres brûlés... par on ne sait quel rare soleil. Le tout composant un paysage aussi hétéroclite qu'étonnamment harmonieux.

À la variété des couleurs répond logiquement l'éclectisme des activités et des commerces qui s'y pratiquent. C'est ainsi qu'on y trouve, voisinage pour le moins inattendu, l'étalage d'un empailleur-taxidermiste jouxtant celui d'un philatéliste. Un peu plus loin, un restaurant où l'on débite de la chair de reptiles en tous genres, iguane, crocodile et autres sauriens, côtoie le siège d'une secte annoncée « satanique ». Ou encore, entre autres trouvailles, deux restaurants communicants, l'un hindou baptisé « Le Taj Mahal » et l'autre mexicain, le « El Paso ». Si vous êtes un client fidèle, vous reconnaîtrez les mêmes « *peys* bruxellois » déguisés tantôt en brahmanes, tantôt en acolytes de Zapata selon l'heure et la fluctuation de la masse de la clientèle. Je vous le disais plus haut, tout est « bon enfant » chez nous...

De cet alignement original d'habitations à trois étages se détache brusquement un immeuble surprenant à cet endroit, une espèce d'erreur d'urbanisme dont on a pris conscience trop tard, quand son seizième et dernier étage était hélas achevé. Un premier blockhaus cubique de dix étages, coiffé d'un haut-de-forme, ou plutôt d'un camembert, ce qui est plus facile à couper, de six étages. De votre coutelas, vous tracez deux diamètres perpendiculaires sur toute la hauteur du fromage, et vous avez vingt-quatre « parts » à l'usage de flats ou de bureaux, on est libres chez nous.

Libres comme notre pierrot qui, d'un coup d'œil en plein vol, jette son dévolu sur une des deux fenêtres du seizième ayant vue sur l'oasis salutaire d'où il a décollé. Il s'y pose confiant, voire un tantinet bravache. Un sandwich au « filet américain » y est au frais, négligemment emballé dans du papier alu. Sans complexes, il se met à picorer le bout à découvert, sans se soucier de l'homme qui, assis à son bureau, tourne ostensiblement le dos à la porte, préférant se remplir les yeux de tout le ciel disponible et, accessoirement, de l'écran de son IBM 386.

Voyant le moineau, l'homme se lève. L'oiseau s'envole.

– Hé ! Ne t'en va pas ! Tu peux y aller, je n'ai pas faim.

Trop tard. Il fallait rester assis. Cet homme, gentil au demeurant, qui n'aurait pas hésité à sacrifier son déjeuner de fortune pour sauver un passereau perdu, transi, affamé... eh bien, c'est moi. Et je suis heureux que vous fassiez ma connaissance à un moment où je me montre à mon avantage, dans cet élan de générosité spontanée, mais hélas inutile, qui n'attend aucune contrepartie. Dommage que le pauvre oiseau se soit envolé sans se nourrir, j'étais même prêt à lui parler son dialecte s'il m'avait laissé le temps de choisir le juste gazouillis, et d'emboucher mon appeau. Je connais le langage sansonnet, le grive, le bergeronnette, le coucou, le rouge-gorge, et enfin le merle, mais pas indien. Je serais même parti avec lui, tellement je me souviens du temps où je devais me faire tout petit pour ne pas déranger les gens, pour laisser la place à ceux qui jouaient les importants.

Hé oui, malgré ce moment d'exception dont vous venez d'être témoin, je n'ai pas toujours été un cadeau. Pendant longtemps, je n'ai brillé ni par la fulgurance de mon esprit, ni par mon sens de la repartie, ni par mon savoir, ni par ma stature, ma classe, mais bien par mon absence, ma transparence. Je n'étais jamais là où on me voyait ; plus fort que « Passe-muraille » ! Cela m'a valu jusqu'à l'année dernière une vie de caméléon. Je me suis toujours adapté à la couleur du décor qui m'était proposé, passant de moments d'amoureuse exaltation à des léthargies végétatives dans lesquelles j'ai failli me fossiliser. Mais tout cela appartient au passé, je me suis insurgé contre mon sort, j'ai entrepris de devenir un autre homme, et je suis sur la voie royale.

En vérité, lorsque le volatile m'a interrompu, j'étais sur le point d'accomplir un acte important, mais, je vous l'avoue, répréhensible. Il est très possible que je sois en train de couper court à une ascension professionnelle que je ne dois pas qu'à moi-même. J'ai pesé le pour et le contre ; vais-je, oui ou non, suivre l'idée qui s'est vissée dans mon cerveau et qui peut-être me rejettera dans le néant que j'ai mis des années à quitter ?

Mais pourquoi ce besoin irrépressible de risquer l'irréparable ?

C'est précisément ce que je me propose de vous raconter, non par lubie, non par vanité, mais bien parce que j'ai besoin d'un avis éclairé. Et qui donc mieux que vous, ô chers lecteurs et lectrices, qui en avez lu de toutes les couleurs, qui avez été les confidents de tant de drames, seriez à même de me conseiller le juste coup sur l'échiquier de ma vie qui m'évitera de me retrouver définitivement échec et mat ?

Je range donc mon idée sous mon mouchoir le temps de vous emmener à Haine-Saint-Martin, paisible bourgade au confluent de deux charmantes rivières coulant sous des noms joliment évocateurs : la Haine et la Trouille, bien avant que leurs rives n'offrissent aux regards des promeneurs du dimanche des œuvres d'art contemporain attribuées à un dépeceur anonyme, évoquant l'une ou l'autre composante du corps féminin, tête, buste, bassin ou membres sanguinolents, d'un réalisme à couper au couteau.

« Zut ! soupira Fernand Legay en rendant l'âme : elle m'a échappé ! »

Et il était effectivement trop tard, elle avait déjà rejoint ce que certains appellent la conscience cosmique dont elle serait une infime parcelle. La corde avait rempli sa fonction strangulatoire, la langue de Fernand pendouillait penaude hors de l'espace buccal, et, entre autres réactions inhérentes à une pendaison, la dernière érection en guise de saint viatique chère à Brassens s'était manifestée. Une chaise gisait renversée sur le parquet *à bâtons rompus* de sa chambre. Mais apparemment, il n'y avait pas que les lamelles du parquet qui fussent *à bâtons rompus*. La chaise elle-même était disloquée, comme si elle avait cédé sous un poids inhabituel. Or toute chaise digne de ce nom se doit de supporter le poids d'un homme, fût-il debout. Nous conclurons donc qu'un de ses pieds devait être branlant et que Fernand avait dû être pris par surprise. Un détail qui sans doute justifie l'exclamation de dépit au moment où la chaise elle aussi rendit l'âme, juste avant Fernand. Ce qui laisse accroire que Fernand n'était pas tout à fait consentant, ou pas encore.

11

Procédait-il à des essais ? Voulait-il se faire peur ? Ou faire comme si ? Ou narguer ses ennemis en feignant d'exaucer leur vœu pour se désister à la dernière minute en leur chantant : « Non, tu s'rais trop content, ça te f'rait bien trop plaisir ! »

Amateur de sensations fortes, il avait déjà passé la tête dans la boucle de la corde qu'il avait pris la peine de nouer à une magnifique poutre en chêne massif. Et soudain : patatras ! Plus d'âmes ! Ni celle de Fernand, ni celle de la chaise. Et même pas le temps de gribouiller le moindre mot d'explication ou d'excuse.

Fernand Legay, entrepreneur de pompes funèbres, croque-mort de son état, après avoir profité et s'être amusé de mille morts sans en souffrir aucune, est mort à son tour. Moralité : ce ne sont pas toujours les meilleurs qui s'en vont !

Et me voilà à son chevet au double titre de « bras droit » et de futur gendre, puisqu'il y a quelques heures encore il croyait que j'allais épouser sa fille, dont je tiens la main pour la dernière fois en ce moment pathétique, cette main qui reviendra finalement à plus opportuniste que moi.

Quand Zulma, la femme de ménage qui l'a découvert, nous a conduits, Mlle Legay et moi, sur le lieu du drame, celle-ci m'a demandé en sanglotant s'il était mort. Je n'allais tout de même pas lui croquer le gros orteil pour m'en assurer, comme Fernand m'a raconté qu'il le faisait dans le temps !

En tout cas, il l'était (mort), et par pure malveillance. Un original lui avait envoyé une première corde, puis une seconde, puis toute une caisse de chanvre tressé... Allez savoir pourquoi, Fernand, sans la moindre hésitation, avait interprété cet envoi comme une invitation à se pendre. Bien sûr, on peut faire des tas de choses avec une corde, mais reconnaissez qu'à la réception d'un tel colis, vous auriez vous aussi à affronter votre conscience. Je parie même que vous ne dormiriez plus la lumière éteinte tant que vous n'auriez pas retrouvé qui est susceptible de vous en vouloir à ce point. Il y aurait de quoi déprimer. Et Fernand était très déprimé. Mais pas au point de céder à l'injonction tacite de son ennemi masqué. Même si des malandrins avaient poussé la mise en scène jusqu'à saccager son jardin dans les règles de l'art de l'omerta sicilienne pour annoncer l'imminence d'une exécution programmée, et cela en Belgique, en pleine « Région du Centre ». Que ladite région soit arrosée par une rivière coulant sous le plus joli des noms, la Haine, ne semble pas une explication acceptable.

À propos de croyances siciliennes, Fernand, qui émaillait ses propos de tas de proverbes et d'aphorismes ne devait pas ignorer celui-ci : « Qui offense écrit sur le sable... mais l'offensé répond en gravant sur le marbre »...

S'attendant au pire, Fernand avait voulu le conjurer. Il avait même voulu tester sa résistance à l'envie de se pendre, comme une espèce de pied de nez à son bourreau.

Hélas ! il avait fallu qu'une chaise, vraiment suicidaire elle, le trahisse. Même si Fernand avait mené une vie de bâton de chaise, dérisoire et métaphorique coïncidence, j'ose affirmer qu'il se serait bien passé de cette solidarité, cette fraternité dans la mort, aussi touchante fût-elle.

Évidemment, je n'ai pas assisté à la représentation, mais c'est ainsi que je me plais à imaginer la mort de Fernand tandis que je suis à son chevet. Et je me rends compte que, même en pensée, je reste poli à l'égard de celui qui, plus spontanément, nous aurait gratifiés d'un « Merde, elle s'est barrée, la salope ! ».

À sa chère maman, aux yeux de laquelle il était toujours le petit Fernand dans toute son innocence, on a pieusement caché l'acte soi-disant désespéré de son fils, attribuant plus banalement son décès à une chute qui lui aurait brisé la nuque alors qu'il voulait remplacer l'ampoule du plafonnier.

« Dieu ait son âme ! » a soupiré Mme Legay mère, seule personne en larmes dans la chambre tendue de velours noir. Ça... c'est une autre paire de manches, chère madame !

N'empêche qu'il aurait pu se montrer plus précautionneux, Fernand. Une âme, ce n'est pas un dentier ! C'est bien sûr tout aussi personnel, mais le dentier aurait pu être ramassé, nettoyé, et remis en bouche, alors qu'une âme, c'est pour la vie, et une fois pour toutes. À quelques exceptions près, notamment Jésus de Nazareth, qui a pu récupérer son bien vital trois jours après l'avoir rendu... Mais Fernand n'était pas le Christ, et ce qui est fait est fait.

Est-il possible que Fernand repose du sommeil du juste ? Pourquoi pas ? Il est vrai que ces dernières années, sa mémoire s'était encore un peu plus étiolée, ce qui lui avait permis d'effacer certaines péripéties peu reluisantes de son parcours et qui, finalement, avait avantageusement soulagé sa conscience si tant était qu'il en eût une. Il n'avait donc aucune raison valable d'interrompre le cours de ses jours, qu'il imaginait encore pleins de bons moments à savourer malgré la sournoise menace de son ennemi masqué et quelques petits ennuis de santé. Il en avait vu d'autres, que diable !

Une première conséquence assez fâcheuse de cette propension à l'oubli opportun avait été la rupture sans sommation, nette et brutale, avec sa fiancée Lucienne, quelques semaines avant leur mariage. Elle l'avait quitté, l'ingrate, après être restée des mois sans aucune nouvelle de lui...

En fait, le pauvre Fernand avait été appelé sous les drapeaux et il avait simplement oublié de le signaler à Lucienne. Cela peut arriver à tout un chacun, n'est-ce pas ?

À son retour, il avait trouvé chez sa mère Georgette Legay, de son nom de jeune fille Navez, une petite fille d'un an : la sienne... que j'ai failli épouser. Hé oui, ça pousse vite ces petites fleurs-là, et orbicoles par-dessus le marché !

Pour ne pas traumatiser son conscrit de rejeton, Mémé Georgette lui avait jusque-là généreusement caché l'existence de sa progéniture fraîchement éclose. La maman, Lucienne donc, une brunette aux yeux bleus, au caractère déjà bien affirmé pour une jeunette de vingt printemps, la lui avait confiée en lui expliquant qu'elle devait suivre ses parents au Québec où à l'époque, paraissait-il, tout restait à faire et toutes les réussites étaient encore possibles. Lucienne épousa quelques années plus tard Aimé Sansregret, un entrepreneur de pompes funèbres québécois, qui encore aujourd'hui a pignon sur rue à Sainte-Jacinthe à quelques milles de Montréal. Quand Fernand l'apprit, il maudit la Lucienne qui selon lui l'avait doublement trahi en l'abandonnant et en allant se jeter dans les bras d'un concurrent, même s'il était à six mille kilomètres de distance.

Quelle était l'excuse de Fernand à son inconséquence ? La guerre, la vraie, était finie : les Allemands s'étaient rendus. Qu'avait-il bien pu fabriquer pendant plus d'un an pour ne pas trouver une heure pour écrire à Lucienne ? Il était débordé, prétendait-il. Il était chauffeur : il promenait son général.

Noble tâche que ses conscrits appelaient « bonne planque ».

Pour ne pas perdre la main au cas où les hostilités auraient pu reprendre, les bases militaires étaient maintenues en état de veille, et de fausses alertes étaient lancées, notamment à Weiden, du côté de Cologne, où le soldat Legay avait été envoyé. Et pendant que son général jouait à la guerre, Fernand, à longueur de journée, astiquait sa Jeep, ce qui lui accaparait forcément l'esprit à plein temps. Pas d'exercices pour lui, pas de reptation dans la boue, pas d'escalades d'échelles de corde à bout de force et de souffle. Sa contribution consistait à maintenir le moral de l'officier au plus haut en lui garantissant un véhicule impeccable.

C'était en 1946... Le téléphone était encore arabe ou élitaire. Quand il était en veine de confidences, Fernand nous jurait, la main sur le cœur, à sa fille et à moi, qu'il était convaincu que quelqu'un finirait par dire à Lucienne où il se trouvait, et qu'alors elle comprendrait et elle lui écrirait.

Bien essayé, Fernand... Mais non, sacrée canaille, personne ne l'a mise au courant. Et cela t'arrangeait d'oublier que tes parents ne la portaient pas dans leur cœur..., surtout ta mère qui ne supportait pas sa façon de te remettre à ta place à tout bout de champ, à chaque mot, à chaque geste. Elle te voulait parfait, la Lucienne, mais, pour ta vaillante maman, tu étais déjà la perfection.

Ç'avait été, pendant les quelques mois qu'avaient duré vos fiançailles, une lutte sans merci entre les deux femmes pour imposer leurs méthodes, diamétralement opposées et incompatibles, de sublimer leur idole : toi, Fernand ! Et tu vivais un vrai calvaire.

La convocation pour la conscription était donc tombée du ciel, directement dans ta boîte aux lettres : dix-huit mois de réflexion et de délivrance. Après les trois jours traditionnels de prise de contact avec le monde militaire et d'entrevues d'orientation au « Petit Château », où tu avais bien insisté sur ton habileté à conduire la camionnette de la blanchisserie Legay, tu avais soupiré d'aise en apprenant que l'Armée belge, sous l'égide des Forces alliées, te confiait de quoi te la rouler douce.

Entre nous, Fernand, t'es-tu vraiment trouvé dans l'impossibilité d'avertir Lucienne ? Ou as-tu préféré t'éloigner en temps et en kilomètres des conséquences de ton imprudente et incontrôlée impulsivité ce fameux soir où la Lucienne t'avait pourtant bien averti qu'elle était en période de fécondité. Moralité : à salopard, *saloparde* et demie... Elle t'a laissé le fruit de ta légèreté : 3,5 kilos à la naissance pour être précis.

De retour à Haine-Saint-Martin, tu te découvres fils père. Ta mère n'avait pas ménagé sa peine pour dorloter, materner la petite Françoise. Tu n'as même pas eu le choix du prénom ; elle était un petit bout de toi : donc, pour combler le vide de ton absence, ta génitrice lui avait logiquement donné ton deuxième prénom, au féminin comme de bien entendu, impayable Fernand-François Legay. Ta méritante et néanmoins futée maman avait eu le flair d'éviter de l'appeler Fernande qui, déjà à l'époque, commençait à prêter à sourire. Même que Georges Brassens, encore lui, affubla plus tard l'obsolescent prénom d'une rime qui, inévitablement, se transmit et s'éleva jusqu'aux nouvelles générations... poil à la chanson ! Quand je pense à Fernande...

Mais Fanfan était si mignonne, si souriante, si calme que tu l'as aimée dès que tu as pu digérer ta surprise. Une bouche de plus à nourrir, tout de même !

Et ce n'était hélas plus la blanchisserie paternelle, créée par Octave Legay, grand travailleur devant l'éternel, qui s'essoufflait par entêtement et fierté à la maintenir en activité, qui pouvait t'assurer le salaire digne de l'éducation que tu t'étais promis d'offrir à ta douce héritière.

Et pourtant, elle avait eu son âge d'or, l'entreprise familiale. En 1933, Octave Legay avait eu l'astucieuse idée d'en élargir le champ d'action traditionnel. Il avait proposé à sa clientèle de la soulager des tâches les plus rebutantes et, entre autres et surtout, du nettoyage et de la désinfection des literies des défunts. Bingo ! Le triomphe ! Submergée de travail, la modeste société avait dû s'agrandir et était devenue une prospère PME employant une douzaine de personnes. « C'était le bon temps », disait Mme Legay mère en soupirant.

L'euphorie avait duré jusqu'à la guerre qui, paradoxalement, avait sonné le glas des affaires du père Legay. Et pourtant, la mort n'y allait pas de main morte si j'ose dire. Mais à la guerre comme à la guerre, dit-on, et les clients endeuillés, ne pouvant plus se permettre le luxe de se payer les services d'un blanchisseur, recommençaient à laver leur linge sale en famille.

Dès son jeune âge, donc, Fernand avait vu arriver quotidiennement, dans la cour intérieure de la bâtisse en L où vivaient et travaillaient les Legay, des chargements de matelas et de sommiers imbibés des sécrétions provenant de la décomposition des cadavres. Il n'en faisait pas plus cas que le fils d'un garagiste, des taches et odeurs de cambouis inhérentes au travail de son père.

Il s'en souvint au moment où il se découvrit père à son tour, d'autant plus qu'à force de compulser les registres militaires, il avait pu se rendre compte de l'omniprésence de la mort. Il lui fut aisé de conclure qu'il y avait du beurre à se faire en la prenant pour associée, pourvu de trouver le juste créneau. Nettoyer le linge de ses victimes n'avait pas suffi pour pérenniser l'entreprise paternelle : il fallait donc aller plus loin, accompagner le trépassé plus avant, jusqu'au quai de départ pour le dernier voyage.

Avant lui, les morts de Haine-Saint-Martin allaient se faire pomponner et rhabiller de sapin dans le village voisin ; désormais, il serait là, implacable mais prévenant, obséquieux, gris à souhait, empathique jusqu'aux larmes... mais distrait... ou plutôt oublieux des choses qui ne lui étaient pas agréables à la mémoire... sacré Fernand, va !

19

Ah, on peut dire qu'il a réussi ! Et sa belle carrière, avec ses hauts faits d'armes, il ne voulait certainement pas, elle, l'oublier. À preuve ces mouchoirs dans le tiroir de sa table de chevet, propres rassurez-vous, mais noués en leurs coins : au moins trois nœuds chacun. Allez savoir ce dont il voulait vraiment se souvenir. Et s'il avait eu des regrets, notre Fernand ? Ou alors si chaque nœud était censé lui rappeler une de ses victimes, de façon à ce qu'il n'oublie pas de se méfier de quelques ennemis potentiels ?

Il est très possible aussi que ces nœuds aient correspondu naïvement à quelques bonnes histoires qu'il s'apprêtait à raconter à l'occasion, quand il aurait enfin identifié son persécuteur.

Ou alors, suprême ironie du sort, il avait simplement voulu se rappeler l'important : commencer à vivre. Il s'était peut-être réveillé ce matin avec la révélation fulminante de l'inanité de sa vie de croque-mort. Il n'avait pas trop souffert jusqu'à quelques petits ennuis de santé qui, dernièrement, avaient affecté son moral, mais avait-il été heureux ? N'aurait-il pas aimé troquer son modeste bonheur de province pour un « je ne sais quoi, un presque rien » de moins prévisible que le commerce avec la mort, une petite folie qui l'aurait fait léviter ne fût-ce que quelques secondes au-dessus de sa villa coquette, certes, mais si normale dans ce village apparemment sans histoire ; cette maison au second étage de laquelle il gît sans vie. Ah ! que n'a-t-il osé s'accrocher à quelque rêve qui a forcément dû traverser le ciel de Haine-Saint-Martin ! Qu'est-ce qui l'a retenu ? Sans doute la peur qu'une fois le rêve exaucé, quelque chose ne meure déjà en lui, le dépouillant des délices de l'incertitude.

Nous plongeons là dans le genre d'introspection à laquelle aurait pu se livrer le premier croque-mort venu, mais certainement pas Fernand.

Fernand, lui, s'arrangeait toujours pour que ce qu'il ne pouvait atteindre tombât à ses pieds, démystifié. C'était sa façon de se défendre contre ce qui le dépassait. Il étêtait quiconque voyait plus haut que lui pour le ramener à hauteur du troupeau auquel il appartenait, c'est-à-dire celui des cercueils format standard : un mètre quatre-vingt-cinq sur cinquante-cinq.

À la longue, il lui en était resté une âme toute cabossée, marquée par les blessures des guerres qu'il avait lui-même déclarées et gagnées à sa peu scrupuleuse manière. Une âme dont je doute que quelqu'un puisse se contenter pour un petit tour de plus sur notre belle terre. Mais la métempsycose était le cadet de tes soucis, n'est-ce pas, ô Fernand le pragmatique ?

Si son âme avait été vraiment belle, dans toute sa fraîcheur et toute sa force, il aurait pu la vendre... au diable ; c'est le seul collectionneur connu à ce jour. Moi, si le diable était intéressé, je la céderais volontiers pour pouvoir être invisible. L'invisibilité : le pied ! La vieillesse ne me fait pas peur, je commence déjà à m'y faire, et tant qu'on a la santé, dit-on, chaque âge a ses charmes. Et puis, on en sait des choses avec le temps, disait Fernand. Non, ce qui me plairait vraiment, c'est vieillir sans que les autres voient mes rides, et les observer, les autres, se ratatiner : l'extrême jouissance. Et si un jour, même invisible, je ne pouvais plus gambader, je m'offrirais une canne. Ah ! j'imagine ma future canne déambulant seule devant l'honnête citoyen incrédule. Non ! Ce serait trop drôle, et ça ferait jaser.

Mieux vaudrait demander au diable une canne invisible en prime. Nous y penserons quand nous serons vieux, mais vraiment vieux, avec visite mensuelle chez le gérontologue pour surveiller notre ostéoporose, le ralentissement de nos fonctions vitales, et la dégénérescence de nos neurones. Nous consulterons alors la page nécrologique de notre quotidien fidèle et préféré, pour nous assurer que notre nom n'y figure pas... avant de nous lever... pluriel de majesté !

Il y a aussi l'autre vieillesse, celle qui vient vous engluer les ailes alors que votre vie prend à peine son essor.

Je l'ai déjà connue, pendant quelques années, par couches successives. Une première couche à la mort de mon père. J'y ai laissé l'insouciance de mes fous rires et la profondeur de mon sommeil. Ma mère à son tour m'a collé dix ans en me laissant orphelin. Mais je me suis vraiment réveillé vieillard au matin d'un 2 novembre. J'avais trente ans ce jour-là, et en guise de cadeau d'anniversaire, le ciel mit Fernand sur mon chemin.

Allez savoir pourquoi, le fait de changer le deux des dizaines de mon âge en trois m'a fait l'effet d'un fagot de bois mort qui me serait tombé sur l'échine.

« On n'a pas tous les jours vingt ans », dit la chanson, mais on les garde assez longtemps pour s'y habituer, et les vivre triomphants dans toute leur insolence. Et quand vient le moment de changer le score au marquoir des années, on a beau dire, on a beau crâner, on baisse la tête devant cette prime jeunesse qui s'éloigne tel un paon qui fait la roue une dernière fois avant de disparaître à jamais avec toutes ses oniriques couleurs. Paradoxalement, la quarantaine m'a paru plus légère à porter, et j'ai même réussi à me débarrasser du fagot de bois.

Ce 2 novembre 1986, tout était ridé, recroquevillé, comme si l'automne était entré dans ma chambre et s'était glissé en moi par un rayon de soleil rouillé. D'abord, mon front dans le miroir, ensuite les feuilles que par la fenêtre ouverte, les arbres pleuraient jusque sur mon lit. En vérité, j'étais très froissé que ma compagne, « em'coumére » comme on dit en patois de la région, n'eût pas la délicatesse d'être près de moi à un moment si important. Elle savait bien pourtant que je suis né la nuit où tous les saints se retirent pour laisser le devant de la scène aux morts, pour que leurs proches puissent fleurir leurs tombes dès le matin, et qu'en échange, les trépassés honorés couvrent de cadeaux les enfants sages de leur sicilienne descendance. C'était une belle croyance qui perpétuait d'une manière sympathique, même si un tantinet intéressée, le souvenir de nos chers disparus. Et, secrètement, j'espérais qu'un de mes ancêtres m'eût fait le cadeau de ramener mon amoureuse jusqu'à chez moi. Pour lui éviter de devoir s'allonger sur le paillasson devant ma porte jusqu'à mon réveil, je l'avais attendue sans fermer l'œil... en vain. Ma vie même en était toute fripée, et comble du comble, mon pantalon était en boule, le fer à repasser ne chauffait pas.

Je suis donc allé au boulot avec mon pli pas net, et j'ai horreur de ça ! En col de chemise amidonné, derrière les barreaux de mon costume trois-pièces bleu marine rayé gris, j'étouffais ce matin-là plus que jamais. Un début d'embonpoint avait écarté quelques barreaux de ma cage, mais pas suffisamment pour que je pusse m'en échapper. Je devenais tout gris, je n'osais même plus respirer. Aux Galeries réunies, le grand magasin de la région, où j'étais responsable du rayon « lingerie fine », personne bien entendu ne savait rien de mon anniversaire.

J'étais chef de rayon tout de même. On m'avait sur-nommé « Polyphème », allusion évidente à cet œil que je devais garder ouvert par obligation professionnelle. C'est facile, c'est le plus connu des cyclopes et sans doute le seul dont mes chers collègues, les vendeuses et les caissières, aient entendu parler. Ah ! s'ils m'avaient baptisé Argès ou Stéropês, j'aurais salué leur érudition, mais laissons tomber, cela vaut mieux... Salvatore, un vendeur d'origine sicilienne comme moi, d'Aciréale, entre Messina et Catania, avait dû leur souffler le nom. Il a beau jeu, le petit malin : tout le long de la côte est de mon île natale, dans chaque station balnéaire, il y a un rocher, voire un îlot que, selon l'*Odyssée*, le cyclope en colère aurait jeté à la tête d'Ulysse qui lui en avait fait voir de toutes les couleurs en lui crevant l'œil. Le plus ignorant des Siciliens connaît Polyphème comme une attraction touristique. Et je suis certain que c'est tout ce que ce cuistre de Salvatore a retenu de notre foisonnante mythologie.

Oui, d'accord, j'étais responsable du rayon « lingerie ». Et alors ? Je ne vois pas en quoi cela devrait engendrer l'ironie. J'ouvrais l'œil, implacablement, c'était ce qu'on attendait de moi, et j'étais payé pour ça. Je surveillais les vendeuses et, régulièrement, je faisais ma ronde : on n'est jamais trop vigilant. Les clientes désargentées ont de ces stratagèmes pour renouveler leurs dessous sans bourse délier, si j'ose dire. Mais il ne fallait pas jouer au plus fin avec moi ; c'est d'ailleurs à mon flair infaillible que je dois ma rencontre avec la star de ma vie. Je vous raconterai plus tard, pas aujourd'hui.

Si au moins une seule des demoiselles de mon rayon m'avait fait un sourire, une allusion discrète à mon anniversaire. Pensez-vous ! Leur seule préoccupation était de classer les combinaisons, les soutiens-gorge et les brassières par taille, matière, couleur, et les slips en modèles mini, midi ou maxi, en attendant que dans les cabines prises d'assaut, les clientes glissent avec perplexité leurs rondeurs dans un 85B avant de se résigner à un 90C. De la soie au nylon, du polyamide au coton, de la viscose à l'élasthanne, mes vendeuses batifolaient dans l'ignorance totale de ma personne. C'est leur travail, me direz-vous. Oui, mais je me comprends.

Sur des tréteaux, au beau milieu de mon domaine, on avait déposé une montagne de slips. De toute évidence, ils devaient dater d'avant-guerre et il était temps de les liquider. Je lançai donc une journée « Charme d'antan ». Au seuil de l'hiver, les molletonnés, les indémaillables et autres gaines renforcées trouveraient certainement bassins et fondements à leurs mesures.

Il était encore très tôt et les allées étaient désertes. Ravi à la perspective d'être enfin débarrassé de ces vieux rossignols, je lançai à la cantonade en montrant du doigt l'amoncellement de dessous démodés : « Quand on en aura terminé avec ce gros tas, on pourra faire place aux jeunes ! » Que n'avais-je pas dit là... enfer et gros nichons !

Je n'avais pas vu que, dans la seule cabine d'essayage occupée à mon insu, à cette heure où les coquettes finissent à peine de cueillir les dernières perles de l'aurore, une dame, disons corpulente, était en train de supplicier un pauvre soutien-gorge taille 110 D, le modèle juste au-dessous du hamac. Les cabines n'étant fermées que par un rideau de toile, ma tirade n'avait pas pu lui échapper, alors que mon geste désignant son véritable sujet lui était resté caché. Masquant sa poitrine derrière le store, elle sortit la tête effarée. « Gros tas, gros tas ! C'est pour moi que vous dites ces gentillesses ? »

Je restai paralysé par l'ampleur de la catastrophe. Jamais elle ne croirait que ma raillerie ne la visait pas. Alors, plutôt que de m'enliser dans des explications qui, même de bonne foi, n'auraient pu que la vexer davantage, je me tus. Elle se mit à m'insulter, à me traiter de voyeur. Elle ne comprenait pas ce qu'un homme fichait au rayon lingerie, elle en parlerait à son cousin qui n'était autre que le directeur des Galeries. M. Duplat exigea que je présentasse mes excuses à Mme sa cousine. N'ayant pas le sentiment d'avoir commis la moindre faute, je ne cherchai ni ne trouvai les mots justes qui de toute façon n'auraient rien arrangé. Et puis, j'estimais que c'était plutôt à moi que l'on devait des excuses. J'étais titulaire d'un graduat en comptabilité et je m'étais déjà trop rabaissé en acceptant ce boulot à la noix auquel j'avais vainement essayé d'inculquer un peu de noblesse. M. le directeur avait beau être mon supérieur hiérarchique, je me considérais au moins comme son égal en tant qu'homme d'honneur. Il me somma de le suivre. Je le priai de m'accorder une minute avant de le rejoindre. J'avais besoin de m'isoler dans mon bureau pour reprendre mes esprits.

Tant de vexations, de brimades me paraissaient soudain injustes et insupportables. La raison majeure de mon mutisme était ma volonté inébranlable de ne plus subir leur mauvais humour... oh que non ! J'ai saisi mon attaché-case, plein à craquer de mes délires, et je me suis mis à marcher lentement, dignement, en sifflotant tout en slalomant entre les rayons des Galeries. Il y avait longtemps que je n'avais pas osé sortir mes étoiles, mes alhambras fleuris et mes plages au soleil au grand jour. J'avais peur que la mer n'éclabousse les articles délicats du rayon lingerie fine de Paris, celle qui se vend le mieux : allez savoir pourquoi, le moindre bout de chiffon venant de la « ville lumière » recèle pour les dames tous les mystères de la sensualité. Les fabricants s'en donnent à cœur joie... Que les sous-vêtements proviennent de Roubaix ou de Taiwan, c'est invariablement « Délices, champagne, sortilège, charme, et autres aventures ou tentations de Paris ». Et le Diable sait l'impressionnant chiffre d'affaires que mon rayon a réalisé au cours des deux années que je lui ai sacrifiées.

J'inspirai un grand coup et décrétai que ce n'étaient désormais plus mes oignons. Je rendais fièrement mon tablier moral. Tandis que le directeur m'attendait, j'arrivai devant la porte-tambour qui menait à ma liberté. Je me retournai une dernière fois pour dire adieu à la foule ingrate qui, en quelques minutes, avait envahi les allées, et je me retrouvai dehors comme si j'allais m'acheter un paquet de cigarettes. Mais je ne fume pas ; on ne me revit donc plus jamais aux Galeries réunies.

Et pourtant, j'avais fait un énorme effort. Je ne m'adonnais plus à mes petites escapades salutaires dans mon imaginaire que pendant quelques minutes, sur les huit heures que je prestais. Alors qu'au début c'était l'inverse : je n'avais l'esprit au travail que pendant quelques rares moments d'application, j'étais transparent, je m'arrangeais pour être là sans être là. En Italie, dans certaines entreprises, il y a toujours une chaise libre sur le dossier de laquelle une veste pend ostensiblement. Son propriétaire est allé satisfaire un besoin naturel, pense-t-on. Eh bien non, il n'est pas venu au boulot de la journée. La ruse est belle, n'est-ce pas ? Et la veste leurre circule de bureau en bureau, chaque employé à son tour profitant de la supercherie.

Moi, à mes débuts du moins, j'étais là, mais il n'y avait que mon enveloppe corporelle sur ma chaise. Voyant que mes collègues n'étaient pas dupes, j'avais changé du tout au tout. J'étais devenu un garde-chiourme, un vrai roquet. Je n'ai sans doute pas le sens des demi-mesures : apparemment, cela ne leur avait pas plu non plus.

Tant pis pour eux, ça leur apprendra. Ils ne savent pas ce qu'ils perdent.

Et tant pis pour elle aussi, l'espèce de lâcheuse qui n'avait pas besoin de me quitter deux mois auparavant, et qui n'est même pas revenue le jour de mes trente ans. Je l'oublierai dès demain, bien fait pour elle !

En quelques secondes, après quelques pas dans la rue, je m'étais déjà concocté un nouvel avenir. J'allais m'intéresser à l'art, je m'inscrirais aux cours du soir, je deviendrais un pilier de musée, je me désaltérerais à toutes les beautés, je m'emplirais les yeux de formes et de couleurs réinventées pour la remplacer. Elle n'existait déjà plus ! Non mais ! Pour qui se prenait-elle ? Faut pas exagérer tout de même !

Je décidai de profiter de ma liberté toute fraîche pour rendre visite à mes parents que je n'avais pas vus depuis trop longtemps. Ma mère me fit du café comme d'habitude. Mon père me raconta ses souvenirs que j'écoutai ému une fois de plus :

« À la Cité de la Croix verte, nos vies étaient réglées au rythme, à l'horloge du charbonnage. Quoi que nous fassions, la houille était présente du petit déjeuner au coucher, la poussière de charbon ne nous lâchait jamais tout à fait et s'insinuait dans notre lit malgré tous les nettoyages quotidiens. La houille noircissait le ciel, le vert de nos arbres, nos prairies, nos nuages, les maisons, les mineurs, leurs femmes, leurs maîtresses, leurs enfants, leurs repas, leur eau... et sans doute leur esprit. C'est nous qui avons inventé l'expression "broyer du noir" ou c'est tout comme. Le noir, je le broyais, et vous le respiriez, vous le mangiez, ta mère, ta sœur et toi. Nous vivions vraiment noir sur noir. Les parois en planches de nos baraques, au toit en demi-cylindre de tôle ondulée, avaient été goudronnées et saupoudrées de grains de charbon, pour que même à nos rares heures de détente, nous nous rappelions de parler charbon.

« Et pourtant nous étions heureux de notre château... de cartes, hélas, et l'hiver venu, nous tremblions, de froid certainement, mais aussi à l'idée que le vent du nord n'emportât notre toit sous lequel nous nous inventions vaille que vaille un peu de notre belle mais pauvre Sicile. *Nun tu scurdari mai figghiu miu !*

30

– Non, papa, je ne l'oublierai jamais. Mais oui, maman, je dis mes prières. Mais pourquoi êtes-vous là, couchés à mes pieds, vos noms gravés sur la pierre ? »

Et je quittai le cimetière.

Je passai ensuite deux bonnes heures dans le parc communal de Haine-Saint-Martin à ramoner mon esprit de mes idées noires, accoudé à la rambarde du pont en « ciment armé façon tronc d'arbre » qui enjambe l'étang artificiel. Les saules somptueux pleuraient pour moi au risque de provoquer l'inondation de toute la région. Merci, « saules brothers ». Un peu réconforté par tant de compassion, j'essayai tant bien que mal de puiser quelques raisons d'espérer dans cette époque bénie où, sur mon petit vélo, je fonçais tête baissée vers mon avenir qui ne pouvait être que brillant. Je réenfourchai donc le Flandria de mon enfance et, d'emblée, je retrouvai mes marques : je pédalais sur le chemin de l'école. Je longeais le canal, je traversais l'écluse, je doublais un cheval de trait qui halait une péniche enceinte d'une montagne de charbon, et je disparaissais quelques instants dans sa houppelande de brouillard. Je pédalais comme si ma jeune vie en dépendait. Je poursuivais un rêve dont je n'avais pas pu me débarbouiller tant il me collait à la peau, et j'en mettais partout... sur le tableau noir de la classe de sixième « moderne C », sur mon herbier, sur le carré de l'hypoténuse du triangle des Bermudes, sur les Sarrasins que Charles martela à Poitiers, sur mes compléments d'objet direct au foie en désaccord avec mes participes, sur la cloche de la récréation, et sur les joues de Clémentine qui adorait ça. Et au retour, au crépuscule, mon petit vélo volait encore, il caracolait entre les nimbus d'or et les cumulus corail. Et soudain, le rêve qui se déchire : des badauds-mouches sont agglutinés autour d'un noyé, certains le reconnaissent sous son masque de mort alors que de son vivant, personne ne le voyait : « Le Marocain ! » Obligé de mettre pied à terre, je n'ai pas pu résister à l'envie de regarder « mon premier mort adulte » en me faufilant entre deux passants qui me conseillent avec autorité de m'éloigner parce que le spectacle n'est pas pour les enfants. Malgré la couleur vert olive de son visage, et le noir violacé de ses lèvres, je le reconnais aussi : c'est « l'étranger ». On le voyait se promener seul les jours de ducasse, nous nous écartions quand nous le croisions parce qu'« il fallait se méfier de ces gens-là ».

C'était comme cela à l'époque, et j'ai honte d'avoir laissé émettre une idée aussi puante sans avoir réagi. Pour ma défense, j'avais douze ans, et on essayait de m'éduquer dans le respect de l'étroite « normalité » et le refus aveugle des différences. Moi, fils d'émigré italien, j'étais lâchement soulagé qu'au moins mon italianité, dans l'esprit de certains imbéciles, fût en voie d'acceptation et d'intégration. Des imbéciles, il y en a toujours eu, et ils ne sont malheureusement pas tous stériles ; au contraire, ça se reproduit à une vitesse incroyable ces bêtes-là ! « Un Marocain », chuchotait l'écho. Ah ! c'est moins grave, pensait-on déjà en chœur...

Ce 2 novembre 1986, mon ex-ami le temps, que je promenais tranquille sur le porte-bagages de ma bicyclette vert pomme, a sauté en marche sur une Kawasaki 900. Il

32

n'y a plus de canal, il y a l'autoroute... il n'y a plus de noyés et c'est tant mieux, mais il y a d'autres épaves et des gens qui s'en foutent... Paris deux heures : en avant toute ! Décidément, même mes bons souvenirs viraient au gris-noir ; mieux valait ne plus penser à rien.

Je traversai la Haine pour réintégrer le centre du village. J'empruntai la rue du Calvaire, derrière l'église Saint-Martin où, presque vingt ans plus tôt, j'avais officié en tant qu'enfant de chœur. Je longeai un mur d'une quinzaine de mètres coupé en son milieu par un portail métallique et j'arrivai devant la vitrine de l'entreprise de pompes funèbres Legay. Poussé par mon humeur du jour, je m'arrêtai pour contempler les quatre cercueils rutilants, majestueux avec leurs poignées en dorures rococo et leur Christ compatissant sculpté en bas-relief à même le bois. L'un d'eux, d'un blanc cassé éclatant, me paraissait même accueillant pour le mort vivant que j'étais devenu. Heureusement, c'est la partie encore vaguement animée de mon être qui prit le dessus, et qui me fit remarquer l'affichette collée sur le catafalque. On y demandait d'urgence un stagiaire en rites funéraires, autrement dit un apprenti croque-mort, avec possibilité d'embauche définitive. Le panneau n'avait pas l'air très frais, les candidats ne devaient pas se bousculer au portillon.

Toujours à demi comateux, j'imaginai mot à mot la lettre de licenciement pour faute grave, à en-tête Galeries réunies et signée Duplat, que je ne tarderais pas à recevoir : « Cher Monsieur, votre attitude de ce jour sur le lieu même de votre travail est inqualifiable, la réputation même des Galeries réunies en a été bafouée », et patati et patata... D'accord, d'accord, cause toujours !

Je suivis mon instinct, je franchis la lourde porte d'entrée, grise comme ma vie. Et c'est là que je vis Fernand Legay pour la première fois.

Ma mine lui plut. La joie que je lui procurais en tant que premier et unique candidat au poste vacant dut me transfigurer à ses yeux. Je sympathisai d'emblée avec mon futur patron. Je remplis le contrat d'engagement à l'essai et le lui tendis avec un sourire timide mais plein de reconnaissance pour ce rayon de soleil que je n'attendais pas si tôt. Ah ! vous auriez dû le voir quand il découvrit ma date de naissance, il jubilait littéralement :

« Non, ce n'est pas possible... Giuliano Croce, qui signifie "croix", si je ne m'abuse, né le jour des morts, et qui aspire à être croque-mort ! C'est la Providence qui t'envoie ! Jeune homme, si tu y mets du tien, tu es l'homme de la situation ; ça s'arrose ! D'où viens-tu, qu'as-tu fait jusqu'à ce jour, pourquoi t'es-tu fait attendre, ô mon sauveur ? »

Je lui racontai la scène qui allait amener mon licenciement. Elle le fit rire aux larmes. Il appela sa secrétaire, qui n'était autre que sa fille, il nous présenta l'un à l'autre avec enthousiasme, et déboucha une bouteille de mousseux qu'il gardait au frais pour fêter les éventuels accidents, catastrophes ou autres cataclysmes à plus de dix commandes. Bienvenue et bon anniversaire, Julien ! Tu permets que je t'appelle Julien ? Jeune homme, je vais t'éduquer, te former, t'affranchir, tu seras mon égal... Voici que je serai avec toi jusqu'à la fin des temps ; tout ce que tu lieras sur la terre sera lié dans les cieux, etc.

Qui a dit que la passion du métier s'est perdue ?

Cet homme m'attendait bel et bien depuis des années.

34

Il n'avait pas eu de fils, juste une fille, Françoise, que je venais de rencontrer. Il me parla du bon temps où le métier de croque-mort avait encore tout son sens, où il croquait, je vous l'ai déjà dit, le gros orteil de son client du jour pour s'assurer que toute vie l'avait bien abandonné. « Si tu savais le nombre de cercueils que l'on a découverts griffés de l'intérieur », me confia-t-il, presque hilare. Sympathique et édifiante approche de la philosophie de la profession. Brrrrr ! Mon corps frémit d'effroi.

« Il y a des morts distraits », plaisanta-t-il en me tendant la main que je serrai poliment avant de prendre congé de lui.

Je sortis de chez Legay sans me poser de questions, comme si l'engagement que je venais de signer était l'aboutissement logique de trente ans de valses hésitations et d'atermoiements entre moi-même et la grande faucheuse qui, m'ayant toujours voulu à son service, après maints appels du pied, avait fini par déléguer Legay.

Je me revis tout petit, alors que, encore fils unique, j'avais d'année en année le droit de me recueillir, mi-attristé, mi-perplexe, devant une espèce de cageot à oranges de plus ou moins quatre-vingts centimètres sur trente, contenant un bébé immobile, gris, anormalement silencieux... les yeux à jamais fermés. Régulièrement, je voyais le ventre de ma mère enfler. « Maman tu manges trop », lui disais-je affectueusement, ayant tout de même une vague idée de la vraie raison de son embonpoint. Et elle trouvait toujours la force d'éclater de rire ; je riais avec elle, elle me prenait sur ses genoux, et je caressais ses cheveux. Au bout de quelques mois : des cris... parfois de jour, parfois de nuit, il n'y avait pas de règle absolue. Ma tante Teresina courait alors jusqu'au village et revenait quelques dizaines de minutes plus tard flanquée de l'immuable matrone que l'on disait sage-femme. Personne n'avait jamais osé lui demander son diplôme. L'accès à la chambre de mes parents m'étant interdit, je rejoignais les quelques voisines qui s'étaient regroupées devant notre porte en attendant le résultat de l'intervention de l'accoucheuse. Je devinais que l'on allait enterrer un bébé de plus. Il y en eut cinq en tout... cinq filles... jusqu'à la première qui survécut, ma sœur Sarina.

Devais-je me considérer comme miraculé ? J'étais le *primogenito*, le premier-né de la famille. Mes parents m'avaient accueilli avec toute la fierté de la Sicile. Comme le voulait la tradition, la sage-femme avait bouilli des herbes aromatiques dans l'eau de mon premier bain ; elle y avait ajouté du riz pour renforcer mes petites gambettes. Ensuite, parce que j'étais un garçon, l'eau avait été ostensiblement jetée à la rue. Si j'avais été une fille, le bassin aurait été vidé dans les latrines. Ne m'en veuillez pas, mesdames, je n'y suis pour rien, et je vous jure que la tradition s'est perdue.

Et ainsi, à intervalles irréguliers mais inéluctables, le temps de laisser oublier sa dernière victoire, la mort se représentait devant moi, à nouveau triomphante, souvent déguisée en nouveau-né, parfois par voie d'eau, et comme elle me collait au train, je commençai à prendre conscience de son antipathique présence.

La Camarde alla même jusqu'à nous narguer directement, ma famille et moi, un dimanche soir où nous rentrions de la kermesse par la grand-route. Maman poussait le landau où dormait ma petite sœur ; mon père et moi l'encadrions sur le trottoir. Soudain, nous entendîmes des pneus crisser, et avant que nous ayons réalisé ce qui se passait, une voiture vint s'écraser contre la façade d'une maison, à quatre ou cinq mètres des quilles que nous étions ce soir-là pour la mort qui nous avait visés de son immense boule. Ma mère s'évanouit. Après m'avoir serré dans ses bras, et avoir embrassé la menotte de ma sœur, papa la souleva et s'assit en la prenant sur ses genoux, sur le pas de la porte du magasin de jouets devant lequel nous nous trouvions. Moi je tenais le landau, et j'en profitai pour admirer tous les Dinky Toys dont me parlaient mes copains de classe à longueur de journée, qui s'étalaient devant moi dans leur abondance illuminée. En vérité, j'avais déjà mis un bémol à certains rêves de possession, et je m'accommodais très bien de leur virtualité ; je trouvais cela moins encombrant, et surtout je savais déjà, sans encore avoir lu Michaux, que l'immensité de « l'espace du dedans » se déplace avec vous, avec tout son stock de merveilles.

Voilà tout ce à quoi je pensais chemin faisant en sortant de chez Fernand Legay qui venait de m'engager « à l'essai » en tant qu'assistant croque-mort ; et j'étais bien obligé de reconnaître que tout mon passé lui donnait raison : j'avais tout pour réussir.

Sans m'en rendre compte, j'étais arrivé : Cité des marronniers, bloc F, appartement 21. Je louais un appartement au quatrième étage d'un de ces immeubles de logements sociaux bâtis en lieu et place des baraquements qui, pendant la guerre, avaient abrité des prisonniers allemands, et plus tard des ouvriers mineurs italiens et polonais. Les Allemands avaient été punis pour leur rêve d'expansion pour le moins envahissant, aggravé de folie meurtrière ; les ouvriers, eux, n'ont toujours pas compris de quoi on les punissait.

Et malgré tout, à la misère comme à la misère, tous ces déracinés dont nous étions vivaient comme dans un phalanstère. Notre richesse commune était notre espoir en des jours meilleurs... qui ne sont pas venus pour tous hélas.

Aujourd'hui, le prolétaire a son toit « en dur », mais on ne peut pas dire que les architectes soient partisans de « l'art aux pauvres », tant il est évident, à la vue de ces blockhaus en parpaings uniformément peints en gris olive sale, que l'esthétique est le cadet de leurs soucis. Et, comme pour contrebalancer la grossièreté des murs externes, les parois séparant les appartements sont, elles, pratiquement en papier à cigarettes : vous n'avez pas intérêt à penser trop fort quand votre voisin dort, et si vous vous grattez la tête, tout l'immeuble rouspète.

Et le « pauvre », à nouveau parqué, floué, s'est vengé : il a dessiné partout, sur les façades, sur les parois des ascenseurs, sur les murs internes de l'immeuble. Parfois, il cristallise son ras-le-bol en un souvenir mollasse et fétide au pied de l'escalier. Finalement, la boucle est bouclée, le cercle est plus vicieux que jamais : plus personne n'ose approcher de la « Cité », sauf ceux qui y sont obligés. Certains, plus faibles, cherchent un ailleurs en s'embarquant dans des histoires déplorables, des « comédies pas divines » où Dieu roule dans le fossé, et où la mort danse éblouissante, avant de les hisser à bout de ciel à la potence du dégoût, au soleil éclair d'une overdose. Et chacun a peur de chacun. On rase les murs sur lesquels, en catimini, l'un a illustré ses espoirs, l'autre ses révoltes et ses haines en un foisonnement psychédélique de graffitis qui ne respectent rien : ni foi ni loi. Et on finit par parler de ghetto.

Parfois des bandes de paumés bousculent la torpeur résignée de leurs congénères par des cris et des actes de violence gratuits lors de razzias plus désespérées que destructrices.

À un point tel que même la télévision nous a consacré un reportage. La caméra qui se voulait « vérité », et donc objective, mais un peu voyeuse quand même, s'est installée dans la Cité. C'est ainsi que l'on a vu et entendu s'exprimer, avec l'accent rocailleux non seulement de leur région, mais surtout de leur misère, de leur malheur, de leur alcool, et de leur excusable inculture, de pauvres femmes et de pauvres hommes désemparés. N'osant pas accuser ouvertement les autorités responsables, ils et elles s'en sont pris à leurs voisins et voisines de palier, s'accusant les uns les autres de vétilles, de peccadilles en un déballage pitoyable de leurs vies privées. Avant la diffusion, on peut supposer que le producteur a dû en demander l'autorisation aux intéressés dépassés par les événements. Mais qui peut se permettre le luxe de refuser de passer sur le petit écran et d'être, le temps d'une émission en « prime time », la vedette d'une soirée cathodique ? Qui pourrait renoncer à cette sacrée revanche sur l'insignifiance d'une toute petite vie ? La Belgique a bien ri ce soir-là, et la télévision mangeuse de dignité a fait un excellent Audimat.

Pourquoi continuais-je à vivre dans ce décor désespérant ? me direz-vous. Je ne sais pas vraiment. Sans doute par fidélité au souvenir de mes parents pour lesquels l'accès à une maison en dur était déjà un progrès social. Ils auraient pourtant certainement été plus heureux de me voir dans un quartier plus gratifiant. Ou sans doute par défi, ou par commisération, ou peut-être dans l'espoir de voir les responsables s'intéresser enfin au sort des laissés-pour-compte qui y croupissent. Tout en ne roulant pas sur l'or, mon salaire de chef de rayon aux Galeries me permettait d'être un peu plus ambitieux, mais je n'y pensais pas vraiment. Sincèrement, je n'avais vraiment envisagé de déménager qu'à l'arrivée de mon amoureuse, mais elle avait insisté, elle seule sait pourquoi, pour que nous restions dans cet immeuble et ce quartier indignes de sa lumineuse présence. Étant donné qu'en ce qui me concerne je m'étais habitué à ne plus m'offusquer de mon environnement, je m'accommodai de sa compréhension.

De toute façon, j'ai toujours été conciliant, même enfant... à preuve l'histoire de mon chien Babelutte, un panaché possible de berger, de caniche et qui sait de dalmatien.

J'avais sept ans, nous vivions encore dans nos baraques en bois ; un jour après l'école, j'attendis en vain que mon compagnon de jeu vienne me chercher comme il en avait pris l'habitude. Pressentant le pire, je le cherchai dans tout le village. Babelutte resta introuvable. Je rentrai donc à la maison en larmes. J'imaginais tous les malheurs qui auraient pu lui arriver. Je l'attendis quelques jours, espérant encore qu'il pût n'avoir subi qu'un contretemps ennuyeux, mais pas forcément fatal. Progressivement, mais douloureusement, je me fis une raison et je me résignai à sa perte. Or, voici que mon père, trois semaines plus tard, me ramène un chien. À première vue, cela pouvait être Babelutte : le même air mutin, les mêmes oreilles asymétriques, l'une pendouillante, l'autre en l'air, les mêmes taches rousses et noires sur son poil blanc légèrement bouclé. « Le revoilà ! dit papa, fier de lui. C'était juste une fugue. C'est bien lui, tu le reconnais, n'est-ce pas ? Et lui aussi te reconnaît : regarde comme il te léchouille, regarde comme sa queue frétille en te voyant !

– Oui papa, c'est bien lui. Merci papa ! »

Et j'embrassai mon père, et je serrai Babelutte dans mes bras.

Mon père était tellement heureux que, pour ne pas le décevoir, je n'ai jamais osé lui avouer que quelques jours auparavant j'avais retrouvé mon chien, mort, au bord du ruisseau qui traverse la prairie de Lisa-quatorze-fesses, une fermière qui avait eu sept filles... d'où le surnom subtil. Je l'avais enterré sur place, et j'avais gardé le secret pour moi seul.

Pour en revenir au 2 novembre 1986, il s'acheva entre désespoir et impatience mêlée de curiosité.

Ma jolie distraite avait oublié mon anniversaire et ne m'attendait donc pas sur le palier.

Mais j'avais trouvé un nouvel emploi.

Je regardai par la fenêtre : pour bien terminer ce jour de malheur, le ciel saupoudrait la Cité de sa première neige.

Neige en novembre, Noël en décembre, pensai-je bêtement. Et sur le même ton, j'enchaînai avec : Pâques en mai, avril est passé. C'étaient les deux dictons qui faisaient rire les vendeuses des Galeries réunies.

Une photo jaunie dans un cahier oublié.
Un castor qui me ronge l'âme.
Dehors, c'est la tempête, il neige des soucis.
Il neige des belles idées aussi, mais les passants les piétinent.
Dans ma chambre tourne une valse lente, et c'est beau une valse lente quand dehors il y a la tourmente.
J'ouvre les yeux : une valise ouverte... vide.
Où est passée mon île ? J'ai perdu mon île, notre île.
Fallait-il que ce fût aujourd'hui où tout est blanc ?
J'ai même perdu mon pot de peinture verte.
Dis-moi : sais-tu encore ce qui est vert quand tout est blanc,
Quand tout est neige et glace ?
Notre chambre bien entendu.
Notre chambre où le temps s'est couché et se repose à côté de nous.

Il ronfle, chatouille-lui les pieds.

— Jeune homme, vous me les cassez !

— Tiens, monsieur le Temps, vous en avez donc !

— Cela vous étonne ?

— De la façon dont vous vous faites la malle à tout bout de champ, j'aurais pu croire...

Enfin vous savez, on a ses préjugés, et à force d'entendre dire que le temps fuit...

Mais soyons amis, l'heure est propice ; ma mie est là, et j'ai le temps... n'est-ce pas monsieur le Temps ?

À propos, vous n'auriez pas une faux ? Mon champ de blé est à point, je devrais moissonner.

— Jeune homme, vous me confondez avec la mort !

— La mort ! Je vous demande une faux, et vous vous ramenez avec la mort !

Et vous vous étonnez que j'aie mes idées préconçues,

Mes petits clichés bien rangés, prêts à être imprimés.

Allons donc, monsieur le Temps, sortez-moi une faux, des ciseaux de coiffeur feraient l'affaire, ou n'importe quoi... tenez, donnez-moi de l'assurance !

— Mais ce n'est pas n'importe quoi, ça !

— Monsieur le Temps, vous dissertez, vous désertez une fois encore !

— Eh bien, vous avez l'assurance de ma plus haute considération.

— Ah non, monsieur le Temps ! Je veux une assurance sur la vie, mais non pas celle des grandes compagnies qui ont leur gratte-ciel de cent étages à la Défense, oh que non !

Je veux l'assurance contre les grandes solitudes, celles qui vous tombent dessus comme un linceul. Ça y est, vous m'avez contaminé, je parle de la mort. Mais dites-moi, n'est-ce pas chez elle que vous garez votre voiture à l'œil ?

Ah ! vous lui ramenez des clients en échange... Eh racoleur, va ! Eh proxénète ! On a la vie belle, n'est-ce pas, monsieur le Temps !

— Oh ! Je ne suis pas à plaindre.

— Si vous le dites... mais tout est relatif, ce n'est pas moi qui vous l'apprendrai. Ah bon, vous ne le saviez pas... il est vrai que vous ne pouvez pas savoir tout ce qui se dit sur votre compte, qui est bon, soit dit entre nous ! À propos, en quoi vous comptez-vous, monsieur le Temps ? En années, en guerres, en big bangs ? En spots publicitaires à la télé ? En marées du siècle ? En stations de chemin de croix ? On dit qu'il y en aurait eu quatorze, et nous n'en sommes qu'à la première ! Bravo ! Ça promet !

Vous voulez une orange ? Orange comme son chandail orange qu'elle a oublié dans sa hâte de m'oublier.

Ah bon, vous ne mangez pas de ce pain-là...

Allons, je vous l'épluche, c'est plein de vitamine C. Mais non, ça ne fait pas grossir... Est-ce que je suis gros, moi ? Je suis minuscule, insignifiant. Ce ne sont pas quelques oranges dans ma prison qui me feront éclater... mais bien son parfum, ses gestes dessinés à jamais dans l'air de cette chambre. Elle quoi, que je respire à trop pleins poumons, elle peut me faire éclater, elle, elle elle... monsieur le Temps... et cessez donc de vous étirer entre elle et moi.

Et je m'endormis.

Au matin du lundi 8 novembre, à 8 h 30, j'étais rue du Calvaire.

Je ne savais pas exactement ce que Fernand Legay attendait de moi. J'étais détenteur d'un diplôme de comptable, fruit de six années d'humanités à l'Institut Saint-Martin, et de trois années de graduat à l'ISE, Institut supérieur économique de la ville de Mons. C'était aussi et surtout le mérite et la fierté de mon père qui s'était usé en heures supplémentaires dans les entrailles de la terre pour pouvoir offrir à son aîné une situation qui lui éviterait de devoir prendre le triste et inhumain relais de sueur et de sang.

J'entrai donc dans le bureau du patron ; il ouvrait son courrier en sifflotant.

« Salut, Julien... content de te revoir... je suis rassuré, tu as toujours la mine de l'emploi... ha ha ha ! Nous avons du pain sur la planche, dit-il radieux... La mort n'a pas chômé depuis la semaine dernière... Nous avons une mise en bière à 18 heures. »

Il me tendit un fascicule.

« En attendant, tu ferais bien de te familiariser avec les divers catalogues de cercueils, leurs bois, les modèles, leurs garnitures, les satins, les soies pour le capitonnage, les pierres tombales, les draperies funéraires, les cierges... enfin, avec tout ce dont notre associée et amie la mort a besoin pour accueillir ses hôtes dans son domaine de regrets éternels. Tu dois au plus tôt pouvoir connaître le sujet au bout des doigts.

— Mais je ne suis que comptable, monsieur Legay, et j'ai vendu de la lingerie !

— Appelle-moi Fernand, ce sera plus simple. Eh bien, c'est parfait... tu compteras les morts... et tu t'occuperas de leur linge de rechange, ha ha ha ! »

Redevenant sérieux :

« Ah oui, à propos... ici tu rigoles, tu plaisantes comme tu veux... mais chez le client, je veux la mine que tu arborais l'autre jour, défaite. J'ai dû renvoyer un assistant qui a fait sauter un bouchon de champagne devant la veuve de celui qui avait eu l'honneur d'être son premier mort, pour arroser ça. Donc, pas de débordements intempestifs ! Des larmes oui, si tu en es capable, mais garde ta jubilation pour toi.

— Mais de quelle jubilation parlez-vous, si je peux me permettre ?

— Tu comprendras plus tard... dans quelques années, répondit-il, sibyllin. C'est comme ma fille Françoise... autant elle était horrifiée au début à l'idée de devoir maquiller un cadavre, autant aujourd'hui elle y prend plaisir et fait de très jolies choses.

— C'est votre fille qui maquille les morts ?

— Et Firmin, mon cousin, qui fait leur toilette et les embaume à la demande... En famille, mon vieux... tout se fait en famille... Ils sont d'ailleurs chez un client en ce moment. Ils préparent le trépassé à recevoir dignement ses parents et amis. Tu as entendu parler de la pâleur cadavérique ? Eh bien, elle n'est pas belle à voir, "fieux", elle peut même traumatiser le visiteur, aussi condoléant soit-il. Et je ne parle pas des accidentés. Alors, un petit coup de silicone par-ci, un peu de fond de teint par-là, du rouge à lèvres, un nuage de poudre sur le front, une ombre de blush aux pommettes... et le mort revit. Tu peux même le faire sourire si tu veux, à la différence près que, si tu lui tends un miroir, il ne te donnera pas son avis comme chez le coiffeur, ha ha ha ! Et pour le rafraîchissement, le replâtrage, le ravalement des façades des voyageurs pour l'éternité, il n'y a pas plus habile que le brave Firmin, c'est vraiment notre vedette. Tu le rencontreras d'ailleurs cet après-midi. »

Hé oui, je le découvrais, les morts des autres peuvent être sources d'histoires drôles, voire désopilantes. C'est la dure loi de la proximité et de la distance... Dix mille victimes d'un cataclysme dans un pays du tiers monde nous émeuvent moins qu'un proche qui nous quitte. Et encore, nous nous en tirons le plus souvent avec quelques larmes et une période de réelle tristesse plus ou moins longue, jusqu'à ce que l'habitude ou l'instinct de survie reprenne le dessus. La vie continue, comme on dit. Mais avons-nous souffert physiquement ? Avons-nous ressenti, mesuré, partagé la douleur de l'autre au-delà du frisson de compassion que nous avons pu lui offrir ? Vous vous trouvez devant une personne qui souffre d'un mal qui la ronge ; avez-vous idée de sa douleur ? Même si vous avez vous-même souffert de ce mal auparavant, vous aurez beau vous concentrer sur

47

le pénible souvenir que vous en gardez, il y a rupture totale, votre être n'est pas celui de l'autre. Le mal de l'autre, même quand on ne fait qu'un, même quand il s'agit de votre moitié, ou de votre enfant qui est votre chair, le mal de l'autre, disais-je, ne vous atteindra jamais aussi douloureusement que vous le souhaiteriez pour l'en soulager un tant soit peu. Vous ne pourrez pas lui en enlever une once.

J'ai vu mourir ma mère, tout son corps n'était plus qu'une infinie souffrance endormie à la morphine... et pourtant, elle souriait, elle sommeillait. La veille encore, alors que je m'excusais de ne pouvoir rester auprès d'elle à cause d'un examen que je devais passer à l'ISE, elle me disait confiante : « Mais vas-y, mon fils, je ne vais tout de même pas mourir. »

Elle nous a quittés comme si elle allait faire une course, sans être consciente de la gravité de son état. Tant mieux pour elle. J'ai râlé, j'ai peut-être prié, je me suis déchiré le cœur à jamais, mais je n'ai pas été capable de partager une seule flèche de sa vraie douleur. Elle l'a gardée pour elle seule pour toujours... elle s'est endormie avec elle. Je suis resté longtemps à la regarder, dans sa sérénité retrouvée. Je la trouvais tellement belle, irréelle, diaphane, que je me suis senti le courage de la photographier entre deux larmes et de lui couper une mèche de cheveux, laissant la responsabilité de mes gestes innocents à l'enfant que je n'ai jamais cessé d'être devant ma mère. J'ai regardé la photo une fois ou deux dans les semaines qui suivirent sa disparition ; ensuite je l'ai rangée définitivement, avec la montre-gousset que mon père m'avait offerte, et dans laquelle j'avais enchâssé la mèche des cheveux que j'aimais tant caresser enfant. Aujourd'hui encore, il m'arrive d'être irradié, réchauffé de l'intérieur par une étrange lumière d'une douceur à me faire fondre, qui vient du fond de mon passé pour m'ensoleiller dans son halo régénérateur... le sourire de ma mère.

Gros soupir.

Voyons donc le programme des festivités et réjouissances si à partir de ce jour vous faites appel à mes services, moi le stagiaire en pratiques funéraires. À part mes prédispositions naturelles à côtoyer la grande faucheuse, je suis aussi ignorant que vous en la matière, ô chers lecteurs, ô lectrices (à moins que quelque croque-mort ne se glisse parmi mon modeste lectorat).

Principe de base : plus rien n'est gratuit. Même si vous voulez rejoindre discrètement, *en stoemmeling*, vos quartiers d'éternité, il vous faudra forcément honorer un droit de passage. C'est comme cela... Jusqu'à l'air que vous respirez qui vous coûte quotidiennement le montant des impôts qu'on vous arrache divisé par 365 ; 366 tous les quatre ans... votre air vous revient un peu moins cher les années bissextiles, c'est important de le savoir (là, c'est le comptable qui vous parle). Profitez-en donc à l'avenir, respirez à pleins poumons une année sur quatre en célébrant dignement les 29 février par une cuite à l'oxygène à vous changer en courant d'air.

De toute façon, vous n'échapperez pas à l'octroi pour l'au-delà. Votre histoire, le souvenir même que vous en laisserez sera taxé, même si votre vie n'aura pas été exactement comme vous l'aviez rêvée, digne de vos capacités et de vos ambitions. Même si votre existence, comme la mienne depuis quelque temps, n'aura été qu'un long mal que vous aurez pris en patience, même si elle se résume, à raison d'une crotte quotidienne de quinze centimètres (en supposant que vous viviez quatre-vingts ans[1]), à un étron de quatre kilomètres et demi qui vous mènerait de Haine-Saint-Martin à Haine-Saint-Vincent, quelqu'un devra payer.

Lisons donc, concentrons-nous sur la très « classieuse » brochure à couverture glacée noire, dont le titre en caractères « Old English » argentés vous invite autant au voyage que Baudelaire dans son pays où « tout n'est qu'ordre et beauté, luxe, calme et volupté... »

POMPES FUNÈBRES : RITES, TRADITIONS ET USAGES

Chapitre 1
La formation

Il n'y a pas de formation. Autrefois, la profession se transmettait de père en fils.

Mon père, lui, s'échinait à peaufiner un autre genre d'« œuvre au noir » moins satiné, moins soyeux, moins obséquieux, moins silencieux puisqu'il transmutait sa sueur et son sang en charbon au son du marteau piqueur. Il en extrayait tous les jours la tonne contre laquelle sa jeunesse avait été échangée[2] : tu parles d'une transsubstantiation.

---

1. Ce qui ne fait jamais que 29 220 jours.
2. En 1946, un contrat a été établi entre les États belge et italien, selon lequel l'Italie recevait une tonne de charbon pour chaque ouvrier mineur qu'elle « prêtait » à la Belgique.

M. Legay, lui, n'a pas eu de fils... il a donc besoin de moi. Voyons donc ce que je peux faire pour lui.

Dans le temps, les cercueils étaient fabriqués sur mesure par le menuisier ou par l'entrepreneur s'il en avait eu la formation.

Fernand Legay est-il menuisier-ébéniste ? En tout cas, il est bâti comme une armoire normande.

Actuellement, l'entrepreneur fait appel à un fabricant spécialisé qui ne fournit plus que deux tailles standard de cercueils : normal et hors normes.

Donc, vous les nabots, les unijambistes et autres culs-de-jatte, ne vous attendez pas à une quelconque réduction. Vous paierez plein tarif comme tout le monde. Il n'y a que les géants qui aient droit à un traitement de faveur, avec le coup de fusil et les compliments de la maison en prime. Ou alors, vous avez la taille enfant... mais là aussi, il faudra « faire avec » puisque, à partir d'un an, on vous refile la taille six ans, au cas où le pauvre môme n'aurait pas fini sa croissance.

Chapitre 2
Les différents types de cercueils

Sachez, estimés et néanmoins mortels lecteurs, que les cercueils sont assimilés à des meubles, et que le fabricant est affilié à l'Union nationale des industries de l'ameublement. Si vous êtes pressés de rentrer dans les vôtres, vous pouvez choisir parmi une gamme de modèles qui pourront satisfaire toutes les tendances, même les plus régionalistes. Choisissez dès maintenant entre la forme parisienne, la lyonnaise, l'alsacienne, l'occitane, la nordique. En Angleterre, vous aurez droit à la forme bouteille (logique pour une bière) ; dans les pays alémaniques, vous trouverez la forme alsacienne en plus gros (normal puisqu'on y boit encore plus de bière) ; vous pouvez préférer le coffre ou forme américaine, le modèle tombeau ou demi-tombeau ; et en Belgique nous avons créé la forme octogonale (je ne connais hélas pas d'histoire belge qui puisse en expliquer la raison).

Quoi qu'il en soit, si vous faites votre choix, et si par prudence vous réglez de votre vivant vos frais de funérailles, faites-le savoir à vos proches... on chuchote que certaine entreprise aurait facturé deux fois ses services pour le même enterrement : au mort lui-même, et à sa famille ignorante de la démarche accommodante de son regretté parent ; et pourtant, comme le dit l'adage, on ne meurt qu'une fois.

Tout n'étant finalement qu'une question de moyens, vous avez même droit à votre brin de fantaisie, voire votre grain de folie, à l'instar de ce névrosé qui a fait équiper son cercueil d'une batterie et d'une lumière intérieure parce qu'il avait peur du noir, ou de cet autre original curieux qui a exigé une trappe sur le flanc de sa sépulture pour voir arriver les visiteurs dans la crypte. Un noctambule invétéré a choisi le modèle « disco » lilas fluorescent, et nous savons que Woody Allen a prévu d'emmener du linge de rechange dans sa tombe, parce que, même s'il ne croit pas vraiment en une vie après la mort, on n'est jamais sûr de rien, dit-il.

Bon ! Passons aux différents matériaux, bois, métaux et plastiques dans lesquels sont taillés les cercueils.

Le chêne est plus sécurisant et a l'avantage de la sobriété ; l'orme a son charme mais se fait rare ; et puis il y a le sapin, plus modeste, plus fataliste. De nos jours, la mode est aux bois exotiques ; le grand luxe reste l'acajou : tiana ou honduras encore plus cher. Vous avez également l'okoumé et toute une gamme d'arbres des îles que vous pourrez à votre convenance faire capitonner de serviettes de plage imprimées de vahinés. Tiens, un modèle Texas... avec selle et éperons sans doute.

Mais attention, vous êtes tenus de respecter certaines règles de convivialité, de bon voisinage envers vos colocataires et vos visiteurs. Il vous tiendra certainement à cœur d'éviter qu'on dise de vous : « Ah oui, untel, le pue-des-pieds, allée 4 Est, deuxième à gauche... » Donc, en caveau, en crypte et en fosse commune : blindage en plomb ou en zinc obligatoire !

La garniture la plus noble est sans conteste le cuivre, mais la crémation étant de plus en plus populaire, on sacrifie aux flammes un cercueil de préférence moins onéreux en sapin, avec des poignées, une croix, une étoile de David, un croissant en plastique ou en Zamak. On peut aussi louer un cercueil d'apparat pour la cérémonie, et transvaser le corps dans un autre plus ordinaire, voire en carton pour l'incinération (j'imagine le dédain de Legay vis-à-vis de ces crève-la-faim de l'au-delà, ces radins posthumes), mais les risques de détérioration des modèles « grand luxe » font grimper le prix de la location à des montants rédhibitoires (il m'eût étonné que les requins n'eussent pas trouvé la parade officielle à tant de magnanimité).

Mais soyez rassurés, si vous êtes vraiment indigents, l'administration communale se fendra de quatre planches, simples mais de bon goût, auxquelles personne ne trouvera à redire puisqu'en principe vous êtes morts seuls et abandonnés du monde.

Alors, chers futurs défunts, où voulez-vous reposer ?

Vue sur mer, sur montagne, sur la vallée de larmes que vous aurez traversée ? Bien sûr, il y a la fosse commune, à trois mètres cinquante de profondeur, mais c'est d'un ordinaire, dirait la marquise du Mas d'Arras. Et en plus, après six ou sept ans, vous vous retrouvez avec un voisin à l'étage qui bouche votre vue sur ciel imprenable. Payez-vous donc une concession, ou mieux un caveau de famille, que diable, vous y accueillerez vos parents et amis bien au chaud à la Toussaint.

La pierre tombale n'est pas obligatoire, et la mise en terre est gratuite.

Ce sera donc à moi de fourguer un toit à ma future clientèle si je veux plaire à Fernand, qui bien entendu a son tailleur de pierre personnel.

Et le confort des vieux os du mort dans tout cela ?

Eh bien, c'est tout l'art du capitonnage… du moins dans le temps, puisque aujourd'hui, avec l'avènement des cercueils standard, l'entrepreneur n'a plus qu'à agrafer les pans de satin ou de soie luxueuse qui sont livrés prédécoupés. Selon votre humeur du jour, vous choisirez le blanc, le mauve ou le champagne : « Garçon, mettez un peu de champagne dans ma bière s'il vous plaît ! »

À défaut d'avoir été bien ici-bas, vous pouvez toujours vous venger du sort en organisant votre futur bien-être là-haut, et celui-ci passe inévitablement par un brin de toilette.

Si comme la plupart des candidats au dernier voyage, vous vous éteignez à l'hôpital, vous serez pomponnés d'office avant de vous présenter devant le regard larmoyant de vos proches.

Quoi qu'il en soit, où que vous trépassiez, vous pouvez réclamer votre séance de thanatopraxie.

Voilà un mot qu'il est beau ! Au point où nous en sommes, nous pouvons même nous lancer dans un brin d'historique. Cela nous sera d'une grande utilité pour le reste de notre vie.

Après la mort de leurs proches, les Égyptiens de l'Antiquité confiaient leurs corps aux paraschistes (Quèsaco ?) ; ceux-ci ouvraient le flanc gauche du défunt à un endroit appelé l'œil d'Osiris. (Fichtre !) Par cette incision, ils retiraient tous les viscères sauf le cœur et les reins qu'ils recueillaient dans des canopes. Ensuite, les colchlytes (?) enfouissaient le corps dans le natron pendant 70 nychtémères[1] pour finalement le confier aux taricheutes qui, après l'avoir lavé et enduit de substances aromatiques, l'emmaillotaient entièrement de leurs bandelettes de lin passées à l'huile de myrrhe, et écrivaient en surface le nom, la lignée et les mérites du défunt.

Manifestement, ils savaient vivre, ces Égyptiens.

De nos jours, le thanatopracteur, après vous avoir éviscéré, et vidé de votre sang par votre veine jugulaire, vous injecte par l'artère carotide une solution préservatrice, le formaldé-

---

1. Unité de mesure de temps de plus ou moins 24 heures, englobant un jour et une nuit. NTM en abrégé.

hyde... et vous êtes paré, prêt à tenir trois semaines en pleine forme sans vous démonter.

J'en avais assez lu. Au bord du haut-le-cœur, je fermai la brochure.

Je n'avais pas vraiment hâte de rencontrer le Firmin qui pratiquait toutes ces horreurs pour le compte de Fernand Legay. J'entendais de la voix de mon père une de ses expressions sicilo-napolitaines récurrentes : « *Chi mo fa fa'* ? » Autrement dit : « Qu'est-ce que je fous dans cette galère ? »

C'est décidé, je démissionne !

J'avais besoin d'air. Il était presque midi, je sortis. Je me réfugiai au Café de l'Église. Pour la première et dernière fois de ma vie, je bus un whisky avant le déjeuner. Et si j'allais faire amende honorable auprès du directeur des Galeries ? Non ! Pas question, je ne leur offrirai pas une occasion supplémentaire de m'humilier et de me ridiculiser.

Finalement, mon dégoût ravalé, dissous dans les vapeurs de l'alcool matinal, je décidai de retourner à l'entreprise... prêt à affronter et à supporter le pire, mais non sans avoir déjeuné d'un paquet de frites embourbées dans des pickles et d'un cervelas.

Je passai une partie de l'après-midi à parcourir le reste de la documentation professionnelle, et même, à ma surprise, les brochures publicitaires qui rappelaient ostensiblement tout ce qu'un entrepreneur de pompes funèbres peut faire pour vous, de l'impression ultrarapide et l'envoi des faire-part de votre décès à la réservation de l'espace dans la rubrique nécrologique de votre journal local, de la fourniture de l'urne pour vos cendres à l'embauche des porteurs communaux patentés dont le nombre sera une fois de plus proportionnel à vos moyens. Il peut aussi soulager vos proches de diverses besognes comme la chasse au ministre du culte, curé, pasteur, rabbin ou imam, selon votre choix. Il appellera le médecin légiste qui vous décernera un beau permis d'inhumer, un « Rien ne s'oppose » selon l'expression consacrée, qu'il faudra ensuite présenter à la maison communale, qui à son tour vous gratifiera cette fois d'une autorisation, d'inhumer toujours, après que l'ordonnateur officiel aura apposé ses scellés. Alors seulement, vous pourrez refermer votre couvercle et dormir tout votre soûl.

Vous voyez que, contrairement aux idées reçues, la mort n'est pas de tout repos.

Certains catalogues affichaient des prix ô combien avantageux sur fond rouge éclatant : modèles dernier cri, remises exceptionnelles de saison. En clair : « Mourez aujourd'hui, cela vous coûtera moins cher. »

Fernand Legay me présenta Rosario, un Rital comme moi, qui de mineur de fond était devenu chauffeur de poids-lourds pour se convertir quelques années plus tard en ambulancier. Son rêve avoué était cependant de réussir son examen d'entrée à la police. En attendant, il patientait en faisant ses premiers pas de détective franc-tireur. Il avait juste passé une annonce dans le « toute boîte » de la région : « Ross Arrow détective privé », et son téléphone. Efficace et discret.

À force d'écouter, tout en roulant, Pierre Bellemare sur Europe 1 élucider les grandes intrigues policières, et d'admirer, quand son emploi du temps fantasque le lui permettait, Colombo confondant les criminels les plus retors et inventifs, Rosario avait tout compris. À sa façon. Rien ne lui échappait. Mais il n'était jamais sollicité que par quelques maris jaloux paranoïaques. Indigne de son talent, pensait-il, sûr de lui.

Bref, il ne pouvait pas se permettre d'abandonner ses inconsistantes indemnités de chômage qui lui permettaient à peine de vivre, même célibataire. Il arrondissait donc ses fins de mois en épaulant Fernand Legay qu'il avait connu du temps où il était ambulancier.

Fernand avait su exploiter un filon qui remontait directement du drame qui se jouait dans les veines de la terre pour aboutir dans son tiroir-caisse. Il s'était spécialisé dans le rapatriement des corps des pauvres victimes de l'ogre des ténèbres appelé grisou, vers leur pays d'origine : l'Italie dans la plupart des cas. Il n'avait pas son pareil pour rassurer les familles endeuillées et, comme je venais de le lire dans la brochure, les soulager de toutes les démarches administratives, demandes d'autorisations et certificats en tous genres. Rien ne comptant plus que la volonté de « reposer » chez lui, « *nella sua patria* » exprimée cent fois de son vivant, les familles se saignaient à blanc pour respecter la mémoire de leur héroïque parent. Fernand avait compris au vol l'avantage d'engager pour chauffeur un Italien attentif et compatissant.

Pendant quelques années, Rosario avait donc fait l'aller et retour Belgique-Italie plusieurs fois par mois. C'étaient des années fastes. Le filon s'était épuisé avec la fermeture de la plupart des charbonnages dans les années soixante. Mais ne vous faites pas de mouron pour Fernand : la mort se trouva d'autres victimes tout aussi dignes d'obsèques somptueuses. Rosario fut amené petit à petit à assister Fernand lors des mises en bière, jusqu'à devenir l'homme à tout faire de l'entreprise.

Il avait tout récemment averti Fernand qu'il devrait se passer de ses services, « au noir » à double titre, dans un avenir plus ou moins proche. La durée de ce préavis à l'amiable ne dépendait en fait que de ma capacité à assimiler les ficelles du rentable métier qui me tendait les bras.

Il voulait préparer son examen d'entrée à la PJ, et les places étant chères, il comptait y consacrer tout son temps pour avoir un maximum de chances de réussite.

Ce jour-là donc, nous nous rendîmes tous les trois à la maison mortuaire. Mon rôle de stagiaire se bornait à observer les faits et gestes de Rosario pour en reproduire le cérémonial précis dès que mon nouveau patron m'en jugerait capable.

Arrivé sur place, Fernand me retint par le bras devant la demeure du défunt.

« Laisse Rosario aller devant pour régler quelques détails qui pourraient te choquer la première fois. Tu t'y habitueras plus tard. Il faut surtout qu'il s'assure que Firmin a bien terminé son travail. »

À 18 heures, en novembre, la nuit a déjà étalé sa première couche de noirceur, il est important de le signaler pour la crédibilité de mon récit.

Quelques minutes plus tard, Rosario, dont on reconnaissait à contre-jour la silhouette replète, ouvrit la fenêtre de l'étage et nous fit un grand signe de sa casquette : nous pouvions entrer avec le cercueil. La veuve nous accueillit très dignement ; elle nous expliqua combien son défunt mari était un être hors du commun. En cinquante ans de mariage, il ne s'était pas passé un seul jour sans qu'il lui fasse un compliment, et pas plus tard qu'hier il lui avait encore dit combien il la trouvait ravissante. Et puis, cette chute dans sa baignoire... et voilà... cinquante ans de vie commune qui glissent sur une savonnette et s'envolent.

Après ces regrets résignés, exprimés d'une voix très douce, elle nous indiqua l'escalier qui menait à la chambre du trépassé et nous dit qu'elle nous laissait faire. Rosario nous attendait dans la semi-obscurité, accoudé à la fenêtre ouverte, et nous pouvions voir se découper la fumée de sa cigarette dans le faisceau du tube au néon qui éclairait la rue. Il nous tournait le dos comme pour nous signifier que sa part de travail était accomplie. Nous posâmes la bière sur le parquet, parallèlement au lit.

« Voilà, me dit Fernand : la seule chose que tu puisses faire sans risque, simplement pour t'habituer au contact du mort, est de m'aider à l'allonger dans le cercueil. Ensuite, nous le descendrons dans la chapelle ardente, au rez-de-chaussée. »

Je me dirigeai vers la tête du lit de ce monsieur, anciennement charmant d'après sa veuve, dont je devinais le léger embonpoint sous le drap tendu. Je passai donc mes deux mains entrelacées, glacées de trac, sous sa nuque. C'est alors que j'entendis distinctement une voix caverneuse me dire : « Prends-moi par les aisselles, ce sera plus facile ! »

Comment vous exprimer ce que je ressentis ? Mon cœur sortit de ma poitrine en y creusant un gouffre dans lequel je tombai tout entier en une seconde.

Rosario se redressa sur le lit et aurait éclaté de rire si Fernand, pensant plus à la réputation de son entreprise qu'au respect du mort et de sa veuve, n'avait posé une main ferme sur la bouche du détective-assistant-croque-mort pour le bâillonner et lui intimer l'ordre de rire en silence.

Le mort... le vrai... était à la fenêtre, une cigarette au bec, le menton appuyé à une béquille, et la casquette de Rosario vissée sur le crâne.

Le baptême du feu... feu le défunt m'avait refroidi. Moi, j'avais plutôt envie de m'attendrir en écoutant l'histoire de toutes ces vies que je venais enfermer dans leurs écrins d'éternité. Je n'étais pas prêt à me laisser blinder d'une carapace de routine et d'indifférence.

C'est peut-être la coutume, pensai-je, un bizutage inévitable et incontournable. Donnons encore une chance à ce qui, selon Legay, devrait être la chance de ma vie.

En rentrant chez moi, je passai devant « l'école du soir ». Une affiche annonçait les programmes d'études. Je lus : arts plastiques, dessin, peinture, histoire de l'art. J'entrai par le portail en fonte vert bouteille ; je trouvai un bureau peuplé d'une brave dame ; je lui demandai un formulaire d'inscription que je remplis... je sentais que j'aurais besoin de toutes les couleurs de l'arc-en-ciel pour égayer l'écran noir sur lequel ma vie se déroulait depuis le 2 novembre.

Le lendemain matin, j'accompagnai Fernand Legay à Haine-Saint-Jean, le village voisin. Rosario nous chapeautait encore. Cette fois, j'eus l'impression que le cérémonial était plus conforme à l'idée respectueuse que je me faisais du rôle qui m'était attribué. Pas un sourire en catimini, pas une réflexion déplacée ; Fernand baissait pudiquement les yeux devant les larmes et les regrets sincères que laissait le défunt, et Rosario, les mains jointes tenant la casquette sur le cœur, aurait pu passer pour un membre de la famille de feu M. Nicaise tellement il paraissait réellement abattu.

Il se fendit même d'un « ô le pauvre » quand la fille du défunt nous raconta la manière dont il avait tiré sa révérence :

« À l'aube, quand maman est allée le retrouver, il lui a dit : "Je crois bien que c'est la fin !" Elle a tenté de le rassurer en lui répliquant que la mauvaise graine ça pousse toujours, ça ne meurt jamais, papa a acquiescé d'un presque inaudible : "Si tu le dis", il a tourné la tête et nous a laissées là, avec nos larmes et nos sanglots. »

Je participai sans subir de surprise aussi saugrenue que la veille à ma deuxième mise en bière. Le ton de mes deux tuteurs semblait juste et je n'osais pas penser qu'il pouvait n'être que routinier et étudié. Mais dès que nous fûmes dehors, Fernand trouva l'aplomb de nous gratifier d'un « Mort du matin, on a faim... mort du soir, on va boire ». Le cimetière étant à côté, il nous invita, pour rester dans l'ambiance, à manger un sandwich dans le coin. Nous avions le choix : face au portail d'entrée, deux établissements se partageaient depuis des décennies le reflux de la parentèle endeuillée vidée de ses larmes. D'un côté, le Café du Silence, et de l'autre une taverne devant laquelle la Mercedes 300 s'arrêta parce que le philosophe Legay aimait beaucoup son enseigne gravée à la pointe du bon sens : « On est mieux ici qu'en face ». Bien entendu, il ne se retint pas de surenchérir. En levant son verre de muscadet, il cita Sénèque : « La mort est quelquefois un châtiment ; souvent c'est un don ; pour plus d'un, c'est une grâce. » Et je compris que notre collaboration allait être ponctuée par ces citations plus ou moins bienvenues qu'il avait dû apprendre dans le *Dictionnaire des proverbes, sentences et maximes...*

Le lendemain, à 10 heures, au funérarium du cimetière de Manage, les amis de M. Nicaise vinrent s'incliner une dernière fois et verser une petite larme devant son cercueil en chêne tout de blanc fleuri. Je me tenais debout au fond de la salle de réunion, devant la porte vitrée, à côté de Fernand. Nous veillions au bon déroulement de la cérémonie. Après quelques louanges et regrets exprimés par les proches du défunt, un silence plein du souvenir ému que chacun gardait du disparu s'installa. Le *Requiem* de Mozart, immatériel et dense à la fois, s'éleva dans l'espace pour nous mener vers cet ailleurs impalpable où toutes les alchimies entre les esprits se révèlent possibles. Juste après, comme un prolongement logique de l'émotion qui embrumait l'air, Brel, de sa voix humble et caressante entonna son « Ne me quitte pas ». Il y avait tant de force, tant de ferveur dans l'évocation du vide, du manque que l'être aimé laisse derrière lui, que même moi, qui ne connaissais le défunt ni d'Ève ni d'Adam, je n'ai pu réprimer ma petite larme.

Imperceptiblement, mon esprit me ramena au dernier enterrement auquel j'avais assisté avant d'être dans le métier, celui de Philippe Cotteret. Trois ans déjà ! C'est fou comme le temps passe. Encore tout retourné par le chef-d'œuvre de Brel, je pris la résolution de revoir au plus tôt certains amis que j'aimais avant qu'il ne fût trop tard, ou que moi-même je ne fusse obligé de quitter ce monde ingrat. Il y a tant de saloperies qui nous guettent. Comment faire pour passer entre les gouttes de cette pluie malfaisante qui nous tombe inopinément dessus alors qu'aucun nuage annonciateur ne nous exhortait à prendre notre imperméable ou notre parapluie ? Certains se laissent phagocyter par le mal qui les ronge, d'autres font semblant de ne pas savoir, et d'autres encore, comme Philippe, en parlent avec un humour et un sourire désabusés.

Philippe Cotteret avait été mon professeur de français en fin d'humanités. Il avait toujours proclamé une attirance inconditionnelle pour l'Italie : sa littérature, sa peinture, sa sculpture, ses villes, sa cuisine et ses femmes. « J'oublie ses quelques erreurs politiques », disait-il en aparté, en se cachant ostensiblement la bouche derrière la paume de la main. Il m'avait pris sous son aile, sans doute parce que j'étais un des rares élèves ritals qu'il avait connus à ce niveau d'études (encore merci, papa !). C'est lui, le Belge italianophile, qui me fit découvrir certains auteurs italiens qui ne figuraient pas au programme minimum dont il était censé abreuver ses élèves aspirants économistes. C'est ainsi qu'il me prêta des œuvres de Moravia, Pavese, Buzzati, Calvino et aussi d'auteurs siciliens comme Pirandello, Quasimodo, Sciascia. L'un d'eux, Gesualdo Buffalino, un des plus grand écrivains contemporains d'après lui, était carrément né dans mon village natal. Il m'acheva quand il m'affirma qu'il avait visité Comiso et sa basilique de l'Annonciation, où j'avais été baptisé, et qui abritait quelques tableaux de Salvatore Fiume, un autre enfant célèbre de mon village, incroyable berceau d'artistes en tous genres. Je ne vous dis pas quelle fierté j'en retirai.

Plus tard, après mes études, je retrouvai M. Cotteret en tant que membre honorifique du Cercle littéraire italien. Se souvenant de ma formation de comptable, il m'avait sollicité pour le soulager de quelques déclarations fiscales qui étaient un véritable parcours du combattant pour l'esthète qu'il était. Comme j'avais refusé la moindre rétribution, il m'offrit son amitié et il insista pour que je le tutoie. Je m'y pliai non sans difficulté... jusqu'à ce qu'il fût promu directeur d'un Athénée Royal en province de Luxembourg et que nous nous fussions perdus de vue.

Je l'avais revu un dimanche dans le parc de Haine-Saint-Martin, en compagnie d'une jeune femme que je ne connaissais pas, et d'un autre couple. Il suivait le manège des promeneurs autour de l'étang dont l'eau s'était parée de guirlandes de petits soleils. J'avais reconnu de loin sa démarche altière mais sans prétention, son allure naturellement noble, son inévitable nœud papillon, jaune ce jour-là, qui éclairait son costume de tweed couleur feuille morte.

« Toujours aussi dandy », lui dis-je amicalement en faisant allusion à son crâne rasé qui lui donnait une allure de prince russe. Il m'accueillit avec la même élégante et amicale exubérance que je lui connaissais. Il me présenta sa jeune compagne, son frère et sa belle-sœur auxquels il était venu rendre visite. Je fis le tour de l'étang avec eux. Il m'invita ensuite à m'asseoir avec lui sur un banc qui venait de se libérer tandis que les autres poursuivaient leur promenade. C'est ainsi que j'appris de quelles joies à quels déchirements le sort s'était amusé à le mener par le bout du nez.

Tout avait commencé par un coup de printemps... en plein automne de son être.

Il était transfiguré par la grâce qui avait pris les traits de Catherine, une jeunesse de trente ans, professeur d'anglais dans son nouvel établissement. Il avait enfin cédé à cet appel irrésistible, loin de sa vieille solitude qu'il avait épousée parce qu'elle avait été la seule jusque-là à s'accommoder de sa soif de connaissance et d'absolu. Et voici qu'une femme l'aime enfin pour ce qu'il est et pour ce qu'il affectionne. Et le charme opère. Il avait retrouvé une légèreté d'adolescent.

Mais peut-on se montrer ostensiblement et impunément heureux ? Il a fallu que le Grand Censeur, l'empêcheur d'aimer en rond, décrète que cela ne pouvait pas durer et lui envoie une belle saloperie.

Sa calvitie était due à une chimiothérapie, me révéla-t-il presque en plaisantant. D'abord les ganglions, et depuis peu la moelle épinière. Et il trouvait encore la force de sourire. Il faut croire que les rayons du soleil qui lui avaient régénéré le cœur étaient plus forts que ceux de sa chimio. Nous nous sommes embrassés et promis de nous revoir bientôt. Le sort nous a obligés à tenir parole.

J'aimais ton sourire, Philippe. J'aimais l'enfant dont il trahissait la présence entre deux considérations faussement graves. Eh oui, disait-il, il faut bien que je me prenne au sérieux de temps en temps, sinon, qui le fera à ma place ? On savait rarement sur quel pied danser avec lui : soit il faisait sérieusement des choses futiles, soit il assurait avec un humour indéfectible son rôle d'enseignant sérieux en s'excusant presque de l'autorité officielle que lui conférait son titre. Avec Philippe, on surfait en permanence sur le second degré.

Quelques mois plus tard, on me demanda au téléphone aux Galeries. C'était Pierre Cotteret, le frère de Philippe. Il s'excusa de ne pas m'avoir appelé quand son aîné le lui avait demandé. Il n'avait pas réalisé que cela irait aussi vite. Il m'annonça impuissant que mon professeur et ami venait de décéder à l'hôpital Saint-Joseph à Mons. Pour ne pas compliquer la vie aux membres de sa famille et être enterré dans le caveau familial, il avait préféré se faire hospitaliser dans sa région natale.

Je fus touché d'apprendre qu'il avait pensé à moi, ce qui me laissait penser que j'avais compté un tant soit peu dans sa vie. Il était 16 heures, je pris le bus directement pour Mons. Il y avait un arrêt juste devant l'hôpital.

Les lunettes de Philippe étaient posées sur la table de chevet. Il avait les mains posées sur le ventre, les doigts croisés sous le linceul. Il avait les yeux fermés, bien sûr, comme les morts dociles, mais quand la religieuse a lu sa petite prière pour l'assistance composée de son père, sa mère, son frère, sa belle-sœur, sa dernière compagne, une ex-épouse que je n'avais pas connue, et moi-même, ses lunettes, je vous le jure, m'ont regardé. Le regard de Philippe était dans ses verres.

Les lunettes m'ont regardé à nouveau. Je le signalai au frère de Philippe qui me fit signe d'être sérieux, et pourtant je l'étais. Il a dû me prendre pour un drôle de zèbre ou un martien ; je ne l'ai d'ailleurs plus jamais revu.

Après la prière, toute l'assistance est sortie de la chambre 212 de la section Oncologie, synonyme feutré de Cancérologie. J'étais le dernier. Je me suis encore retourné vers mon ami. Je n'ai pas résisté au besoin de lui toucher la main par-dessus le drap. Elle était glacée. J'ai failli emporter ses lunettes en souvenir, personne n'y aurait fait attention, mais je me suis dit que Philippe pourrait en avoir besoin... plus tard... plus loin... ou, plus sérieusement, j'ai eu peur de les ranger quelque part et de les oublier. Au moins là, à côté de lui, elles vivaient encore.

Quelques jours après sa mort, j'ai reçu à ma grande surprise une carte postale de Florenville où Philippe avait été muté pour y terminer sa carrière d'enseignant. Il avait eu le courage d'y écrire un extrait de « La mort du loup » d'Alfred de Vigny, un poème qu'il nous avait fait apprendre en classe et que je connais encore par cœur :

À voir ce que l'on fut sur terre, et ce qu'on y laisse,
Seul le silence est grand, tout le reste est faiblesse.
Gémir, pleurer, prier, est également lâche.
Fais énergiquement ta longue et lourde tâche
Dans la voie où le Sort a voulu t'appeler,
Puis après, comme moi, souffre et meurs sans parler.

La poste était en grève depuis quinze jours....

Fernand me donna un coup de coude et je redescendis sur terre. Nous devions porter le cercueil vers le caveau de la famille Nicaise.

L'après-midi, je retrouvai M. Legay, rue du Calvaire, avec l'enthousiasme du désespéré. Je commençais peu à peu à trouver mes marques, à me sentir moins mal à l'aise face à lui, je baissais moins les yeux en le regardant, et j'allais même jusqu'à le détailler. Avec sa fine moustache, ses cheveux poivre et sel ondulés, coiffés en arrière, Fernand avait un petit air d'hidalgo. Il avait l'œil noir comme il se doit quand on est croque-mort, le sourcil en demi-couronne de buis, le nez en bec de vautour, la lèvre inférieure exagérément charnue dont il couvrait inconsciemment la supérieure en signe de gourmandise. Il était un peu prognathe à mon goût, le menton en tiroir-caisse quoi, mais pouvais-je le lui reprocher, moi qui, du haut de mon mètre soixante-dix, lui arrivais à l'oreille. J'étais forcé de reconnaître qu'il était de belle stature ; ce qui, additionné aux soins minutieux qu'il prodiguait à son auguste personne, faisait dire aux femmes de la région qu'il était bel homme. « Les goûts et les couleurs », me direz-vous... ce à quoi je rétorquerai que les « sous et les honneurs » y sont aussi pour beaucoup.

De moi, avec mes cheveux châtains raides coiffés tant bien que mal à la *mascagna* comme on disait en Italie, c'est-à-dire la raie bien nette du côté droit, de moi donc, personne ne disait rien... On ne me remarquait même pas. Quand je demandais à ma propre mère de quelle couleur étaient mes petits yeux indéfinissables, légèrement bridés, surmontés de sourcils en forme d'hirondelles en plein vol, elle me répondait, avec un sourire attendri signifiant sans doute que ce n'était pas cela qui pouvait l'empêcher de m'aimer : « *Culuri do cane ca curri* », « couleur du chien qui court ». Je vous le disais : je me dissous dans la transparence de l'air. Je me demande même comment, par quelle effraction j'ai pu rentrer dans le cœur de... j'ai failli vous dire son nom... or je m'étais bien promis de l'oublier, n'est-ce pas... rappelez-le-moi à l'occasion.

Qu'aimait-elle en moi, ma belle illusionniste ? L'adoration silencieuse que je lui vouais peut-être... ou justement était-elle trop silencieuse pour qu'elle s'en rendît compte. Je ne dis jamais « Je t'aime ». J'ai toujours l'impression que je ne le prononce pas sur le juste ton, comme si je le chantais faux. Je suis convaincu que l'expression n'est pas à la hauteur de mon sentiment. C'est pourquoi je ne dis rien. Je regarde émerveillé, c'est tout. À elle de comprendre. Et il m'a semblé, au début de notre rencontre, qu'elle comprenait. Ensuite, elle a dû perdre patience, et me trouver idiot, ou alors elle a oublié le code.

J'avais d'abord pensé naïvement qu'elle avait pu être conquise par mes projets d'avenir liés à mon beau diplôme... qui sait ? Ou par la maison dont je lui parlais, avec des fleurs aux fenêtres, où nous aurions été à l'abri de toutes les laideurs... Ou encore par le poste que j'occupais aux Galeries réunies par la porte-tambour desquelles elle est entrée dans ma vie.

Et à propos de tambour, je l'entends encore distinctement le fameux roulement, le long fla progressivement appuyé qui précède les grandes annonces. La voilà... je la vois : la grâce ! Je tombe à genoux dans ma tête, et je remercie le bon Dieu de m'avoir exaucé, et je lui demande pardon d'avoir douté de son existence, mais cool Raoul ! je me reprends comme un grand et je suis prêt à lui faire front comme un homme. Tout cela sans bouger de mon bureau d'où j'ai une vue panoramique sur tout le rayon. De mon observatoire, je la guettais à son insu. Elle avait choisi des articles de lingerie à essayer, des brassières, des bodies, des bustiers et aussi trois slips (je les avais comptés par réflexe professionnel). Elle emmena le lot froufroutant dans une cabine. Je priai pour qu'elle ne tentât pas le coup classique. À l'époque, les articles exposés n'étaient pas lestés de badge antivol.

Aïe, aïe ! Et voilà...

Nom d'une pipe ! Comment peut-elle être aussi naïve ? Les vendeuses sont dressées comme des chiens policiers pour flairer ce genre de manège. Après quelques minutes, elle ressort avec tous les dessous qui comme de bien entendu ne la satisfont pas, ce qui est son droit, mais un slip a disparu. Et je ne suis pas le seul à l'avoir remarqué. La vendeuse, aguerrie, lui saute dessus comme une furie. Elle exige qu'elle la suive dans la cabine et lui montre ses dessous sous menace d'appeler la sécurité. La magnifique cliente joue les offusquées.

C'est alors que j'entre en scène :

« Mireille, figure-toi que méfiant comme tu sais que je suis, je surveillais cette demoiselle du coin de l'œil. Elle a emporté deux slips en cabine d'essayage. Combien en rend-elle ?

— Deux, monsieur... mais...

— Quoi mais ? Tu vois bien qu'il n'y a pas de quoi embarrasser plus longtemps cette charmante personne qui au demeurant est loin d'avoir une tête de chapardeuse. »

Bien joué, Callaghan ! Quelle autorité, quel calme ! Je ne m'explique toujours pas le courage que le timide invétéré que je suis eut ce jour-là. Je la raccompagnai jusqu'à la sortie où son chien l'attendait assis, attaché à un caddie. Je lui proposai même de nous revoir. Le chien m'a regardé au fond de l'âme... y a-t-il vu un os ? Il a sauté sur moi tout guilleret quand elle l'a détaché. La fille m'a souri... m'avait-elle déjà adopté ? Elle m'a dit oui. Je ne m'explique toujours pas non plus comment la bâtisse des Galeries réunies s'est alors transformée en chaumière et comment sa façade s'est couverte de rosiers en fleur. Elle s'est éloignée. J'ai couru à l'intérieur pour voir le ciel entrer dans tout le magasin. Sur la ligne d'horizon, des transparences pourpre et lilas montaient en volubilis et s'entrelaçaient sur la toile d'azur en une aquarelle mouvante. J'avais subitement des lentilles en vitraux multicolores. Amour, amour, quand tu nous tiens ! Je savourais cette plénitude qui ressemblait déjà au bonheur ; je la respirais à pleins poumons... La fille s'appelait déjà « toi » première du nom. À travers la vitrine, je la voyais encore toute petite de dos, j'avais devant les yeux la persistance de l'image de son visage. J'avais déjà oublié qu'elle avait subtilisé un slip en soie pêche, de marque La Perla, de modèle 052-030 taille 38. Se rappellerait-il un jour à mon souvenir en apparaissant au pied de mon lit avec ses folles promesses ? Wouaouuuuuh ! C'est coquin, ça !

Quelques semaines, quelques obsèques plus tard, j'étais assis devant Legay et j'attendais la plaisanterie du matin ; elle ne vint pas. Au contraire, je le vis pour la première fois tracassé ; il me dit :

« Quelque chose cloche... Quelqu'un est mort à Haine-Saint-Jean, et je n'ai aucune commande le concernant... je n'aime pas cela du tout. »

Rosario ne nous accompagnait plus depuis quelque temps, il était trop absorbé par la préparation de son examen d'entrée à la police judiciaire. Fernand me dit de l'appeler. Rosario avait toujours été le premier informé du moindre quidam qui passait l'arme à gauche dans la région, et grâce à lui, aucun voyageur pour l'éternel ne pouvait échapper à la diligence de Legay dans un rayon de dix kilomètres. Jusqu'aux faubourgs de Mons, La Louvière et Binche, pas question pour qui que ce fût d'essayer d'enlever son nonos à ce dernier... il ne supportait aucune concurrence et n'hésitait pas à mordre si nécessaire.

Dès ses débuts, en 1948, il avait eu la bonne idée d'aller trouver les curés de chaque paroisse pour leur faire part de la création récente de son entreprise. Il leur avait généreusement proposé de verser une obole consistante à leurs œuvres pour toutes les obsèques pour lesquelles ils l'auraient recommandé. Les serviteurs de Dieu, d'abord surpris par la découverte de ce paroissien jusque-là inconnu au bataillon de leurs ouailles, avaient trouvé finalement logique de s'accommoder de ce renvoi d'ascenseur réciproque ; et la tradition s'était transmise de prêtre en fils... comme dit l'adage.

Rosario, avec sa face de pleine lune auréolée de bouclettes noires et drues, sa façon de pencher la tête en arrière pour vous toiser, mi-investigateur, mi-goguenard, de son mètre soixante-cinq standard Sicilien trapu, avait beau me raconter des histoires abominables, je ne parvenais pas à le trouver antipathique... bien au contraire. Je lui pardonnais même les embardées au bord du dérapage non contrôlé qu'il imposait au corbillard quand un chat, pas forcément noir, avait la mauvaise idée de traverser notre route. Je n'ai jamais su s'il voulait vraiment l'écraser : il lâchait en tout cas avec regret un « *Mannaggià alla miseria...* je l'ai raté » qui était censé ne laisser aucun doute sur ses intentions. Mais j'avais appris petit à petit à apprécier son humour provocateur mais pratiquement inoffensif.

À propos de chat, il m'avait raconté par exemple que du temps où il travaillait encore comme porion au puits 28 dans la fleur de ses vingt ans, avec son meilleur ami Gino, il avait kidnappé le chat de sa logeuse dont la pauvre bête était la seule raison de vivre. Ils l'emportèrent sur un terrain vague le long du canal, lui tordirent le cou, le dépiautèrent, le vidèrent de ses entrailles, le débitèrent et le ramenèrent dans la demeure de sa maîtresse pour l'accommoder à une sauce aux olives vertes. Ils se régalèrent, et par pure gentillesse en proposèrent même une cuisse à la maîtresse de maison qui adora ça. Quelques jours plus tard, les deux lascars partirent en vacances en Italie sur leur Guzzi 500. À leur arrivée, ils envoyèrent une carte illustrée d'un magnifique chat persan à la malheureuse logeuse qui, sans plus trop y croire, continuait tous les soirs, avant de fermer ses volets, à implorer « Minou, Minou » avec des accents déchirants. Le message au verso disait en substance : « Nous ne comprenons pas comment votre chat a pu prendre la place de notre lapin dans votre casserole. Mais nous l'avons beaucoup aimé... autant que vous d'ailleurs, et nous en gardons un souvenir ému. »

« L'eusses-tu cru que ton chat fût là peint... Là peint, lapin... tu piges ? » insista Rosario.

Je n'étais pas absolument convaincu de la véracité des exploits de l'affreux Jojo-Rosario, mais quelque chose en moi, réminiscence de ma sicilianité, admettait que dans l'austère Sicile on pût se moquer des attendrissements, des minauderies, que la dureté endémique de la vie ne permettait qu'aux gens de la haute société. D'ailleurs, je ne me souviens pas qu'au pays, avant les années soixante, j'aie pu voir un chien dans une maison ; ils étaient soit errants et abandonnés à eux-mêmes, et recevaient des pierres sur leur passage, soit attachés à un mètre de corde derrière les charrettes à bras. Je n'ai jamais compris leur vrai rôle. Quoi qu'il en soit, je ne pense pas avoir vu quelqu'un caresser un chien en Sicile.

Il ne fut pas difficile à Rosario, en aspirant détective qu'il était, de découvrir qu'une nouvelle entreprise de

pompes funèbres avait vu le jour à Haine-Saint-Vincent...
juste sur l'autre rive de la Haine. Il annonça le résultat de
son enquête à Legay qui décréta l'application du plan
« mélasse », lequel avait déjà fait la preuve de son efficacité.

Il s'agissait de repérer la maison mortuaire du jour,
d'attendre la mise en bière opérée par la concurrence, et,
une fois le corbillard ennemi disparu, de se présenter
comme collaborateur de la même entreprise, prétexter
l'oubli d'un détail, et s'introduire dans la chapelle ardente.
Une fois les membres de la famille éloignés en invoquant
le respect de l'intimité du mort, il ne restait plus dès lors
qu'à dégrafer un coin du capitonnage, puis, à l'aide d'un
pied-de-biche, écarter d'un cheveu, disons d'un millimètre,
une paroi du cercueil de sa base, réagrafer le velours mate-
lassé... et verser dans la zone trafiquée quelques dés à coudre
de mélasse de sang de poulet, d'urine et d'ammoniaque
préparée soigneusement par l'artiste Rosario. Voilà, l'ordonnateur pouvait passer sceller le cercueil.

Le lendemain, à l'église, le cercueil fleuri trônait au beau
milieu de l'allée centrale, au pied des marches qui montent
vers le chœur. Après avoir cherché son chemin toute la
nuit, un filet rougeâtre et nauséabond suintait à la vue de
tous les proches du défunt soudain arrachés à leur recueillement et à leur tristesse par un frisson de dégoût.

Ignoble... mais terriblement efficace puisque le nom de
l'entreprise incriminée étant ostensiblement affiché au pied
du catafalque, les membres de l'assistance savaient précisément à qui ils ne voudraient certainement pas être confiés
quand ils mourraient à leur tour. C'était tout bénéfice pour
les entreprises Legay dont l'efficace slogan : « Quand votre
dernière heure viendra, Fernand Legay vous gâtera », reve-

nait à l'esprit des plus radins des futurs trépassés que nous sommes... « Quand on meurt, c'est pour longtemps, alors profitez-en ! » me souffla mon Pygmalion de patron pourtant absent ce matin-là. Ou était-ce déjà le fichu métier qui rentrait ?

Le soir, pour essayer de me soulager de la chape de porphyre noir qui me courbait l'échine, je suivais assidûment les cours d'art. Je découvrais avec passion son histoire, ses époques, ses grands maîtres, ses styles, ses courants divers, ses richesses, ses pauvretés choisies, ses mouvances, ses vibrations, ses envols, ses fulgurances, ses jaillissements, ses énergies, ses attendrissements, ses puretés, ses pollutions, ses mièvreries, ses folies, ses insultes, ses prophéties, ses mises au pas, ses carcans, ses bâillonnements, ses symboles, ses sous-entendus, ses illuminations, ses révolutions, ses déchirements, ses remises en question, ses dérisions, ses hérésies, ses propres négations, ses espoirs, ses cris, ses peurs, ses accusations...

Pour Noël, je m'étais offert une boîte de peinture à l'huile ; prenant mille pas d'élan, sûr de tout renverser sur mon passage, je me lançai...

Je restai des heures le fusain à la main sans esquisser le moindre trait. J'avais devant moi avec une précision incroyable le visage de mon modèle que sa longue absence n'avait pas réussi à estomper. Je voyais ses yeux, des lacs en amande où le ciel se mirait avec ses archipels de nuages et d'azur. Je voyais l'ovale de son visage digne des madones botticelliennes ; je voyais sa bouche aux lèvres en pétales de roses, gourmande et pudique à la fois, dessinée si délicate-

78

ment au crayon des dieux. Et pourtant, je n'osais pas. J'étais paralysé, me refusant à commettre ce qui dans ma tête ne pouvait être qu'un sacrilège. Je pensais à tous ces vrais et grands artistes dont j'avais lu la biographie et qui n'avaient même pas de quoi se payer une toile, et j'avais honte. Qui étais-je pour oser en sacrifier une ? Je ne voulais pas non plus profaner le souvenir de la grâce de ma Vénus. Après avoir évoqué cent autres sujets possibles, je trempai la soie synthétique de mon pinceau dans l'eau, et j'écrivis son nom. La toile resta immaculée. Je me couchai vidé, fourbu, abattu.

Le lendemain, je remis cela... J'avais repéré dans une revue un magnifique papillon multicolore. Avec application, minutieusement, je reproduisis le lépidoptère : un *Papilio machaon* d'Afrique du Nord ou grand porte-queue, dont le nom prouve que la prétention n'est pas qu'humaine...

Une fois terminé, j'étais déçu ; je le trouvais trop conforme, beau peut-être, mais sans fantaisie, juste normal. Je pris une éponge, je l'imbibai de térébenthine, et je la passai fougueusement sur ma première œuvre. Le frottement circulaire des alvéoles de l'éponge sur le support pictural où s'étaient mélangées anarchiquement les couleurs traçait des volutes et des arabesques bleues sur fond corail, et évoquait le vol fou d'un insecte qui aurait perdu une aile. Je repris mon pinceau et, au noir d'ivoire, j'écrivis en suivant les courbes : « Le papillon s'est envolé... »

Inévitablement, le papillon m'avait ramené à elle. Que devenait-elle ? Reviendrait-elle ? Était-elle heureuse sans moi ? M'aimait-elle encore ?

En tout cas, moi, je ne m'aimais plus. Même le miroir

de mon cabinet de toilette, comme par magie noire, refusait le reflet de ma tête et me renvoyait encore et toujours son visage à elle ; et je lui en voulais de m'avoir décapité, réduit à rien.

À force de m'entendre la maudire, puis la regretter, puis l'insulter à nouveau, puis la pleurer..., vous pourriez vous attendre à ce que je prenne la peine de vous la décrire, à défaut de vous la nommer. Sachez simplement que la beauté est passée par ma vie et que je n'ai pas su la retenir ; que même loin de moi, le souvenir de sa présence éclaire encore le ciel de coton sale. Sa beauté est cette émotion, sa beauté est ce frisson que je ressens encore alors que j'ai dû me réveiller de mon rêve. Elle avait dans les yeux des voyages pour deux vers des pays qu'elle seule avait traversés. Même dans ses gestes les plus insignifiants, les plus banals, elle avait cette dimension éthérée des déesses. À son passage, tous les murs lézardés, écaillés, desquamés, couverts de graffitis obscènes qu'elle longeait, toute la pourriture du monde s'effaçaient, et l'air purifié de toutes ses pestilences s'étoilait de mille lueurs sorties d'un kaléidoscope qui me ramenait aux plus beaux Noëls de mon enfance.

Depuis qu'elle était entrée dans ma vie, je n'avais jamais détourné mon regard de son visage, et même au boulot, je réussissais à la planquer dans un coin de ma tête entre la colonne des invendus, les chèques sans provision et les lettres de réclamation de mes clientes. Cela me mettait du baume au cœur de savoir qu'elle existait. À chaque page de mon agenda, j'avais écrit son nom pour qu'elle ne puisse pas sortir de mon esprit.

Mon patron ne pouvait plus à présent compter que sur mon expérience grandissante car Rosario avait opté définitivement pour la « série noire ».

Je ne le fréquentais pas moins pour autant. J'avais découvert qu'il était originaire de Caltanissetta, à une vingtaine de kilomètres de mon patelin Comiso. En lui j'avais retrouvé l'homme qu'aurait pu devenir mon copain d'enfance Calogero : il avait le même caractère rustique, cruellement farceur ; il était implacable dans ses jugements, sentencieux dans sa causticité, mais avec des sympathies intérieures gardées au chaud de toute la vraie amitié dont il était capable derrière le bouclier de sa pudeur déguisée en humour.

Et pourtant il avait eu droit également à son lot de malheur, que même Zola aurait trouvé exagéré.

Du temps où il était mineur, au début des années soixante, Rosario avait une fiancée qu'il s'apprêtait à épouser. Quelques semaines avant le mariage, son futur beau-père, qui profitait de sa pension ô combien justifiée par quinze ans de sacrifices dans l'enfer du charbon et un début de silicose, son beau-père donc reçoit une convocation de la part de la direction du puits qui l'avait employé. Il s'agissait simplement de vérifier qu'il était bien inapte au travail, au cas où sainte Barbe aurait accompli un miracle et aurait rendu sa santé à Giacomo, vaillant Italien du Nord, ce que, bien sûr, la Direction des charbonnages n'aurait pu tolérer. Un exercice de routine donc, absurde autant que mesquin, d'autant que le futur beau-père de Rosario toussait encore suffisamment pour apitoyer n'importe quel contrôleur tortionnaire.

Et voici donc notre Giacomo à huit cents mètres sous terre, donnant de ses nouvelles à certains de ses anciens collègues retrouvés. Le canari qui devait détecter le gaz de la mort était rentré sain et sauf : pas de danger donc. Était-il enrhumé ? Coup de grisou ! Giacomo est enseveli sous un éboulement. C'est Rosario lui-même, jeune porion, qui trouve le corps de son futur beau-père sous une tonne de charbon, la nuque brisée. Merci, monsieur le directeur du puits 28 ! Vous serez décoré pour votre zèle.

La future belle-mère de Rosario attendait son sixième enfant. Le choc provoque un accouchement prématuré. Elle meurt, le bébé meurt. La fiancée de Rosario, qui avait à peine dix-huit ans, deux de moins que son fiancé, décline le mariage pour se consacrer à l'éducation de ses quatre frères et sœurs. Rosario a beau essayer de la convaincre en jurant qu'il accepte d'épouser toute la famille avec elle, elle n'en démord pas, comme si elle avait été investie d'une mission divine qu'elle devait mener à bien toute seule.

Et malgré tout, Rosario ne laissait jamais rien transparaître de la déception de sa vie, il l'avait enfouie sous une couche exceptionnelle de philosophie et d'apparente bonne humeur.

À l'âge de douze ans, j'étais retourné au pays natal avec mes parents qui avaient été informés par télégramme de ce que mon grand-père paternel, dont je porte le prénom, Giuliano, n'attendait que nous pour rejoindre la paix de sa dernière demeure. Nous arrivâmes en Sicile après trois jours et trois nuits de train. Nous attendîmes quatre mois que mon aïeul se résigne à laisser le dernier mot à la mort. La joie de nous revoir lui avait même insufflé de nouvelles forces hélas passagères et surtout illusoires. Il n'y eut donc pas de miracle à la sicilienne, mais j'eus l'occasion de le connaître un peu, lui dont j'avais oublié jusqu'au visage. Je le redécouvris tel que je l'imaginais : réglementaire, le cheveu blanc duveteux, le teint rougeaud et les petites lunettes rondes cerclées d'acier. Geppetto en quelque sorte, mais sourd-muet ; et bien que mes parents m'en eussent parlé délicatement, c'était quand même impressionnant de constater qu'un être aussi proche de moi pût sembler venir d'un autre monde.

Nous n'avions donc pas grand-chose à nous raconter ; il ne connaissait pas le langage des siens, il était illettré en « sourd-muet », mais dans son regard d'homme sachant sa fin proche, j'ai tout de même perçu une lueur de contentement. Sans doute m'avait-il gratifié d'un accessit ou d'un renouvellement tacite du bail par lequel il me permettait de perpétuer la lignée, rassuré par la façon souriante dont je portais son patronyme.

Au bout d'une semaine à peine, prétendant avec entêtement qu'il se sentait mieux, il se remit, avec un enthousiasme à peine forcé, à tresser son osier ; il était vannier. Je me souviens encore de sa dextérité à manipuler les longues tiges qui ondoyaient devant lui jusqu'à ce qu'elles disparaissent complètement pour donner naissance à un beau panier avec anse renforcée, impossible à réaliser sans se mordiller la langue qui au moins lui servait à cet escient, à défaut de lui permettre de parler. Les divers articles de vannerie, qui ne nourrissaient hélas pas leur homme, s'étaient amoncelés dans la grande pièce unique sans plafond, aux poutres et aux tuiles apparentes, qui servait de magasin, de réception, de salle à manger, d'atelier, de chambre à coucher et même à l'occasion d'écurie, puisque le mulet y était sporadiquement invité les rares nuits de gel en Sicile. C'était encore comme ça chez nous au milieu des années soixante.

Le mulet, lui, je ne l'avais pas oublié depuis mon précédent retour au pays, quatre ans auparavant. J'allais régulièrement le caresser dans la cour minuscule à l'arrière de la maison. Il y avait sa litière, c'est-à-dire deux sacs en toile de jute vides étalés sous lui, et recouverts de quelques fétus de paille très sèche. Étant donné qu'il ne pouvait accéder à son domaine qu'en traversant l'espace vital de la famille, il arrivait parfois que ce fruit sympathique des amours d'un âne et d'une jument calculât un peu juste et se soulageât au beau milieu du ciment grossier, sans carrelage, de la demeure polyvalente, ce qui immanquablement faisait dire à ma grand-mère philosophe : « *un giorno sarà oro* », c'est-à-dire : « un jour ce sera de l'or », avec autant de conviction qu'elle disait : « *Dio vi benedica* » au premier qui éternuait. De retour en Belgique, j'avais continué à caresser Cicciù le vaillant animal à chaque fois que ma terre natale me revenait à l'esprit avec tous ses soleils. Je le revoyais sur le chemin bordé de figues de Barbarie, tirant la charrette familiale sur laquelle s'étaient entassés six adultes et trois enfants : grand-père et grand-mère, papa et maman, zia Adelina et zio Nane, cousines Carmelina et Rosetta... et moi. Les circonstances de notre retour « *o paisi* » étaient alors beaucoup plus réjouissantes : nous revenions pour la première fois en vacances depuis notre exil. À la tombée du soir, nous étions partis de Vittoria, le village natal de mon père, pour passer la journée du lendemain à Scoglitti, la plage populaire la plus proche, à quinze kilomètres, c'est-à-dire à sept heures de charrette. Les enfants s'étaient endormis très vite, bercés par le cahotement du véhicule déjà archaïque pour l'époque, mais qui correspondait aux moyens de fortune dont disposait ma famille. Dieu sait combien nous étions heureux malgré tout à la perspective de voir la mer ! J'entrouvris les yeux une ou deux fois pendant le trajet pour apercevoir, au clair de la pleine lune, les silhouettes des adultes poussant la charrette que le pauvre Cicciù ne pouvait tracter tout seul dès que le chemin de sable et de gravats montait légèrement. Nous nous réveillâmes à l'aube au bord de la Méditerranée, dans un fantastique flamboiement corail. Une hostie immense s'élevait par-dessus l'horizon incandescent : le soleil ! Comme c'était beau ; nous regardions tous les neuf fascinés, mais nous nous taisions, incapables d'étoiler suffisamment nos mots pour ne pas risquer de gâcher et d'éloigner la bribe d'éternité qui nous était offerte. J'avais fait ma première communion trois mois plus tôt, et j'ose dire que ce matin-là, je croyais de toutes mes forces ; je pressentais vraiment quelque chose de grandiose mais d'inexplicable. J'en ai encore plein les yeux aujourd'hui.

Nous passâmes au bord de la mer un dimanche d'azur et de safran, aux senteurs de lait d'amandes, et au goût d'*arancini*, de *mustata* et de *granita di limone*. En fin d'après-midi, sur une placette à quelques mètres de la plage, un *cantastorie* chantait ses *stornelli* vantant les exploits des bandits d'honneur, Salvatore Giuliano, le Robin des bois sicilien en tête. J'entends encore le son lancinant de son orgue de Barbarie.

Mes parents s'étaient fait un point d'honneur de m'apprendre le sicilien en me l'instillant dans chaque mot de tendresse, d'affection, de réconfort ou encore d'encouragement. J'avais eu droit à tous les diminutifs en *uzzu* qui allaient de Linuzzu (petit Julien) à *chatuzzu*, mon préféré, qui signifiait « petit souffle de vie ». Je comprenais donc parfaitement le dialecte de Vittoria à la grande surprise des voisins de mes grands-parents qui, ne se méfiant pas de moi, se laissaient aller à évoquer des choses étranges au sujet de Giuliano Croce Senior, mon « Nonno Lino ».

J'appris ainsi que mon pépé avait tué un homme. Bigre ! Je ne savais pas si je devais en être fier ou horrifié. C'était en 1928, à une époque où le code d'honneur était inflexible.

Mon grand-père était allé faire bouillir son bois à Caltagirone pour le ramollir, et après l'avoir dépiauté de son écorce, coupé en fines tiges, assemblé en bottes, chargé dans sa carriole, espèce de radeau sans rambarde monté vaille que vaille sur quatre roues, il s'apprêtait à le ramener à Vittoria, tiré par l'éternel mulet dont le ventre touchait presque les chemins de terre creusés d'ornières et de fondrières.

Un Caltagironais, qui marchait au bord de la route, le héla pour lui demander un passage. Mon grand-père ne répondit pas... et pour cause. L'autre insista à pleine voix et à grands gestes. Pepe Lino se vit donc forcé d'émettre le seul son dont il était capable. Un ululement guttural et profond comme le chant d'une otarie. Au lieu d'être effrayé, comme la plupart des gens qui abordaient mon aïeul, l'autre éclata de rire en se tapant sur le ventre et en montrant Giuliano Senior du doigt. D'autres villageois accoururent et se moquèrent en chœur. Mon grand-père descendit de son véhicule, attacha la rêne du mulet autour d'un des amandiers qui bordaient le chemin, et sortit son couteau. Le villageois irrespectueux ne pouvait refuser l'affrontement sans devenir à son tour la risée de ses *compaesani*. Il brandit également le couteau. Ce fut un duel à la vie à la mort. Mon valeureux mais susceptible pépé, qui sortit vivant de la confrontation, fut condamné à dix-huit mois de prison... une bagatelle, nous semble-t-il, par rapport à la gravité de la faute, mais il s'était agi de laver l'honneur bafoué, et les autorités de l'époque fermaient souvent les yeux, ou presque, sur ces affaires liées au sang chaud de notre race.

C'est la version officielle. Ma grand-mère paternelle, « Nonna Saridda », me raconta plus tard une tout autre histoire où il était question d'un rêve prémonitoire dans lequel un berger aurait révélé à grand-père l'existence d'un trésor caché dans une grotte non loin de la source du Torrente Ippari. Arrivé sur les lieux, mon aïeul trouva en effet le fameux trésor mais hélas dans les bras d'un inconnu qui était déjà en train de le charger dans les sacoches de son cheval. Avaient-ils fait le même rêve ? Pepe Lino se débarrassa de son rival mais, pris de panique, s'enfuit en laissant le trésor et le mort dans la grotte mystérieuse. Il ne put jamais retrouver la caverne. Notre fortune était donc restée à un pas de botte de sept lieues, au bout d'une fable. Nous restâmes pauvres, et mon père dut s'exiler pour nourrir sa petite famille, ma mère et moi en l'occurrence. À quoi cela tient tout de même !

Ma grand-mère se racontait souvent ce genre de délires poético-ésotériques. Je me suis souvent demandé si elle y croyait vraiment. Je ne le sais toujours pas, et je ne le saurai jamais, mais j'ai appris depuis que toute la Sicile est veinée de chemins sur lesquels des cavaliers mystérieux courent vers des grottes suspendues entre ciel et terre, ou vers des châteaux en ruine, vestiges d'avancées normandes ou de sièges byzantins, où les attendent des trésors venus du tréfonds de leurs rêves... La Sicile dont le lit des rivières était si sec que l'on pouvait dire « qu'elles jetaient des pierres à ceux qui voulaient y boire ».

Mon grand-père, hélas, retomba dans sa léthargie. Pour éviter à mon jeune regard la vue de scènes pénibles, papa décida de m'emmener dans mon village natal, chez mes grands-parents maternels.

Nous arrivâmes à Comiso par une route qui serpentait entre des collines de craie, des montagnes à la collerette rouillée et des terrasses naturelles où se profilaient d'humbles chapelles d'une élégance d'ocre et d'azur dans une indéfinissable lumière de paix et d'enchantement.

Je suis né « via Balbo », une rue qui part à l'équerre du corso Vittorio Emmanuele pour monter par paliers successifs jusqu'au firmament avec tous ses pavés scintillants sous le soleil sans pitié. Arrivée au plus haut, là où le bleu vire à l'indigo pour encadrer des masures d'un blanc à vous crever les yeux, elle se ravise et redescend, liquéfiée, comme un torrent de ciel et de lumière qui vient couler jusqu'à vos pieds.

Mes grands-parents maternels, Sebastiano et Giovanna Cunsolo, habitaient dans la venelle parallèle : via Arimonti. Alors que mon père veillait sur les derniers jours de son père à Vittoria, c'est là que ma mère et moi l'avons attendu. Et c'est dans ce décor entre Italie et Afrique que je compris la richesse intérieure des gens de mon pays et leur foisonnante diversité.

En Belgique, nous étions parqués dans des baraquements, dépersonnalisés, lobotomisés, dépouillés de toute culture. Mon père me disait souvent que la mine était une dévoreuse de rêves, que la peur des profondeurs empêchait qui que ce fût de penser à autre chose qu'au prochain geste qui pouvait s'avérer vital. Néanmoins, pendant les courtes pauses, certains ne pouvaient se retenir d'évoquer leurs nostalgies. Il y avait même des poètes parmi eux. Un doux rêveur de Palerme s'était ainsi autoproclamé « Roi de l'Île ». Son île n'était en fait qu'un rocher de quelques mètres carrés sur lequel il s'était doré tous les étés de son adolescence. Mais c'était son rocher, même si une seule vague suffisait à le noyer. Il y invitait tous ses amis, et en tant que roi omnipotent, il avait décidé de les anoblir tous. Même son merle apprivoisé avait droit au titre de « *Duca del Mar che lucica* », « Duc de la Mer qui scintille ». Les rares jours de vraie bonne humeur, dans le noir des entrailles de la terre, dès qu'une avancée de charbon à extraire lui rappelait son royaume, il se mettait à distribuer des titres à ses compagnons de souffrance : « Pouvez-vous m'éclairer de votre noble lampe, ô Marquis des Ténèbres bleues, pouvez-vous me passer ma modeste pioche, cher Baron de la Noire Fosse ? » Mon père, lui, avait été sacré Prince des Foreurs sans fin... Et mon père fora, fora... toute sa jeunesse... jusqu'au bout du tunnel.

Quand on enterra le Roi de l'Île, toute sa cour fut inhumée à ses côtés. Non par exigence pharaonique, mais simplement parce qu'un coup de grisou les avait tous emportés vers les domaines de lumière que leur vraie noblesse leur avait offerts. Les initiés comprirent d'où venait la minuscule couronne en laiton qui fut déposée sur son cercueil du sapin le plus rudimentaire.

Papa, qui aurait dû se trouver avec eux devant l'horreur, avait été sauvé par Pépé Lino qui avait eu la bonne idée d'annoncer son départ imminent pour l'au-delà quelques jours avant la catastrophe. Quand il apprit la nouvelle par télégramme, il décida sur-le-champ de ne plus jamais descendre « au fond ». Il avait fallu ce malheur pour qu'il prenne conscience que le bout de son tunnel était là où il oserait le quitter.

Restons donc en Sicile, à Vittoria, avec mon papa, vivant par un tour de passe-passe du destin, veillant sur les derniers jours du sien, tandis que mes grands-parents maternels nous couvaient, ma mère et moi, à Comiso.

J'avais retrouvé le troupeau de chèvres qui descendaient la rue au petit matin dans un réjouissant tintement de clochettes. Le berger, à la demande, en trayait une et recueillait le lait encore « moussu » dans une écuelle en étain. On ne parlait pas de stérilisation, de pasteurisation, d'homogénéisation, on le buvait vrai, authentique et c'était grisant, et Dieu que j'aimais la *ricotta* qu'on en faisait, servie dans des cornes de bambou : les *cruveddi*.

Les voisins m'abordaient en me demandant si j'étais bien « *u niputi do mastru e l'acqua* », c'est-à-dire : « le petit-fils du maître des eaux », excusez-moi du peu... Don Bastiano, mon autre pépé, était responsable de la distribution de l'eau dans le village. En fait, il était cantonnier, mais en Italie, nous aimons parer la modestie de la moindre fonction et la parcelle de responsabilité qu'elle nous confère, de titres ronflants que la population se lance volontiers à la tête en prévision de l'éventuel service que l'on pourrait être appelé à demander un jour à la personne. C'est une escalade honorifique sans fin puisque le gendarme est appelé *maresciallo*, le facteur *ufficiale*, un musicien *maestro*, un adjoint au maire *onorevole*, un chef de bureau *commendatore* ; il est normal qu'arrivé au pape, à bout de superlatifs, on redémarre avec un « Papa Paolo » qui illustre à merveille l'humilité prêchée par Jésus-Christ, mais qui en l'occurrence le ferait passer pour un brave paysan fumant sa pipe en trayant sa vache à lait.

Le maître des eaux montait donc tous les matins à son château... d'eau, et ouvrait les vannes. Comiso pouvait recommencer à vivre, se désaltérer, se laver... jusqu'à 19 heures où il remontait imperturbable pour tourner implacablement à deux mains les immenses robinets en cuivre en forme de rosaces ; et c'était fini... plus une goutte du précieux liquide ne sortait de là, et tant pis pour les imprudents qui n'avaient pas fait de provision, la survie du village passait par cette intransigeance. Il arrivait même, en période de sécheresse, que grand-père reçoive des directives encore plus drastiques que de coutume, et que l'eau ne soit distribuée que pendant une petite heure dans toute la journée. Don Bastiano devenait alors le personnage le plus haï du village, les gens lui attribuant immanquablement la responsabilité de la décision ô combien impopulaire.

Entre ces deux mouvements symétriques qui libéraient l'eau comme le sang dans les veines du patelin, ou l'en privaient, Don Bastiano se prélassait de chez lui à la grand-place au milieu de laquelle, paradoxalement au vu de la rareté endémique de l'eau, une fontaine circulaire, aux jets opulents, voire majestueux, jouait sans complexes la Fontana di Trevi. Grand-père m'expliqua qu'il s'agissait de la même eau qui tournait en circuit fermé pendant des mois.

Non loin de cette oasis de fraîcheur, devant le cercle des anciens combattants, des vieillards en chemise blanche et casquette noire jouaient à la *scopa*, au *tre sette* et à la *briscola*, les jeux de cartes les plus populaires dans toute l'Italie, où se disputent et s'opposent les épées, les coupes, les bâtons et les pièces d'or. Les plus sportifs d'entre eux chevauchaient leur chaise. Grand-père m'y emmena plusieurs fois après sa sieste ; je m'asseyais sur la margelle du bassin, et je m'ennuyais un peu tandis que lui annonçait ses atouts de sa voix tonitruante. Je sortais régulièrement de ma rêverie forcée à chaque fois qu'il clamait le gain d'une partie, ce qui était systématiquement suivi d'une tournée de vin du pays sur lequel mon pépé Bastiano ne crachait pas... bien au contraire. Ensuite, vers 17 heures, l'ombre ayant envahi une partie de la place, il rabattait sa casquette sur ses yeux, et cuvait le vin de ses victoires, calé en équilibre précaire sur les pieds arrière de son siège, les pieds appuyés sur le barreau d'une autre chaise. Il serrait alors ses mâchoires carrées et, allez savoir pourquoi, se mettait à les faire grincer tellement fort que tous les riverains de la place riaient en se demandant à qui grand-père pouvait en vouloir au point de le broyer entre ses puissants maxillaires, et avec un peu d'imagination, on aurait même pu entrevoir des bras et des jambes frétillant entre les interstices de ses belles dents qu'il avait gardées intactes.

Quelques années plus tard, un jour qu'il avait encore plus éclusé qu'à l'accoutumée et où personne sur la place n'avait pensé à le réveiller, grand-père arriva avec deux heures de retard pour la fermeture des vannes. En réalité, tout le village s'était réjoui du retard de mon pépé et en avait profité, personne n'avait eu la bonté d'âme de l'arracher à son sommeil, peut-être aussi pour le punir ou se moquer de ce qui pouvait passer pour de la superbe, mais qui n'était en vérité que sens du devoir, humilité et respect des consignes. Hélas, Don Bastiano reçut moins d'une semaine après un blâme très sévère de la part des responsables des eaux et forêts qui lui reprochaient d'avoir dilapidé le capital phréatique du bourg et par conséquent mis son avenir en péril. Il fut destitué et se retrouva au chômage, humilié au plus profond de son âme d'homme de devoir qu'il avait toujours été. Et ce n'est pas l'emploi de gardien de parc, dont des amis influents du Parti communiste le gratifièrent plus tard pour services rendus, qui pouvait lui restituer sa raison de vivre. Il continua donc à boire, et par conséquent à dépérir, et il s'éteignit dans le parc qu'il était censé surveiller, allongé sur un banc, sous le caroubier qui lui faisait de l'ombre. Dès qu'il sombra apaisé dans son dernier sommeil, le ciel, comme pour réhabiliter le souvenir de mon aïeul, ouvrit ses vannes pour rafraîchir le village d'une pluie salvatrice qui fit crier au miracle. Le maître des eaux était béatifié dans la mémoire collective populaire.

Un jour que je me tournais les pouces assis sur le bord de la fontaine, un garçon de mon âge m'aborda :
« Tu veux jouer au ballon ? »
Sauvé ! pensai-je.
Calogero, mon nouveau copain, était le fils du *becchino*... devinez la traduction... vous donnez votre langue au chat ? Le croque-mort ! Nous y revoilà.
D'emblée, il se moqua de ma maladresse due d'abord à mon manque d'assiduité à la pratique du ballon rond qui ne convenait guère à mon physique de jeune grillon fragile, mais aussi à l'excitation de prouver à ce compagnon inespéré que j'étais digne de l'intérêt qu'il voulait bien me manifester ; et bien sûr, voulant trop en faire, je frisais le ridicule en frappant du pied dans le vide neuf fois sur dix.
Avec la permission de mon grand-père, je le suivis jusqu'au cimetière à la sortie du village, au bout du corso Vittorio Emmanuele, en direction de Vittoria. Il était fier de me montrer le domaine de son père.
À la différence de Fernand Legay, le père de Calogero n'était en fait qu'un employé de la mairie préposé à la conduite de l'un des deux corbillards municipaux. Nous entrâmes dans une bâtisse en parpaings qui servait d'entrepôt et de garage pour les deux voitures funéraires dont l'une était sur place ce jour-là. Je fus assez impressionné

par la masse imposante du véhicule d'apparat qui se profilait dans la pénombre, avec sa croix qui dominait au centre du dais de l'habitacle et ses torchères chromées, mais je sentais le regard narquois de Calogero et je n'en laissai donc rien transparaître. Je le suivis dans le corbillard accueillant comme le lit hérissé de clous d'un fakir de foire.

Je ne me méfiai pas ensuite quand il me proposa de m'allonger dans un des cercueils qui gisaient à même le sol du hangar tandis que lui-même prenait place dans l'autre. Je ne sais plus exactement quel était le but du jeu ; tout ce dont je me souviens, c'est que, rapide comme l'éclair, il bondit hors de sa bière comme un diable hors de sa boîte, et rabattit le couvercle du coffre sur moi.

Des millions d'épingles se plantèrent dans chaque pore de ma peau. Calogero s'était assis sur le couvercle de ce que je crus être ma dernière demeure et m'y laissa quelques secondes, minutes ou siècles... je ne sais plus, en tout cas un début d'éternité dont je ressens encore l'horreur aujourd'hui. Quand il me libéra enfin, je ne dis rien et, bien qu'il eût sans doute deviné la haine de sa personne qu'il avait suscitée en moi pendant qu'il me bloquait au fond des enfers, et qu'il en jubilait, je ne lui avouai jamais l'immense frayeur que je lui devais. Je n'avais donc aucune raison de cesser de le rencontrer.

Calogero avait un an de plus que moi ; il fumait en cachette et m'invita plusieurs fois à en faire autant. J'essayai... pour voir ; j'étouffai devant ses yeux goguenards. Il ne me le proposa plus, décrétant sans doute tacitement que décidément j'étais une mauviette, mais me gratifia d'un regard dédaigneux à chaque fois qu'il commençait à se rouler sa clope.

Je le suivis encore quand il m'emmena chez la « Boccalina ». Je n'avais pas saisi le sens caché à mon esprit, mais évident à celui des autres plus avisés, du surnom, littéralement « la turlute », dont on avait affublé la dame qu'il allait me présenter. Je pensais alors qu'il s'agissait d'une confiseuse... Je le suivis donc alléché. Quelle ne fut ma surprise de ne trouver ni douceurs multicolores, ni bacs pleins de nougats et de chocolats, mais une pièce sombre au milieu de laquelle trônait un lit défait, pas net. La « confiseuse » édentée, ridée, la cigarette au bec, nous accueillit hilare. « Tu veux essayer ? » me dit-elle. Je ne comprenais pas de quoi elle me parlait, mais je devinai que c'était « défendu ». Calogero passa devant moi, me regarda méprisant encore une fois, et m'invita à l'attendre dehors.

Quand je fus plus au courant des choses qui peuvent se passer entre un homme et une femme, je me rendis compte que je l'avais échappé belle, et que cette fée Carabosse, généreuse au demeurant, voulait m'initier pour quelques lires à un rituel amoureux que je découvris moi-même plus tard dans tout son mystère, sa tendresse et sa fragilité.

Un après-midi du mois d'août, pendant que terrassé, paralysé par la chaleur qui coulait sur lui comme une lave, le village s'adonnait à la sieste réparatrice, j'entendis des cris. Nous sortîmes tous de la maison de mes grands-parents. Les hurlements émanaient de chez la voisine d'en face, la « *gnura* Vanni »... Mme Giovanni. On venait de lui annoncer qu'on avait retrouvé le corps sans vie de son fils de seize ans Carmelo, qu'elle savait au bord de la mer. La Méditerranée l'avait craché comme un pépin de pomme sur la plage de Scoglitti après en avoir aspiré la jeune vitalité. Debout au milieu de la rue, elle prenait ses voisines à témoin de son malheur en se griffant le visage.

Deux heures plus tard, la dépouille du jeune homme était allongée sur le catafalque de fortune dans la pénombre de sa chambre. Naturellement, je m'étais faufilé entre les grands, comme lors de la noyade du Marocain à Haine-Saint-Martin.

C'est alors qu'elles arrivèrent ou plutôt qu'elles fondirent sur leur proie : les pleureuses. Quatre corbeaux de malheur qui se balançaient et se penchaient sur le corps boursouflé de l'adolescent, bleui par la mer. Soudain elles lancèrent un accord dissonant, strident, déchirant... Les harpies étaient tellement convaincantes dans leurs lamenta-tions que je pleurai avec elles. Trouvant que je pleurais bien, je décidai d'en faire mon métier : je serais pleureur professionnel.

Je pleurai à nouveau à chaudes larmes lorsque Nonno Lino, à bout de forces, tira sa révérence. Le temps de voir les murs de la via Fratelli Bandiera se couvrir d'affiches annonçant le décès de mon grand-père... c'est-à-dire mon propre nom encadré de noir, nous avions déjà plié bagages. J'étais désormais le seul Giuliano Croce de la famille.

Nous retrouvâmes le ferry-boat Messina-Reggio di Cala-bria, et puis le train avec son lot de pain durci, de saucisson, de tomates séchées, de *scaccia*, chaussons farcis aux épinards et d'un peu de viande, qui devait nous permettre de tenir jusqu'à la gare de Charleroi, Belgique.

C'est étrange, mais plus j'avançais en âge, plus je trouvais le ferry petit, alors que dans le vague souvenir de mes quatre ans, au premier voyage vers la Sicile, il m'était apparu majestueux, lumineux, féerique, comme le *Rex* dans *Amarcord* de Fellini.

J'avais remarqué que Fernand Legay faisait souvent allusion à sa secrétaire-maquilleuse de cadavres de fille qui à son avis était trop sérieuse ; il m'encourageait avec des sous-entendus en gros sabots à l'emmener nous amuser « entre jeunes », pour nous changer les idées. Il le fit plusieurs fois devant elle. Pour ne pas vexer la pauvre brunette aux yeux bleus dont la poitrine généreuse débordait abondamment des manches de sa blouse blanche à col Claudine, je lui proposai de l'accompagner au Vieux Puits, un dancing situé au pied du mont Panisel, à Mons, centre administratif, touristique et culturel de la région. Fernand nous avait spontanément proposé sa Mercedes 300. Mlle Legay, visiblement ravie, conduisait.

Je savais où nous allions ; je connaissais l'endroit. J'y étais venu avec ma douce disparue au temps béni de ses sourires. Sans trop y croire, poussé par je ne sais quel instinct masochiste, je voulais prendre le risque de la retrouver là, avec son nouveau chevalier servant. C'est donc moi-même qui avais proposé ce pèlerinage au bord de mon ancien bonheur.

J'avais tout envisagé : boire un verre, discutailler, raconter des blagues... mais certainement pas danser avec Françoise Legay. Je ne danse d'ailleurs que le tango, et j'étais certain que je ne risquais pas d'en entendre dans ce lieu qui se voulait branché. Vous pouvez à juste titre vous demander ce que nous faisions alors dans un dancing ; eh bien, Françoise vous aurait donné raison, puisque c'est elle-même qui, le rouge aux joues, avec un sourire qui se voulait enjôleur, me fixa dans les yeux et me dit :

« Et si on dansait ? »

Je me trouvai soudain cynique envers cette brave fille à laquelle je m'étais juré de ne pas toucher, ou alors seulement du regard, et encore, avec un préservatif. En cas d'improbable rencontre avec ma belle Arlésienne, il fallait que celle-ci comprenne au premier coup d'œil que je ne l'avais pas remplacée, et que j'étais comme seul.

Un arpège de piano classique et familier envahit la salle de danse ; toute l'assistance se leva comme un seul couple. C'était l'inusable « Sag warum » dans lequel Camillo, de sa voix de basse profonde, se demande depuis plus de trente ans : « Ô pourquoi... ô pourquoi suis-je toujours seul ? »

Rien que pour le narguer, je me levai comme tout le monde, tendis les bras à Françoise, l'enlaçai et posai mon front sur ses cheveux. Aïe, aïe, aïe ! Qu'avais-je fait, pauvre de moi ? Je donnai ce soir-là le feu vert à une cour assidue que je dus subir de sa part pendant deux longues années... et qui m'a presque mené au mariage... toujours pour ne pas la vexer. Je vous disais que j'étais un garçon conciliant.

Et puis, dans la série slows frotti-frotta, ce fut « Georgia on My Mind ». Et là, je préférai me rasseoir ; cette chanson m'a toujours bouleversé. Même si je n'en comprends pas le texte, quand je l'entends, elle réveille infailliblement en moi une blessure indéfinissable, comme enfouie dans une autre vie, différente à chaque fois. Et ce soir-là, je ne voulais pas me trouver sur la piste à pleurer avec Ray Charles sur mon âme meurtrie, dans les bras d'une autre femme que celle dont le manque me tourmentait.

Françoise découvrit que j'habitais à la Cité et m'y ramena apeurée. Ce fut la seule fois. Elle fit ensuite tout pour me convaincre de changer de quartier.

Une fois dans mon lit, je me mis à penser au Tango Club de La Louvière que je fréquentais assidûment avant de rencontrer mon éphémère. J'aime le tango depuis mon enfance. C'était la danse de mes parents. Je nous revis à l'Arlequin, le dancing sur la grand-place de Haine-Saint-Martin. Ils étaient jeunes : vingt-huit et vingt-neuf ans, à peine adultes et déjà moi, huit ans. Le chef d'orchestre, Aimable Donfut, prenait son bandonéon et annonçait la série de tangos. Je me souviens du « Ah ! » de satisfaction qui montait de toutes les tables. L'éclairage virait à la nuit et, sur la piste, on ne voyait plus que des robes blanches, des cols de chemise, et des sourires bleus qui planaient sous les spots fluorescents, virevoltant au son de la « Comparsita », « Adios Muchachos », « Jalousie » et autres « Tango bleu » ou « Caminito ».

De ma chaise, j'adorais observer maman. Je suivais sa robe claire qui ondoyait comme les voiles d'un bateau. De temps en temps, j'avais mon tour, je dansais avec elle, et je me disais que je l'épouserais quand je serais grand. Non pas pour l'enlever à mon père, n'en déplaise à Œdipe, mais simplement pour nous marier tous les trois, comme il se doit dans la tête d'un gosse de huit ans qui aime autant ses deux géniteurs. Mais les enfants ne savent pas ce qu'est le temps.

Papa dansait parfois avec les épouses de ses amis qui y allaient volontiers de quelques figures plus osées. C'est comme en amour, paraît-il, les femmes sont plus hardies avec leur amant qu'avec leur mari. C'était un jeu subtil et codé duquel les observateurs étaient exclus, je l'ai compris plus tard quand j'ai dansé à mon tour. De là à penser que mon père prolongeait l'élan du tango dans des bras illégitimes... je ne crois pas ; cela lui aurait d'ailleurs été impossible, il trimait la nuit et dormait le jour, et surtout, mes parents s'aimaient.

Il arrivait aussi que ma mère dansât avec d'autres cavaliers. Mais elle le faisait par politesse, en ne regardant jamais son partenaire dans les yeux. Elle s'exécutait timidement, et ne répondait qu'aux figures à distance : croyez-moi, je la surveillais du coin de l'œil, prêt à me manifester.

À force de regarder mes parents danser le tango, je fus immanquablement amené à l'apprendre. C'était le *must* à la Cité de la Croix verte. C'était notre danse. Au début du siècle, nos frères émigrés italiens avaient emporté leurs accordéons jusqu'en Argentine, et la nostalgie de leurs bals populaires déborda sur les rives du Rio de la Plata et épousa tout naturellement les *habaneras*, les *milongas* et autres *zamacuecas* des autochtones les plus démunis. Et comme vous le savez, entre pauvres, pas de chichis. Prête-moi ton tempo et je te donne mon pas, prête-moi tes sanglots et je te chante mon âme. Et ils jouèrent, ils chantèrent et dansèrent si fort que même les bourgeois tendirent l'oreille et s'approchèrent des quartiers « mal famés », d'abord en curieux, ensuite dans l'espoir de s'encanailler, jusqu'à ce qu'ils soient contaminés. Et le tango fit danser le monde. Il se dansait même à la cantine des baraquements de la Croix verte, où les ouvriers mineurs se retrouvaient le soir. Des tréteaux servaient de comptoir, et tout autour, des pliants accueillaient inconfortablement les séants des jeunes bêtes de somme qui venaient diluer leur fatigue dans un verre de valpolicella ou de chianti dont les *fiaschi* enrobés de paille, familièrement rassurants, prodiguaient le réconfort.

Il y avait ceux que leurs épouse et enfants avaient déjà rejoints, comme mon père. Il y avait ceux qui attendaient impatiemment le jour béni, et il y avait les autres, les plus jeunes, les célibataires. Ces derniers dessinaient à la craie, sur le béton rugueux de la « Grande Baraque », des carrés de plus ou moins cinquante centimètres. L'un d'eux amenait son tourne-disque, une boîte d'aiguilles et quelques 78-tours qu'il sortait précieusement de leur pochette en papier Kraft.

Je pourrais encore vous fredonner « Il Tango delle capinere », le « Tango des fauvettes ». C'était le tube de l'époque, chanté par Luciano Taioli, une immense vedette italienne des années cinquante qui avait la particularité de chanter de sa chaise roulante, et qui, à l'étranger, après avoir sorti de sa poche une poignée de terre prétendue d'Italie, se levait miraculeusement à la fin du concert, porté par la ferveur de son public en larmes. Allons, un peu de sentimentalisme n'a jamais fait de tort à personne... et les mineurs prenaient volontiers pour le leur ce bras d'honneur que le chanteur faisait à son triste sort.

Et dans la cantine en effervescence, les mineurs mineurs apprenaient à danser. Il s'agissait de préparer le bal du samedi où il fallait faire bonne impression sur les *signorine* italiennes qui baisseraient les yeux en attendant que leur soupirant allât s'incliner obséquieusement devant leur père plus méfiant qu'un gardien de musée. D'autres, moins romantiques sans doute, ne pensaient qu'aux jeunes ouvrières, belges ou polonaises, moins surveillées par leurs parents, et déjà un tantinet plus émancipées, dans l'espoir d'un rapprochement moins platonique... si possible.

Quoi qu'il en fût de leur motivation, ils étaient là pour leur initiation au tango, et ils étaient tous disposés à se faire réprimander et même traiter d'incapables par l'un ou l'autre plus âgé, plus aguerri, qui acceptait de leur inculquer sa science. Bien entendu, il y avait un problème majeur : la partenaire. Qu'à cela ne tienne, il y avait les chaises. Chacun la sienne ; pas de plus jolie, pas de jalousie. Il fallait voir avec quel sérieux ils appuyaient leurs pas, comptaient les carrés sur le sol. Lassés de la raideur de leurs compagnes « de bois », les apprentis Rudolph Valentino finissaient dans les bras l'un de l'autre, patauds, appliqués, attendrissants de naïveté. Bien sûr, chacun à leur tour, ils devaient « faire la femme », en tout bien tout honneur, sans aucune ambiguïté, mais inévitablement, ils s'emberlificotaient sous les quolibets et les fous rires de la colonie rameutée. Le succès de leur performance au bal passait par cette mise en boîte inévitable.

Moi, je commençai plus tôt que les autres, simplement pour le plaisir de faire danser ma mère.

C'est aussi la seule danse qui convienne à mon caractère introverti. Je peux danser sans devoir sourire ni parler à ma partenaire. Je la regarde droit dans les yeux et elle trouve dans mon regard tout ce qu'elle veut. Sauf que moi, je ne pense à rien, à rien d'autre qu'au tango. Le tango est trop sérieux pour ne le danser que pour la bagatelle qui pourrait s'ensuivre.

D'ailleurs, au Club, je suis de loin le membre le plus jeune. Je ne danse qu'avec des « quinqua » et même sexagénaires nostalgiques enfroufroutées de rouge et de noir qui jouent les lolitas. Je ne connais pas de jeune fille qui se plie vraiment aux règles et à l'esprit du tango. J'avais pris le risque de venir au Club avec ma blonde Flamande ; elle avait manifesté un enthousiasme un peu forcé qui frisait l'ironie, et qui avait mis toutes mes copines aux cheveux gris-bleu mal à l'aise.

Avant de la connaître, quand j'évoquais ma passion pour le tango, les demoiselles me prenaient invariablement pour un extraterrestre ; alors j'allais retrouver seul les gentilles mamies qui batifolaient dans leur jeunesse retrouvée, plus belle qu'elle ne l'avait jamais été. Et elles volaient, primesautières, ravies de ce que je pusse m'intéresser à leur histoire.

« Comment jeune homme, on aime le tango... ? »

Comme si c'étaient elles qui l'avaient inventé... Doucement, mesdames, cela fait vingt ans qu'on se connaît le tango et moi. Et vingt ans plus tard, c'est toujours le même tiercé gagnant au hit-parade, la « Comparsita » en tête, avec quelques incursions plus sophistiquées d'Astor Piazzola, qui clame qu'il est plus que jamais tango tango et « qu'il en est même *loco* ».

Il faut les voir, ces éternelles soubrettes, quand elles ferment les yeux pour entrer d'un moulinet dans le décor de leurs vingt ans retrouvés. Gonflées d'un doux souvenir, elles respirent à pleins poumons, elles revivent à plein rêve leur passé réorchestré dans une parenthèse indigo.

Au moment du *corte*, quand je me cabre immobile, elles me gratifient de tout leur savoir et m'enrubannent du fil invisible qui suit leurs « huit », leurs *quebradas*. Et à l'envers, et à l'endroit. Et je me plante, immobile comme un totem, tandis que lascives, évanescentes, elles reculent et avancent comme la marée. De nos regards nous croisons les fers, et croyez-moi, c'est plus fort que du rock and roll.

Parfois, quand la grâce est au rendez-vous, leurs mouvements se dessinent dans l'espace et restent visibles, comme si une poudre d'étoiles soulignait le trait, l'arabesque ou la courbe de leur danse.

Imperceptiblement, inévitablement, ma mère reprit sa place dans mes bras et je dansai avec elle. Je m'endormis heureux.

Ma sœur Sarina s'est mariée en 1981, à l'âge de dix-huit ans. Elle a convolé en justes noces avec le fils du pasteur de l'Église pentecôtiste de Haine-Saint-Martin. Pourquoi si jeune ? Elle en avait sans doute marre de servir de bonne et de maman à son incapable de frère, c'est en ces termes qu'elle parlait de moi à nos quelques amis intimes, alors qu'elle était fière de moi quand elle s'adressait à des étrangers. Elle avait alors un frère brillant titulaire d'un diplôme de comptabilité qu'il ne devait qu'à lui-même, sans piston. Oh ! je n'ai aucun doute en ce qui concerne l'affection qu'elle me porte, et je la lui rends sans conditions. Je regrette simplement qu'en épousant son futur pasteur, elle aussi soit rentrée en religion, et qu'on ne puisse plus avoir la moindre conversation sans que le nom de Dieu ne revienne sur la table, à tout bout de champ : « Dieu te regarde, tu ne devrais pas laisser traîner tes chaussettes sales sous le fauteuil »... vous voyez le genre. Dieu lui a offert une paire d'œillères qui la font crier au sacrilège quand je lui parle de Darwin. « Comment oses-tu dire que l'homme descend du singe ? Demande pardon à Dieu ! Dieu a créé l'homme à son image, oserais-tu affirmer que Dieu descend du singe ? » Ce à quoi je réponds : « Et pourquoi pas, mais a-t-on demandé l'avis du singe ? » Et c'est là qu'elle se fâche, elle prend son manteau, sa fille et, sans me saluer, elle dévale furieusement les escaliers. Son mari, lui, ne me rend jamais visite. Je ne suis à ses yeux qu'un suppôt de Satan, surtout depuis que j'ai vécu sans l'aval divin avec une fille venue d'on ne sait où. Et aucun lien affectif viscéral, aucun appel de son sang ne l'oblige malgré tout à me revoir, comme c'est le cas pour ma sœurette.

Comment se sont-ils connus, séduits, endoctrinés mutuellement, elle et son prédicateur de mari ? À l'école sans doute. Ma petite sœur avait probablement besoin de retrouver ce père qu'elle avait si peu connu puisqu'il nous avait quittés en 1970, en pleines vacances d'été, sur la plage de Scoglitti. Elle avait sept ans. Elle en a tellement voulu à la Sicile de ses ancêtres qu'elle l'a rejetée complètement, avec tous ses saints, toutes ses madones qui avaient été incapables, au moment où elle les avait priés dans sa détresse de petite fille, de secourir son papa qui se noyait devant elle. Elle s'est donc tournée vers le protestantisme qui ignore tous les saints et les vierges inséminées par des anges qui comme on le sait n'ont pas de sexe.

Antonio Croce avait survécu à l'enfer du charbonnage, il s'apprêtait à se couler des jours heureux, à savourer ce sentiment rassérénant du devoir accompli. Il savait que le plus dur était passé, il était conscient de ce que le sacrifice de sa jeunesse n'avait pas été vain, que, grâce à lui, son fils suivait des études dignes d'un bourgeois, et que sa fille promettait d'en faire autant.

Il a fallu que ce jour-là, ce maudit 7 août, alors que le soleil brûlait les estivants au travers des parasols, deux fillettes aient l'idée de batifoler dans l'eau de la Méditerranée et de feindre d'être en difficulté en lançant des cris de détresse plus vrais que nature. Papa, à demi assoupi, ne réfléchit pas et se jeta à l'eau. Il pensa juste que la plage était réputée dangereuse, et que des courants inattendus y surgissaient à l'improviste. Le bon sens populaire disait qu'il ne faut pas se baigner après avoir mangé de la pastèque, mais papa n'eut pas le temps d'en avoir cure. Il était le plus proche des deux gamines. À cet endroit, au pied d'une haute falaise, le vent s'engouffre à longueur de journée dans une trouée circulaire dans la roche et l'eau y était étonnamment fraîche malgré la fournaise qui rôtissait les corps allongés. Et ce fut l'arrêt cardiaque par hydrocution foudroyante. Papa avait beaucoup fumé dans sa vie. Il avait vécu sa possible dernière heure pendant des années, au fond de la mine, avec le grisou qui menaçait... À la surface, il calmait son angoisse devant sa prochaine descente en enfer en s'en grillant une tous les quarts d'heure. Et toutes ces dernières cigarettes du condamné avaient fait à la longue beaucoup de dégâts dans ses coronaires.

Ma mère et Sarina ont vécu la tragédie aux premières loges ; moi, j'étais en vadrouille. J'avais quatorze ans, l'âge où les copains prennent toute la place.

J'ai donc une nièce : Aurélia.

J'étais son tonton aux oiseaux. Je vous ai déjà parlé de mes talents d'imitateur d'oiseaux. Depuis qu'elle était toute petite, je la charmais en lui sifflotant des pépiements évocateurs plus vrais que nature. Elle était alors aux anges et ses grands yeux s'ouvraient de tout leur bleu qui s'étalait sur le gris du ciel.

Chez les pentecôtistes, le dimanche est exclusivement consacré au culte. Les enfants pas encore concernés, ou pas encore cernés tout court, qui ne tiennent déjà pas en place pendant un simple service liturgique, deviennent de plus en plus turbulents lorsque celui-ci se prolonge en une longue réunion évangélique pendant laquelle on se lance à la tête des versets de la Bible qu'on dissèque, explique et commente. Pour que les insouciantes créatures ne distraient pas leurs parents tout absorbés par la préparation de leur paradis posthume, la progéniture est donc priée de déguerpir jusqu'à l'âge de conversion, pas forcée, mais très recommandée, sous peine d'enfers, de géhennes aux tortures les plus raffinées. Je suis allé plusieurs fois au temple récupérer ma nièce. Peut-être y serais-je resté si, au lieu des versets, on s'y était raconté des histoires drôles : « Et celle-ci, tu la connais ? Quel numéro ? La 23 ! Ah oui en effet, elle est irrésistible ! » Mais même les blagues sont moins drôles quand elles sont lues.

Je me suis donc retrouvé quelques dimanches à faire du baby-sitting. Oh ! je le faisais de bon cœur, cela me permettait de voir si j'avais gardé un tant soit peu de cette imagination, cette faculté d'émerveillement qui avait fait de moi un môme riche.

Je m'aimais bien enfant... Enfant, je me connaissais mieux qu'aujourd'hui. Je n'avais qu'un capital de dix ans de vie, et je me souvenais de tout. J'étais comme un juke-box Wurlitzer ou un Scopitone. J'appuyais sur la touche B19, et une tranche de ma jeune histoire resurgissait de ma boîte à images. Par la suite, les bobines, les bandes magnétiques se sont multipliées, la mémoire de mon juke-box à souvenirs s'est faite plus sélective. J'ai stocké des milliers de scènes dans un improbable hangar dans lequel j'ai eu de moins en moins le temps de m'attarder.

En revanche, il m'arrive de découvrir çà et là des bobines qui m'avaient échappé. Je me suis remémoré par exemple le nom de l'ouvrier mineur algérien qui m'aidait dans mes devoirs. Il vivait seul, perdu dans la colonie italienne. Il avait dû laisser sa femme et ses deux gosses chez lui. Il attendait, dans la crainte, qu'on lui accorde ce fameux permis B qui officialiserait sa présence en Belgique, qui lui rendrait sa dignité d'être humain, et qui lui permettrait surtout d'inviter sa famille à le rejoindre dans les brumes du nord, plus nourrissantes que le soleil de chez lui.

Il était le seul qui avait un tant soit peu étudié le français. Il m'aimait bien et faisait pour moi ce que j'étais en train de faire pour Aurélia : le clown. Il a été expulsé après quelques mois. Je me souviens de son regard qui s'excusait quand la police l'a emmené, menottes aux poignets, comme un malfaiteur, alors qu'il ne m'avait fait que du bien. Tous les Italiens étaient devant leur porte pour le saluer en silence, comme un frère de misère. Je m'en souviens. On se moquait amicalement de lui parce que le destin avait réussi à lui offrir la demeure à laquelle son nom aspirait de toutes ses lettres : il s'appelait Barak !

J'aimais bien m'occuper d'Aurélia, avec son petit air mutin, ses cheveux noirs en tire-bouchon, et son rire de cristal. C'était la musique la plus réjouissante que je connusse. Je faisais tout pour l'amuser. Je passais des après-midi sur les rotules. J'étais son cheval, son prince charmant, son dragon, son punching-ball, son souffre-douleur, son copain. J'étais surtout le roi du Guili-Guili et j'arrivais à lui arracher des guirlandes d'éclats de rire qui résonnaient dans tout l'immeuble. Personne ne s'en était jamais plaint. Au contraire, quand son père a décrété plus tard qu'il ne pouvait pas laisser sa fille à un croque-mort mécréant et qu'on ne la revit plus à la Cité, certains voisins qui ne m'abordaient normalement jamais ont osé me demander si la petite avait déménagé.

Les rares fois où je n'étais pas d'humeur ludique, elle était la première à s'en rendre compte, et, comme pour me soulager du devoir de la faire rire, elle me demandait si elle pouvait aller jouer sur l'esplanade avec Noémie, une petite Zaïroise de son âge. Un jour, j'ai voulu tester sa conscience de la *différence* ; je lui ai demandé si elle avait remarqué quelque chose de particulier chez sa copine Noémie. Elle a réfléchi un long moment et a fini par me dire : « Oui, elle a souvent le nez qui coule. » C'est pas beau, ça ? On devrait confier le monde aux enfants...

Nous étions devenus très complices, elle et moi. Je me souviens d'une émission sur les animaux que nous avions suivie tous les deux sur le sofa, elle la tête appuyée contre mon bras et le pouce en bouche. Nous regardions, horrifiés, tremblant de peur pour la mangouste qu'un serpent avait choisie pour repas. Je voulais éteindre la télé. « Non, n'éteins pas ! – Mais c'est pas beau à voir, Aurélia. – Tant pis, je veux voir ! – Tu vas faire des cauchemars ! – J'aime les cauchemars, j'aime me réveiller et découvrir que je rêvais, ça fait tellement du bien. » Que rétorquer à cette irréfutable parade ?

Ah oui... le vilain serpent va dévorer la gentille mangouste ? Il la toise en la menaçant. La mangouste a l'air pétrifié... « Aahh ! » fait ma comédienne de nièce en forçant un sanglot. Que nenni ! D'autres mangoustes surgissent, sans doute le padre, la madre, l'oncle, la tante venue de Saragosse, avè les quatre gosses, et la tantina de Burgos... Elles encerclent le serpent et lui tournent autour. La mère mangouste attaque la première et le mord, les autres l'imitent tout en continuant leur ronde implacable. Le serpent ne voit plus de quel côté il va être mordu. En quelques secondes, il est déchiqueté. Et voilà qu'Aurélia et moi, nous avons presque pitié du pauvre serpent.

Et puis, une autre fois, tout de go :

« Tonton Juju, pourquoi que papa, il parle toujours de Dieu et que toi jamais ?

– Parce que lui le connaît.

– Ah bon... et comment qu'il le connaît ?

– Il l'a rencontré au temple !

– Ah bon, il est au temple... Papa m'a dit qu'il était partout pourtant.

– Oui, partout où tu lui donnes rendez-vous.

– Il aurait pu le rencontrer à la maison alors ?

– Bien sûr !
– Et c'est vrai qu'il voit tout ?
– Oui, même les chaussettes sales sous les fauteuils ! »
Rire d'Aurélia.
« Et il lit dans les pensées, ajoutai-je.
– C'est vrai ? Mais alors, si Dieu lit dans les pensées, inutile de lui parler tout le temps au temple, il suffit de penser ce qu'on veut lui dire, et il est au courant, non ? »
Je ne te le fais pas dire, ô ma géniale Aurélia.

Quand sa mère tardait à venir la récupérer, certains jours du Seigneur, après l'euphorie des rires, il lui fallait aussi faire une petite sieste. N'ayant aucune disposition pour le chant, j'évitais de lui chanter des berceuses, même si celles que me chantait ma maman sont restées à jamais gravées dans ma mémoire. Mais j'avais un truc infaillible : je lui parlais du souffleur de rêves.

Voici !

Vous vous allongez dans votre petit lit douillet, la tête posée sur votre coussin préféré. Vous prenez votre position favorite. Vous fermez les yeux. Vous imaginez la voûte de votre cortex. Vous la peignez dans votre couleur de prédilection. En vous concentrant bien, vous pourrez apercevoir une lueur ténue... ce n'est pas qu'une idée, elle existe vraiment. C'est la lumière de « l'autre côté » qui s'infiltre par un orifice appelé : le trou du souffleur de rêves. Vous l'avez bien repérée, n'est-ce pas ? À ce moment précis, vous introduisez proprement et poliment un de vos auriculaires dans la narine correspondant au côté de la main à laquelle il appartient. Rien de compliqué. Vous le poussez délicatement dans la cavité nasale, au-delà du sinus, vous arrivez tranquillement au cerveau, vous le traversez prudemment, et vous parvenez enfin à la voûte du cortex. Vous poussez sans brusquerie la fine membrane translucide à l'endroit où perce la lueur. Cette pulsion s'opère exactement à la hauteur de l'épaule du souffleur de rêves qui dort allongé de l'autre côté, tant que vous-même êtes éveillé. Vous me suivez toujours ?

Donc, notre souffleur de rêves sursaute et comprend que vous êtes prêt à passer de son côté. Vous gardez votre auriculaire appuyé sur la membrane qui pointe du côté rêve, n'ayons pas peur des métaphores, comme un téton. Le souffleur de rêves saisit ledit téton et commence à tirer dessus. Vous vous sentez alors aspiré. Vous glissez centimètre par centimètre de l'autre côté, comme si vous n'étiez qu'une baudruche qui se dégonfle ou qu'un costume de peau vide. D'abord le doigt, la main, ensuite le bras, l'épaule, les cheveux, la tête, attention aux oreilles ! On arrive au cou. On passe l'autre bras, c'est fait ? Voilà, maintenant c'est au tour de l'autre épaule, le torse, la taille, le bassin, les jambes, les pieds... vous êtes côté rêve, symétrique à vous-même, comme une silhouette d'antimatière, ou comme votre reflet dans le miroir.

À partir de cet instant, le souffleur de rêves, comme son nom l'indique, même si jusqu'à présent, il n'a fait qu'aspirer, vous soufflera votre nouveau rôle... selon son humeur. Il est assez lunatique et peut vous souffler des choses horribles.

Quand le souffleur de rêves sera fatigué à son tour, il voudra bien sûr dormir, et pour cela récupérer la place que vous lui avez prise. Il vous fera alors repasser par le même

114

orifice qu'à l'aller, et vous rendra à votre réalité pendant que lui piquera son petit somme régénérateur.

Qu'est-ce qui fait rêver le souffleur de rêves ? Est-ce que notre réalité est la matière du rêve du souffleur de rêves ? Allez savoir ! Si tel est le cas, plaignons-le, le pauvre ! A-t-il mérité tous ces cauchemars ?

Françoise Legay était aux anges. Elle avait trouvé en moi l'homme de sa vie : gentil, poli, jamais un mot plus haut que l'autre. J'étais devenu son confident. D'un regard, elle me prenait à témoin quand elle trouvait, sans oser le lui dire, que son père exagérait. Elle était aux petits soins avec moi : « Un p'tit café, Julien ? Un chocolat ? » Elle s'enquérait après chacune de mes missions de la façon dont les choses s'étaient passées. Je lui racontais les quelques anecdotes attendrissantes ou amusantes qu'il m'était donné de vivre ou d'entendre au cours de mes expéditions funèbres. Elle souriait délicatement, sans excès, contrairement à son stentor de père dont le rire résonnait de son bureau au magasin en ricochant sur le marbre des pierres tombales exposées.

L'histoire qui l'avait le plus émue, jusqu'aux larmes, était celle d'une vieille dame : après cinquante ans de dévotion pour son coq en pâte de mari, elle s'était arrêtée au beau milieu de l'escalier qui, pour la vingt millième fois au moins, les menait tranquillement, mais d'une allure de plus en plus poussive, à leur appartement. Elle s'était tournée vers son compagnon, et lui avait dit tout de go : « Arthur, je suis à bout de forces, je n'en peux plus, ne m'en veux pas... il faut que je te quitte. » Et elle s'était écroulée dans ses bras... morte.

Je devine avec le recul que Françoise y avait perçu un message de ma part, une manière de sollicitation pour une longue vie à deux, mais bien sûr, sur le moment, ce genre d'interprétation possible m'avait échappé. J'étais encore tout à mon amour soleil perdu. Parfois, Mlle Legay me regardait de façon étrange, comme si elle était en train d'étudier, d'imaginer mon maquillage mortuaire. Parfois, elle me prenait la main, la posait sur son cœur en soupirant : « Je ne sais pas ce que j'ai... quand tu es là... sens comme il bat. » Je faisais l'étonné, celui qui ne comprenait pas. D'autant plus, je vous l'ai dit, que son avant-garde mammaire ne permettait pas d'approcher de son palpitant à moins de trente centimètres : « on est plus près du cœur quand la poitrine est plate ».

Mais c'est ainsi que, de minauderie en mamour, d'œil de velours en bouche en cœur, elle tissait sa toile d'araignée dans laquelle je me laissais empêtrer, naïvement convaincu qu'avec mon humour je m'en sortirais à plus ou moins brève échéance. Elle commença à échafauder quelques projets d'avenir en commun, et elle y alla même de quelques allusions sur la difficulté de vivre avec son père. Je n'insistai pas pour en savoir davantage...

Pourtant, petit à petit, entre pitié et sympathie, ému par tant de sollicitude de la part de cette poupée Barbie brune un peu rondelette, je me mettais à apprécier sa présence...

Un jour où son père, en visite chez un fournisseur, nous avait laissés seuls à l'entreprise, elle me confia en larmes son terrible secret. Son géniteur avait abusé d'elle alors qu'elle n'était encore qu'une fillette de douze ans. Il l'avait suppliée pitoyablement de lui accorder ses jeunes faveurs, à genoux, des sanglots dans la voix, en lui expliquant combien elle lui rappelait sa mère, la seule femme qu'il ait vraiment aimée, qu'il n'était qu'un homme fini, et qu'à force de lui vouer tout son temps libre, à elle sa fille, il n'avait pas pu se refaire une vie de couple, et qu'il n'en pouvait plus, qu'il l'aimait au point d'en perdre la tête. Ce qu'il fit, car la pauvre gamine, apitoyée autant qu'horrifiée, subit les assauts incestueux de son père pendant trois longues années sans oser se révolter, ni le dénoncer de peur... de peur... de la même peur qu'invoquent tous les enfants abusés sexuellement dans le monde. Elle subit donc son martyre en silence, elle rongea son frein et se consola volumineusement en se gavant de toutes les friandises en vogue chez les confiseurs du village. À l'âge de quinze ans, elle eut enfin le courage de repousser les avances de son monstre de père, mais pas de le quitter. Il y a des liens de sang qui tiennent au-delà de toutes les ignominies.

J'étais abasourdi par sa terrible révélation, mais que faire de cette histoire près de dix-sept ans après les faits ? Je ne voyais pas ce qui en moi avait pu pousser sa malheureuse protagoniste à me la confier. Quoi qu'il en fût, j'avais conscience que j'avais en mains le sort de la silhouette de cette jeune fille de trente-deux ans : les chocolats ou moi ! Nous étions les seuls objets de ses tendres désirs.

Quelques semaines plus tard (nous étions en juin, donc sept mois après notre première rencontre), Françoise m'invita à passer le week-end, que l'on annonçait caniculaire, dans un flat que son père possédait sur la côte belge, à Coxyde, où se retrouvent moult vacanciers de notre région – le Hainaut sur mer en quelque sorte. J'essayai sur-le-champ d'inventer une excuse crédible. J'invoquai la possibilité d'un travail imprévu pour lequel mon patron compterait sur ma disponibilité... je balbutiai que j'avais promis à Rosario de rendre visite à sa mère qui était du même patelin que moi en Sicile... rien n'y fit. Son paternel se débrouillerait, objecta-t-elle, je n'étais pas son esclave... et Rosario comprendrait, il avait été jeune aussi.

La dernière fois que j'avais vu la côte belge, c'était avec ma belle Flamande, à Knokke-le-Zoute. C'était l'hiver. Elle adorait les plages désertes balayées par le vent du nord. De ce côté-là, nous étions gâtés, et tout Sicilien que je suis, je reconnaissais au paysage un certain charme malgré le froid à vous déchirer les oreilles. Au bord de la mer à marée basse, c'était un spectacle lunaire. Comme si nous marchions sur les nuages au sens propre. Le blizzard soufflait si bas que le sable lévitait à cinquante centimètres, à hauteur de nos genoux, comme la traîne cotonneuse d'un ciel moutonné. Nous étions fous. Nous tournions sur nous-mêmes, comme des enfants. Le vent tourbillonnant nous emmenait où il le voulait, et nous étions disposés à le suivre jusqu'au bout de notre bonheur. Hélas ! je suis tombé trop tôt de ces nues nimbées de poésie. Le vent les a chassées très loin, avec ma fée Clochette à leur bord. Ou peut-être s'est-elle envolée avec tous ces goélands qui lui faisaient cortège quand elle me laissait au bord du chemin pour courir jusqu'à la lagune du Zwin où des milliers d'oiseaux migrateurs font escale depuis l'aube des temps.

Et me voilà sur l'autoroute du littoral avec la brave Françoise au volant.

« Non, Julien, laisse-moi faire, tu as conduit le corbillard toute la semaine.

– Bon, si tu y tiens... »

Qu'attendait-elle de moi ? Nous arrivâmes à Coxyde à la tombée du soir. L'appartement était situé sur la digue face à la mer. Le ciel était d'un bleu mauve fluorescent où se mouvait imperceptiblement une suspension lactescente de nuages rose bonbon.

« Regarde comme le ciel est beau, Julien », dit-elle en me prenant la main devant la fenêtre panoramique.

Et je nous imaginai en ombres chinoises sur fond de coucher de soleil polychrome, comme sur les cartes postales de la Saint-Valentin. Je me raidis juste ce qu'il fallait pour qu'elle comprenne que je n'étais pas celui qu'elle croyait.

Nous descendîmes manger quelques moules et quelques frites à la gargote du coin, belgitude et tradition obligent. Nous remontâmes dans le studio, et j'eus soudain conscience que mon problème ne faisait que commencer. Je fis l'étonné en lui signalant que je ne voyais qu'un lit dans la chambre unique.

« Où vais-je dormir ? demandai-je méfiant.

– Mais... avec moi, répondit-elle, surprise par ma question que de toute évidence elle trouvait idiote.

– Il y a le canapé..., insistai-je, au bord du désespoir.

– Julien... de quoi as-tu peur ? Je sais me tenir, sais-tu...

– Je n'en doute pas, répondis-je, hypocrite ; je disais cela pour ton confort.

– Tu penses que j'ai besoin d'un lit aussi grand pour moi toute seule ?

– Mais pas du tout, Françoise, tu es parfaite. »

Elle me regarda comme si ce compliment tombait à contretemps, et je me rendis compte que sa dernière réplique ne faisait pas forcément allusion à la zone d'expansion de ses rondeurs, alors que l'idée m'en démangeait l'esprit comme si c'était une chose admise une fois pour toutes. Elle ne releva pas mon amorce de gaffe et je compris qu'elle ne faisait aucun complexe de son physique.

Je prétextai d'un ton suppliant que j'avais perdu l'habitude de dormir à deux dans le même lit ; elle minauda finement qu'il ne s'agissait pas de dormir. L'étau se resserrait.

À bout de repartie, j'ouvris mon sac de voyage en toile, et j'en sortis mon pyjama et ma trousse de toilette. Je m'enfermai dans la salle de bain. J'en ressortis à pas hésitants, mais l'haleine fraîche. Entre-temps, elle avait enfilé une élégante combinaison en soie couleur champagne et s'était allongée aguicheuse sur le lit.

« C'est vrai que tu as vendu de la lingerie féminine ?

– Ben oui ! répondis-je, j'ai même fait ça.

– Oh ! mais y a pas de mal, comment trouves-tu la mienne ?

– Mais très seyante, Françoise, très seyante.

– Ah oui ? »

Mlle Legay-jéroboam était prête à pétiller. Je me glissai prudemment, pas rassuré du tout, sous le drap fin comme un voile de mariée qui nous coupait de la chaleur de la journée pesant encore lourdement sur la chambre. Elle éteignit. À la seconde même, elle roula sur moi. J'eus beau lui dire que j'avais des poux, des champignons, un bouton de fièvre, de l'eczéma, de l'asthme, des rhumatismes, le

121

vertige en montagne, que j'avais perdu l'habitude de ces choses-là, elle ne voulut rien entendre. Et soudain, l'obscurité, que j'imaginais de plomb, à mon grand étonnement, ¡vida sur moi son nuage de plumes, et ma nature d'homme, en veilleuse depuis des mois, reprit le dessus, et ma foi... je ne le regrettai pas vraiment... du moins sur le coup. Si je puis m'exprimer ainsi.

Je me réveillai dès l'aube, taraudé progressivement par ma « concession » de la nuit qui risquait d'aboutir à un immense malentendu.

Je descendis en tee-shirt, bermuda fleuri et tennis. Je me promenai sur la plage pour réfléchir à la suite possible des événements. J'étais moins seul que je ne l'avais espéré et déjà des enfants avaient entamé les fondations de leurs châteaux de sable, flanqués de quelques adultes qui épluchaient leur quotidien, installés sur leurs chaises longues. « L'avenir appartient aux "rêve-tôt" », pensai-je. Je continuai de longer le ressac des vaguelettes jusqu'au brise-lames qui me barrait le chemin. Un bonhomme était assis à son extrémité, les pieds dans le vide, les cheveux étalés en éventail sur ses épaules nues. J'entrepris d'y grimper par les rochers. J'entendis un son de pipeau venant de la mer. Je m'approchai de la silhouette angélique. Le musicien se tourna vers moi. « Je suis charmeur d'océan, me dit-il.

– Il en faut aussi. Faites seulement, je ne voulais pas vous déranger », lui répondis-je.

Je le laissai à ses vagues ravies qui comme milliers de serpents ondoyaient jusqu'à ses pieds.

Quand je rejoignis Françoise dans le studio, j'étais résolu à lui faire comprendre que nous devions oublier ce qui s'était passé cette nuit entre nous, que ce n'était qu'un moment d'égarement sans lendemain.

Elle m'accueillit, radieuse, en chantonnant. Je vis la table dressée d'une jolie nappe à fleurs jaunes sur fond bleu lavande : le petit déjeuner était prêt.

Elle ne me laissa pas placer un mot. Elle me tint un discours entrecoupé de gros soupirs qui me confirmait, comme je le craignais, qu'elle n'avais jamais été aussi heureuse qu'en ce moment... et grâce à moi, « son Julien ».

« Mais qu'ai-je donc fait au bon Dieu ? » me demandai-je intérieurement effondré... et je me tus.

Je me retrouvai à nouveau sur la plage mais cette fois en la spectaculaire compagnie de Françoise qui avait mis son « itsy, bitsy, teeny, weeny, yellow-polkadot » bikini rouge et jaune à pois. Les petits pois, gonflés à bloc, avaient des allures d'oranges. Nous étions allongés sur le sable face à la mer, devant la cabine de plage baptisée « Legay logis », comme de bien entendu. Un chien passa devant nous... il me sembla gonflé à l'hélium. Une mouette nous frôla, on aurait dit un zeppelin bien ventru. Je regardai autour de moi : l'être humain homme, femme ou enfant le plus maigre pouvait facilement s'inscrire au prochain championnat de sumo. Tous les maillots étaient tendus à éclater, mais tout le monde riait, chantait, Françoise la première d'ailleurs. Je constatai alors un phénomène étrange : je m'aperçus que mes bras, mes cuisses, mon ventre, mes joues que j'allai contrôler dans le miroir de la cabine, bref, tout mon corps s'était mis au diapason : j'étais dodu comme un mignon cochon rose, et je me mouvais, je respirais dans les généreuses dimensions d'un tableau de Botero. Par quel virus étrange étais-je contaminé ? Je regardai Françoise et je la trouvai ravissante. Je lui pris la main pour l'inviter à aller nous baigner. Des enfants bien en chair comme des angelots de Rubens batifolaient, piaillaient sur leur Zodiac pneumatique ; nous n'en avions pas besoin, nous étions nous-mêmes des canoës qui flottaient, remplis d'un air nouveau qui ressemblait à quelque chose d'agréable... réminiscence d'anciens bonheurs. Avais-je trouvé ma bouée de sauvetage ?

Nous retournâmes au même troquet-snack-crêperie que la veille au soir. Nous décidâmes de commander toute la carte : des crêpes en entrée, en plat et en dessert. Nous nous en farcîmes allégrement une douzaine à nous deux en nous regardant droit dans les yeux, en une longue et profonde communion de nos âmes affamées d'absolu... et de terrestre volupté.

Rassasiée, du moins de bonne chère, elle m'invita à la suivre pour une « petite sieste ».

Je tins bon.

« Non, non, je reste sur la plage, j'adore le soleil... et pour une fois on est gâtés.

— Et moi, Julien... tu m'aimes un peu aussi ? »

Et me raccrochant à la locution adverbiale qui venait atténuer la portée définitive de sa question, je lui répondis sincèrement :

« Mais bien sûr, Françoise, bien sûr ! »

Et elle me quitta sur une bise et un radieux sourire.

À peine eut-elle disparu, je redevins moi-même. J'avais retrouvé mes joues creuses et ma mine blême. Il fallait que je reprenne des couleurs, et je trottinai jusqu'à la plage. Le phénomène opérait cette fois à l'envers : les gens étaient squelettiques, tristes, gris. « Bof ! pensai-je, c'est le soleil qui me joue des tours ! » Et je m'assoupis quelques minutes sous l'effet du chablis qui avait arrosé les crêpes.

Quand je repris mes esprits, les gens autour de moi avaient repris leur apparence « normale » et j'en voyais donc de toutes les formes habituelles : en forme de poires, de cruches, d'amphores, de portemanteaux, d'autruches, d'arbres de Noël, en forme de rien du tout, de courant d'air, de 4L, de chèques, de pourboires, des pas en forme du tout, et certains qui avaient déjà la forme de leur cercueil... mon œil professionnel s'aiguisait déjà.

Une femme, dont on ne voyait que les rides, comme si elle s'était empêtrée dans un filet de pêche, mais qui avait gardé des gestes, des audaces, des légèretés, des fausses pudeurs de jeune fille, sortit de l'eau, les bras croisés sur sa poitrine nue desséchée, faisant pivoter son buste de gauche à droite avec des langueurs qui se voulaient félines. Elle souriait d'un air complice à son mari assis sur son transat. Celui-ci la regardait par-dessus son journal ; il avait l'air heureux. Lui connaissait chacune des rides de sa dulcinée, il pouvait les raconter toutes, les revivre, les suivre sur la carte de la vie, s'y attarder, s'y attendrir. J'ai sans doute voulu rire sous cape à la vue de cette Vénus cabossée et ratatinée, mais je me suis vite ravisé quand je reconnus M. Botticelli derrière son quotidien.

Françoise redescendit au milieu de l'après-midi. Elle portait cette fois un maillot une pièce noir à larges rayures jaunes qui la moulait à exploser, aurais-je encore déclaré hier ; mais non, je la trouvai « craquante » avec son air de Maya l'abeille gourmande, et à nouveau, mes yeux conditionnés par mon indéfectible empathie, mes yeux attentionnés retrouvèrent leurs lentilles grossissantes et je repassai dans le monde du bibendum Michelin jusqu'au retour à Haine-Saint-Martin.

Le lendemain matin, lundi, je trouvai Rosario chez Legay. Il venait m'annoncer qu'il avait réussi son examen d'inspecteur et qu'il débutait à la PJ de Mons. Je le félicitai sincèrement. Il poursuivit d'un air un peu persifleur :

« Alors, *cumpari*, l'air de la mer t'a fait du bien, tu as l'air en pleine forme. »

Il savait tout. Françoise n'avait pas pu cacher son émotion. Toute l'entreprise Legay était au courant, de Fernand à sa mère, en passant par Firmin et la femme de ménage. Il n'y avait que moi qui ignorais encore que j'avais demandé la main de Mlle Legay. Je le compris quand mon patron me prit à part pour me servir le discours plein des recommandations d'usage que tout père-qui-tient-à-sa-fille-comme-à-la-prunelle-de-ses-yeux se doit de tenir à son futur gendre.

Je freinai tant que je pus cette enthousiaste précipitation vers des perspectives d'avenir qui ne m'enchantaient pas forcément, mais je n'eus pas le courage d'annihiler complètement les espoirs de la famille Legay.

Le week-end qui suivit, Rosario m'invita pour la première fois chez sa mère. Elle était bien sûr au courant de mes « fiançailles ». Évidemment, Mme Bellassai me parla de son fils, et surtout de son humour dont j'avais savouré quelques échantillons. Elle me raconta comment il s'était levé un jour à l'aube pour planter des rangées de spaghettis dans le potager, simplement pour que ses jeunes neveux et nièces puissent les trouver à leur réveil, et soient convaincus, pour quelques années, que les pâtes avaient germé avec le printemps, comme les tomates qu'elles iraient rejoindre dans les assiettes.

Elle évoqua également un mémorable réveillon de Noël où, toute la soirée, Rosario avait cassé les pieds des membres de la famille réunie en s'inquiétant tous les quarts d'heure de la santé du poisson rouge qu'il trouvait bizarre. À minuit pile, il s'était approché de l'aquarium et s'était exclamé : « Venez voir, venez voir, le poisson a eu un petit, on va l'appeler Jésus. » Ils étaient tous sous la grâce de Noël et criaient presque au miracle. Il avait fallu quelques secondes pour que l'oviparité de l'ide rouge leur revienne à l'esprit et qu'ils éclatent de rire, amusés et dépités d'être tombés dans le panneau. Le farceur en fait était arrivé chez sa mère avec dans sa poche un tout petit sachet en plastique rempli d'eau et contenant un minuscule alevin rose.

Tout le Rosario que je pressentais et que j'aimais était dans ces deux anecdotes. Il avait toujours des histoires surprenantes à me raconter, souvent sur notre pays natal, sur le caractère entier, parfois obtus, de certains de nos compatriotes et notamment de son oncle Turi.

Un jour que celui-ci se curait les ongles à l'aide de son canif, assis sur le pas de sa porte, un *polentone* (nordiste) l'aborda, lui le *terrone* (méridional).

« Excusez-moi de vous déranger, monsieur, pouvez-vous me dire combien de temps on met pour aller d'ici à la gare à pied ? »

Sans lever les yeux de ses ongles, Ziù Turi répondit de sa voix desséchée par le soleil : « *Cammina !* », ce qui signifie en bon italien : « Marche ! », mais aussi, en langue populaire : « Déguerpis ! Du balai ! »

Le Turinois, choqué par le ton expéditif et le tutoiement du Sicilien, s'excusa de l'avoir importuné, mais lui signifia aussi qu'il pouvait au moins être aimable.

« *Cammina !* » répéta Ziù Turi.

L'Italien du Nord s'éloigna, vexé. Il avait à peine parcouru quelques mètres que l'autochtone lui cria : « Pour aller à la gare, il te faut vingt minutes ! »

Le touriste, surpris par cette soudaine sollicitude le remercia, mais ne put s'empêcher de lui reprocher sa rudesse du début.

« Mais sans savoir à quelle allure tu marches, comment je pouvais te dire combien de temps tu mettrais jusqu'à la gare... hé malin ? »

À la fin de la soirée, la signora Bellassai m'offrit une paire de tasses en porcelaine italienne en guise de cadeau de fiançailles. J'eus beau nier mon engagement, je me fis traiter de cachottier et je dus emporter les tasses. Chez moi, je fus surpris par leur finesse. J'en avais pris une en main pour l'admirer. La serrai-je trop énergiquement ? Elle m'éclata entre les doigts. Je sursautai bien entendu, mais, après avoir ramassé les débris, je m'endormis sans faire grand cas de l'incident.

Le lendemain, Rosario m'apporta une autre tasse identique à celles de la veille.

« Tiens, c'est de la part de ma mère, cela porte malheur de casser une tasse, il faut la remplacer au plus vite, sinon la malédiction s'installe.

– Minute ! Qu'est-ce que tu me racontes là ? Qu'est-ce que tout cela veut dire ? Comment peut-elle savoir que j'ai cassé une des deux tasses, je n'en ai parlé à personne ? »

La seule réponse de Rosario fut :

« Elle le sait ! »

Allez ! Pas de magie noire qui tienne, au boulot, Marcel nous attend !

Marcel Grégoire s'était soumis patiemment aux séances d'essayage que son tailleur avait exigées avant de lui confectionner sa queue-de-pie, son pantalon gris à rayures et son gilet en feutrine perle avec la lavallière en soie assortie. L'ensemble terminé lui seyait à merveille et faisait de lui un « père de la mariée » de gravure de mode. La tenue rutilante était pendue dans sa garde-robe en attendant le grand jour.

Quand nous ramenâmes la dépouille de Marcel dans un cercueil octogonal en chêne massif, sa maison était sens dessus dessous. La famille était pour le moins embarrassée de nous accueillir parmi les fleurs défraîchies, les reliefs de repas, les confettis et les grains de riz qui jonchaient les tables et le sol de la salle de séjour. Le mariage de sa fille avait eu lieu la veille. Le traiteur n'était pas encore passé récupérer son matériel ; nous l'avions pris de court.

Peu de temps après l'essayage, Marcel s'était découvert une tumeur galopante au cerveau : un gliome ; comme par hasard, quelques semaines après que sa femme l'avait quitté pour le courtier qui l'avait convaincu de souscrire une assurance-vie en faveur de son épouse. Sa fille Laetitia, vingt-deux ans, était enceinte. Il n'était donc pas question de retarder la cérémonie ; la future mariée risquait de ne plus pouvoir passer la robe de chez Lefèvre, le couturier chic de la région.

Le jour du mariage, une partie du cortège nuptial avait donc fait un détour par l'hôpital pour saluer le pauvre Marcel. Sous morphine, le malade avait néanmoins eu droit à une brève éclaircie de sa raison vacillante qui lui avait permis d'apprécier la présence de sa fille, de son presque gendre, de son fils et de sa femme, tous en tenue d'apparat. Et, ô surprise, le courtier en assurances, qui avait sans doute estimé que Marcel avait eu le temps de digérer sa déconvenue conjugale, était là aussi, relax, souriant, amical, compatissant. Il y était même allé de son petit mot d'encouragement, laissant entendre que l'heure était à la réconciliation et au comportement en adultes civilisés. Et tant pis si Marcel reconnaissait la mise qu'il s'était choisie pour mener sa fille bien-aimée vers l'autel, et que son charmant rival avait eu la délicatesse de porter à sa place, pour amortir les frais, probablement. Personne n'aurait pu prévoir des circonstances aussi extrêmes.

Les noceurs quittèrent la chambre du malchanceux père qui trouva malgré tout la force, ou l'ironie, de leur soupirer un « Amusez-vous bien » au bord des larmes.

Dès qu'il fut seul, Marcel arracha les tuyaux de son baxter et retint son souffle avec une volonté qui venait déjà d'au-delà de la vie.

N'ayant pu joindre la famille pendant la cérémonie, ce n'est qu'en début d'après-midi que l'infirmière en chef avait annoncé le décès de M. Grégoire à celle qui était encore sa femme. Celle-ci accueillit la nouvelle avec dignité, mais ne la répercuta au reste de la famille que tard dans l'après-minuit – sans bien sûr faire allusion à son geste de lassitude –, quand les derniers chants s'étaient tus et les dernières danses « désenlacées ». On avait donc guindaillé, bu et bâfré, ri et plaisanté comme si de rien n'était, dans la maison familiale probablement jugée plus confortable pour la noce que l'appartement du courtier et dans laquelle Marcel souriait encore aux côtés de son épouse sur la photo de mariage qui trônait au-dessus du buffet en acajou.

Nous avons dû garder son cercueil sur nos épaules un long moment avant de le poser sur deux rangées de trois chaises juxtaposées, le temps que le traiteur et son équipe, enfin arrivés, fassent place plus ou moins nette, et que Fernand, à bout de patience, Firmin, le fils du défunt et moi-même dressions la chapelle ardente et installions le catafalque selon une chorégraphie improvisée digne d'Hellzapoppin.

Il y a des jours où l'on ne vit pas... des jours de plein soleil où l'on a si froid que les plus pauvres joies vous glissent entre les doigts ; des jours où, dès le sortir du lit, le miroir vous tue d'un regard désenchanté, où vous arrosez des fleurs qui ne s'ouvrent pas, où on appelle un ami pour entendre une voix, et que ses mots qui se veulent de baume, se cognent à votre désarroi : « Amène ton cafard tu es le bienvenu », dit-il sincère, mais rien n'y fait, vous vous retrouvez idiot et plus seul que jamais... c'est comme ça... il y a des jours où l'on ne vit pas.

Heureusement, il y a aussi des jours rêvés pour le poisson-banane, comme me l'a appris J. D. Salinger ; des jours où fleurissent les roses bleues au jardin de l'impossible. Tout est dans la couleur du ciel ; à vous d'y repérer le rayon vert, au passage d'un nuage même menaçant ; à vous de reconnaître la buée rose lilas qu'un souffle d'espoir aurait laissée sur le cristal du firmament.

La veille au soir, j'avais regardé à la télévision le célèbre film *Elle et lui*, dont le nom du réalisateur m'échappe. Cela m'avait donné des idées. Cary Grant et Deborah Kerr, couple superbe s'il en est, s'y donnent rendez-vous au cent deuxième étage de l'Empire State Building. Ils venaient de se rencontrer sur la côte d'Azur dans l'hôtel où le hasard avait voulu qu'ils soient en vacances en même temps. Ils se sont plu mutuellement, mais ayant chacun les blessures d'un amour déçu à panser, se méfiant de la grisante légèreté d'un coup de foudre qui pourrait n'être qu'une désillusion de plus, ils ont décidé de se donner le temps de la réflexion et de s'en remettre au destin en se fixant rendez-vous un an jour pour jour après leur premier baiser... Quelle sagesse, n'est-ce pas ! J'abrège : lui est au rendez-vous ; elle a tout fait pour y être aussi. Au jour dit, hélas, elle est victime d'un accident de voiture à quelques mètres du gratte-ciel des retrouvailles. Elle se retrouve à l'hôpital, paraplégique, pour en ressortir des semaines plus tard en chaise roulante. Vous pouvez verser votre petite larme, personne n'y échappe.

Il l'attend jusqu'à la fermeture des portes de la célèbre tour. À minuit passé, convaincu que sa bien-aimée a renoncé, il ravale tous ses rêves de nouveau bonheur, et reprend sa solitude où il l'avait laissée. Plus tard, rassurez-vous, il la retrouve, apprend la véritable cause de son « lapin », et tout est bien qui finit bien, elle récupère l'usage de ses jambes, ils sont heureux, et ils ont beaucoup d'enfants. *The end !* Sous-titré « Fin ».

Tout ému par cette belle et édifiante histoire, je décidai de commettre un geste d'un romantisme, d'une naïveté à faire passer Tino Rossi pour un membre de NTM, le fameux groupe au complexe d'Œdipe pour le moins exacerbé. J'écrivis donc un message, un SOS, un ultimatum, une prière sur une belle feuille blanche. Je la pliai en deux dans la hauteur ; je rabattis ses angles supérieurs au centre, vers le bas, je relevai les deux bandelettes avant et arrière vers le haut, j'ouvris le tricorne qui en résulta, je ramenai les extrémités inférieures l'une sur l'autre le long de la base du triangle... j'avais un carré ouvert d'un côté, comme un bec dont je pliai les deux parties sur l'angle supérieur... je répétai l'opération, je tirai soigneusement sur les deux côtés fermés et, enfin, j'avais mon petit bateau. J'étais content de moi, car je n'en avais pas confectionné depuis plus de vingt ans.

N'ayant pas d'Empire State Building à ma disposition, à moins d'en construire un pour elle, une pierre pour chaque minute de son absence, je donnai rendez-vous à mon aventurière au quatrième étage du répugnant immeuble qui redeviendrait paradis si elle daignait poser une fois encore ses ballerines taille trente-huit sur les marches de l'escalier jonché de papiers sales qui mène jusqu'à chez moi. En relisant le message, je me rendis compte que mon cadre quotidien n'était pas le décor idéal pour des retrouvailles que je voulais somptueuses. Je pris donc une autre feuille de papier et réécrivis ma missive. Voulant offrir à l'élue de mes délires toute la beauté qu'elle méritait, je fixai l'improbable ou miraculeux rendez-vous au musée de l'Orangerie, dans la salle des Nymphéas, à une date à convenir... rien de moins. Je plastifiai la feuille en y collant de la cellophane. Je recommençai mon savant pliage. Je consolidai certains plis par du ruban adhésif transparent, et le bateau fut prêt à naviguer.

Je me rendis au bord de la Haine, à cent mètres de la station d'épuration par laquelle ses eaux passent et où celles-ci, filtrées de leur innommable saleté, rejoignent le cours normal de la rivière par des canaux de dérivation. Dois-je vous préciser que, déjà, les premiers pneus, boîtes de conserve et autres préservatifs y refont leur rebutante apparition. Mais au moins, à cet endroit précis, elle coule, ce qui justifiait amplement que je lui confie mon message de loup hurlant à l'amour. Il fallait oser... Je le fis. Art éphémère, acte gratuit, acte idiot, acte cucul la praline, acte à l'eau de rose ; de toute façon, j'étais certain de rester le seul à en avoir connaissance.

La Haine ! Drôle de nom pour une rivière. D'autant plus qu'à l'origine, son nom, Hagna, ne la prédestinait pas à cette désinence disgracieuse. Se fût-elle appelée la Hagne que son sort en eût été tout autre, et qu'on l'eût sans doute respectée. Le Hainaut, à qui elle a donné son patronyme, se serait appelé l'« Hagneault », et ses habitants, les « Hagnelais », auraient pu paître docilement pendant des siècles dans ses verts pâturages et ses vallons fleuris de nuages mauves de luzerne.

Certains historiens affirment que l'idée serait de Jules César qui, pour punir les riverains, les vaillants Nerviens, de leur résistance face à ses centuries qui voulaient franchir la rivière, aurait affublé cette dernière de cette appellation mesquine et pour le moins antipathique.

Nous avions donc aussi nos irréductibles, ô vénérés Gaulois de France. Jules n'a-t-il pas déclaré d'ailleurs que, de tous les peuples de la Gaule, les Belges étaient les plus braves ? Et ça, c'est historix, ô cher Uderzo ! De là à se venger de notre fière opiniâtreté en condamnant notre beau cours d'eau à l'opprobre des générations qui allaient suivre... Petit esprit, ô grand Jules !

Les Romains qui, à grand-peine, nous[1] ont tout de même envahis, pérennisèrent le quolibet, et régulièrement, des siècles durant, allèrent cracher et pisser dans la pauvre et innocente rivière avec mépris et rancune. Cela expliquerait donc l'aspect parfois écumeux voire baveux de son eau. Et c'est un fait que la Haine n'invite pas vraiment à la baignade, à l'inverse du fleuve Amour, dont les eaux sont pourtant au moins aussi boueuses.

Mais, d'un autre côté, « haine » se disant *odium* en latin, cette explication tout à la gloire de nos ancêtres me paraît peu digne de foi.

Une autre école d'historiens, plus pragmatique, prétend que le mot « haine » proviendrait du celtique *aien* qui signifierait tout simplement « couler ». Cela voudrait dire que la Haine aurait été le parangon de la rivière, et qu'elle aurait donc vraiment coulé, alors qu'aujourd'hui, elle est comme figée dans un lent frémissement de ses eaux lasses de porter toute la saleté de la région.

Peut-on croire que, jadis, elle serpentait guillerette entre prairies et marécages, avec ses tribus de carpes, de brochets,

---

1. En tant qu'Italo-Belge, je ne sais plus qui est « nous », et qui « ils ».

de tanches, d'épinoches et autres poissons d'eau douce, caressant au passage un bouquet d'arbres, traversant pour les rafraîchir des hameaux et des villages dont les habitants honoraient sa bienfaisante présence en y trempant les pieds, assis sur ses rives alors accueillantes ?

Les temps changent et, de nos jours, elle rampe honteuse, fuyante, entre nos fameux terrils, tumulus géants, Alpilles de schlamms, de charbon rejeté, trop pauvre pour la combustion, et de terre extraite lors du creusement des galeries qui devaient conduire aux gisements houillers. Dans les années cinquante, elle a longé des cités de logements on ne peut plus précaires, aux toits en tôle ondulée, comme les wagons d'un train en éternelle partance. Depuis, elle est devenue le dépotoir des constructions grossières en béton rugueux, sans âme, si ce n'est celle que leur donneront les populations immigrées qui ont dû s'en accommoder bon gré mal gré. Elle est enjambée çà et là par des enchevêtrements de câbles, de poutres métalliques participant du fonctionnement des ascenseurs qui descendaient les héroïques mineurs à mille mètres sous terre, comme pour les tremper dans un bain d'encre noire pour que leur souffrance, leurs gestes, leurs mouvements s'inscrivent à jamais sur les parois de leurs nuits blanches, sombres pages du livre de leur vie. Aujourd'hui, entre des chancres de pierres et de métaux rouillés, des bâtiments de triage aux vitres éclatées et des wagonnets figés sur des rails délités, ces tours se dressent encore silencieuses, immobiles, inutiles et fantomatiques gardiennes d'une oppressante désolation.

Avant d'être saluée par la population de Haine-Saint-Martin, et de recevoir ses salves de déchets et d'excréments, la rivière s'est d'abord chargée en amont de ceux de Carnières, Morlanwelz, et Haine-Saint-Pierre, et pourrira bien qui pourrira le dernier : tout comme l'argent va à l'argent, la saleté va à la saleté et la surenchère se poursuit en aval par la grâce des habitants de Haine-Saint-Paul, Saint-Vaast et ainsi de suite... jusqu'à Jemappes, où elle n'est plus qu'une décharge vaguement flottante et où, agonisante, elle reçoit son dernier viatique sous forme d'un affluent appelé, tenez-vous bien, la Trouille. Hé oui, on lui aura tout fait à cette pauvre Haine. Et cette petite sœur tardillonne n'a pas que son prénom de laid. Il se peut que Mmes Poubelle et Boudin aient été de fort belles femmes malgré le fardeau du nom de leurs célèbres époux, mais la Trouille est vraiment un ruisseau dégoûtant. Fort heureusement, ses eaux visqueuses et pestilentielles, au fil desquelles flottent des rats crevés la gueule ouverte, sont cachées l'été par des nuages de moustiques enivrés de répugnantes évaporations, et l'hiver, par le brouillard accroché aux chardons de ses rives.

La Haine et la Trouille... Les tendres ruisseaux de mon enfance. Nous, les gosses des années soixante, avides d'imprévu et d'aventure, n'hésitions pas à traverser ce Rubicon de fortune pour poursuivre ou pour fuir, selon les circonstances, les bandes d'envahisseurs des patelins voisins. Et c'était preuve de courage que de patauger dans cette viscosité innommable qui aurait pu être de la lave de terril.

Le calvaire de la Haine ne date pas d'aujourd'hui. Déjà au XIVᵉ siècle, dès que la houille devint le combustible de tout un chacun, la rivière fut sacrifiée à son acheminement.

Les riverains borains transportaient alors le charbon par sacs, sur leur dos jusqu'à son rivage, et les jetaient dans des barges appelées *querques*. Ensuite, ce fut par tombereaux ; mais quel que soit le contenant, à la longue, on a dû renverser des millions de tonnes du contenu, puisque les rives jadis verdoyantes noircirent à vue d'œil et l'eau, un jour limpide, reluisit sinistrement de traînées moirées de reflets violacés et verdâtres.

Sa vue repoussante et ses miasmes ont tellement incommodé les habitants de certains patelins que ceux-ci ont carrément construit une route dessus pour l'oublier. Il y a quelques années, on l'a même « euthanasiée » en partie. Sur quelques kilomètres, là où elle n'en pouvait plus de ramper, elle a été réduite à un pipeline qui longe l'autoroute Paris-Bruxelles.

Et c'est donc à cette infâme traînée de morve que je confiai ma supplique. Bof ! Au point où j'en étais...

J'étais à cent mètres du pont de l'Inquiétude qui enjambe la rivière de mes espoirs. En le regardant, une idée me passa par la tête. Le soir même, dans la pénombre, quelques rares passants eurent le privilège de voir une silhouette sur le pont, allongée à côté d'un grand seau. C'était moi qui, avec un énorme pinceau, en jaune soleil, écrivais à l'envers, au travers des barres du garde-fou le nom de la destinataire de la prière que j'avais confiée au courant. J'y ajoutai même « Je t'aime ». Mon calicot de béton armé faisait dix mètres. J'en fus très fier, même si j'avais failli me retrouver à l'eau quand j'avais dû escalader la rambarde pour aller terminer le bas de mon « J ». J'avais gardé le souci de l'esthétique, et je ne voulais pas bâcler le sujet de ma proposition puisqu'il s'agissait de moi, qu'il y allait donc de ma vie, et qu'elle était le complément d'objet de mes désirs.

Quelques jours après, on parla beaucoup du pont de l'Inquiétude dans toute la presse du pays, non pas pour mon œuvre d'art conceptuel, ce qui m'aurait arrangé, puisque cela aurait amplifié mon cri d'amour. Non, on parla du désormais célèbre pont parce qu'un dépeceur avait jeté à ses pieds des sacs-poubelles contenant quelques parties de corps de femmes.

Je vous disais que la Haine était vraiment une sale rivière.

Et j'attendis encore.

Elle me manquait de plus en plus et, paradoxalement, je commençais à douter qu'elle eût existé vraiment. Désespéré au point de faire n'importe quoi, comme le petit délire inoffensif que je viens de vous confier, j'étais quand même lucide face à l'improbable éventualité que ma supplique tombe entre les mains de n'importe quelle sœur de solitude, et je me disais que si mon voilier devait être recueilli par une inconnue, il fallait avant tout qu'elle fût femme. Non par homophobie mais par choix personnel. Cette condition *sine qua non* remplie, il fallait surtout qu'elle fût d'une bonne volonté à toute épreuve, pour recoller les morceaux du puzzle que j'étais devenu à mes propres yeux. Il fallait encore qu'elle fût au moins excessivement belle, supérieurement intelligente, érudite, qu'elle eût un humour à faire mourir de rire un veuf du jour, et, bien sûr, qu'elle pût réussir le risotto à la moelle que j'adore. Rien de moins !

Je voulais bien me compromettre à pactiser avec le surna-
turel, mais pas à n'importe quel prix. Raisonnablement, je
lui donnai un an et un jour pour me trouver. Passé ce délai,
je considérerais mon rêve d'amour comme périmé.

Et le temps passa... laborieusement chez Legay, circulairement dans les périodes où j'étais déboussolé, inexorablement, de funérailles en bilans mensuels, de stériles défoulements picturaux en dialogues avec ma raison à propos de celles du cœur qu'elle ne comprendrait jamais, d'effarements en attendrissements, de bribes d'anciens bonheurs reconstitués en escapades sur des planètes où je retrouvais mon Arlésienne. Je survécus ainsi jusqu'aux abords de mon nouvel anniversaire.

Nous étions le 25 octobre, jour de la Saint-Crépin, patron des cordonniers, je ne l'oublierai jamais. C'était un samedi. Je venais de déjeuner d'une omelette.

Oserais-je vous dire que je suis un excellent cuistot, que je n'ai pas mon pareil pour vous improviser un plat de pâtes sublimées par une sauce composée de tout ce qui me tombe du réfrigérateur sous la main, selon des recettes venues du temps où je passais des heures à observer ma mère dans notre cuisine, modeste certes, mais jamais avare des arômes les plus accueillants. Pour ma pensionnaire bien-aimée, je me surpassais. Elle avait un appétit d'oiseau, mais je réussissais à titiller ses papilles gustatives par l'originalité de mes menus. Je le faisais avec un tel amour qu'elle ne pouvait pas rester insensible à l'invitation au voyage dans ma Sicile aux senteurs divines. Elle était végétarienne, et elle aimait le poisson. Alors, je passais des heures pour lui présenter à chaque fois un plat inédit qui soit digne d'elle. Je me souviens qu'elle avait adoré les sardines *al beccafico* avec une salade de citron. Elle m'avait fait l'honneur d'en redemander quelques jours après. À l'image du beccafico, le petit oiseau qui ne résiste pas au plaisir de picorer les figues, elle suivait la préparation et la cuisson de ma recette en me volant certains ingrédients, ou en trempant impatiente son doigt dans la sauce, comme une enfant. J'étais heureux. J'existais pour elle. Je chantonnais en évidant mes sardines, en battant mes œufs, en les saupoudrant de chapelure, de pecorino râpé et de quelques raisins secs. Je coupais avec application mes citrons en tranches, je les couvrais de fenouil sauvage, de poivre noir, de sel, et j'arrosais le tout d'huile d'olive de chez nous, comme là-bas, dis !

Je voulais aussi lui faire partager le souvenir des fêtes de mon enfance quand ma mère, presque en secret, trouvait le moyen, malgré toutes ses activités ménagères, de nous préparer ses *cannoli alla ricotta*, mon dessert préféré. Et me voici roulant des cigares en pâte frite, et vas-y que je te les bourre de ricotta, de pistaches hachées, et je te tamponne les bouts de praline, sans oublier la demi-cerise confite pour couronner les délices de Giuliano Croce.

Hé oui, j'aime faire la cuisine pour ceux que j'aime. Mais j'étais seul, et je ne m'aimais pas à cette époque : je ne me nourrissais plus que par stricte nécessité. Ce samedi 25 octobre, je m'aperçus que je n'avais non seulement plus de quoi me sustenter, mais non plus de quoi m'entretenir, m'astiquer et me pomponner pour que ma propre présence me soit moins insupportable. Dans cette situation extrême, comme tout célibataire digne de ce nom, je fais mes courses. Je n'avais pas de voiture, mais je possédais un vélo.

À propos de vélo, mon père m'avait raconté l'histoire de deux communistes qui discutent idéologie politique. Le premier dit : « Au fond nous ne demandons que des choses normales. Supposons par exemple que tu aies deux maisons. Tu ne peux pas habiter deux maisons à la fois. Tu en gardes donc une pour toi et ta famille, disons même la plus belle, et l'autre, tu l'offres au parti. Normal, non ? Autre supposition, tu as deux voitures. Tu ne peux pas rouler dans deux voitures en même temps, d'accord ? Qu'est-ce que tu fais donc ? Tu en gardes une pour toi-même, et tu offres l'autre au parti. Normal, non ? – C'est la moindre des choses, acquiesce le second communiste. – Je ne te le fais pas dire, poursuit le premier, mais je vais même plus loin. Imaginons que tu aies deux vélos... – Ah ! l'interrompt le second. Là, je t'arrête, fais attention à ce que tu dis, parce que les deux vélos, je les ai ! »

Eh bien, moi aussi, j'avais mon vélo, et j'en étais fier, et j'en avais même un second qui tombait en ruine, celui de ma compagne de promenade, qui rouillait au fond des deux mètres carrés de cave qui allaient avec mon studio ; mais pas question de le donner à quelque parti que ce soit...

Donc, quand je ne trouvais personne pour m'accompagner en voiture, je pédalais jusqu'au supermarché situé à la sortie de l'autoroute, je garais mon deux-roues, j'enclenchais l'antivol, je remplissais un caddie de tout ce qui devait assurer ma survie jusqu'à la prochaine et inéluctable pénurie. J'y entassais pêle-mêle poudre à lessiver, pâtes, riz, pain, sauce tomate, lait entier, beurre, margarine, yogourts, vin de table, parmesan, huile d'olive, peinture acrylique, carton entoilé pour mes essais picturaux, sans oublier mon papier Q, et quelques caleçons en coton – j'étais une vraie mère poule pour moi. Je poussais le chariot jusque chez moi où je le montais par l'ascenseur. Je ramenais le caddie vide au supermarché, je récupérais mon vélo, et voilà, je rentrais chez moi, pépère, comme j'étais venu. L'opération ne me prenait que trois petites heures. Pratique, non ? Oh ! j'aurais pu m'acheter une voiture, ne fût-ce qu'une « cinquecento », mais je n'avais pas de garage et, dans la cité, j'aurais risqué de la retrouver sans roues après la première nuit à la belle étoile. Ou alors j'aurais dû m'acheter un fusil... et je n'y tenais pas. Je plaisante.

Quoi qu'il en soit, je ne pensais à ma petite personne que le samedi, pour autant que ma patronne, Mme la Mort, observe le repos du sabbat. Évidemment je n'étais jamais seul devant les rayons, mais j'avais ainsi l'occasion de voir enfin des personnes qui n'étaient pas forcément en deuil. Je n'oserais pas affirmer qu'elles avaient toutes le sourire en façade, mais au moins, elles ne pleuraient pas, ce qui me changeait tout de même un tant soit peu.

Que de gens, que de gens ! Nous sommes comme des grenailles de métal attirées par un gigantesque aimant en forme de point d'interrogation. Messieurs les théologiens, dites-moi comment un dieu pourrait-il s'intéresser à cha-cun de nous en particulier ? Et, vus avec le recul de l'éter-nité et de l'incommensurable immensité, pourquoi nos efforts à nous transcender pour communiquer avec l'Être suprême vaudraient-ils mieux que les ondes balbutiantes par lesquelles les plantes, paraît-il, s'initient à la sémio-tique entre elles et réagissent à notre présence selon que nous leur sommes plus ou moins sympathiques. Sont-elles capables, nos petites sœurs végétales, de percer le globe immense de cristal invisible sur lequel nous nous écrasons à chaque fois que nous voulons prendre notre envol vers le pays des âmes, du moins de notre vivant ?

En tout cas, les bambous ont su faire en sorte qu'à la floraison du premier d'entre eux, toute l'espèce en fasse autant dans tout l'univers, à la même période, quelle que soit la latitude de leur terre de culture. Comme si le mot d'ordre était transmis dans les gènes par des ondes qui défient le temps et l'espace. Qu'en dites-vous ? Imaginez que nous ayons pu diffuser des ondes d'amour dans le monde entier dès que les premiers amoureux ont vu fleurir le divin sentiment dans leur cœur. D'accord, l'image frise le « love and peace and flowers dans les cheveux », mais nous aurions peut-être évité quelques guerres.

Oh là là ! où étais-je encore ? C'est fou ce qui peut vous passer par la tête en faisant la queue au supermarché.

Et je repars dans mon monologue intérieur.

Pourquoi, pour qui cette cravate, madame ? Pour votre mari, votre fils, votre amant ? Pour son anniversaire, pour sa fête ? Êtes-vous certaine qu'elle lui plaira ? Si j'osais, je vous le demanderais, chère madame, pour vous prouver que votre cas m'intéresse, et que vous n'êtes pas seule. Mais j'ai peur que vous m'envoyiez paître. Oh ! mes intentions sont claires, je ne vous veux que du bien, sans aucune ambiguïté, d'ombre à ombre si j'ose dire. Je suis quelconque, vous l'êtes aussi. Vous et moi sommes deux des six milliards de microcosmes qui constituent la race humaine. Alors, plutôt que de prétendre que nous puissions capter l'attention d'une conscience universelle supérieure qui s'appellerait Dieu, préoccupons-nous réciproquement de notre sort, puisque nous faisons la queue à la même caisse du même supermarché, ce même samedi de grisaille endémique. Il ne tient qu'à vous de me sourire. Je vous en conjure avant que la foule ne vous avale, et que vous n'existiez plus pour moi.

Et comme si elle avait lu dans mes pensées, cette fois, la dame se retourna menaçante et me lança, apparemment sans équivoque : « Vous voulez ma photo ? » Je faillis m'enfuir, mais elle ajouta presque imperceptiblement : « Venez la chercher chez moi ! »

Je déchargeai donc mon caddie dans le break Opel de la mystérieuse dame, et je me retrouvai chez elle, dans une petite villa isolée du côté de Morlanwelz. La porte à peine ouverte, une espèce de remords prémonitoire s'empara de moi. Je me demandai si c'était bien moi, Giuliano Croce, timide invétéré, qui avais franchi la limite de ce que jusqu'à ce jour j'avais considéré comme raisonnable. Dans quelle aventure m'étais-je embarqué ?

La réponse vint vite, mais pas la bonne. Par l'entrebâillement de la tenture qui séparait le hall d'entrée du living, je vis un homme sur une chaise roulante. Il regardait la télévision. Je fus d'emblée rassuré par cette présence. Mon accès d'inhabituelle témérité ne porterait pas trop à conséquences, pensai-je, en m'amusant intérieurement de cet éclair de folie qui m'avait amené dans cette maison finalement très convenable. Pendant que nous déchargions les victuailles rapportées du supermarché, je me demandai même si je ne regrettais pas ce dénouement si sage, puisque, de toute façon, j'avais osé faire le premier pas. Il est vrai que ma vie était si plate depuis quelques mois.

La femme m'expliqua alors froidement que son mari était atteint du syndrome du « locked in ». Autrement dit, il était « emmuré vivant » dans son corps inerte, et, d'après elle, il n'était pas conscient. Un accident de voiture lui avait occasionné une rupture du canal rachidien. Son cerveau fonctionnait, « sans doute », mais ne transmettait plus les données sensorielles aux membres et tissus concernés. Ce « sans doute » me glaça d'effroi. Elle montra à son Christian la cravate bleue à rayures dorées qu'elle avait choisie pour lui – il était dans le commerce de la chaussure, et nous fêtions, je vous le rappelle, la Saint-Crépin. Puis elle me prit par la main et me tira derrière elle avec un sourire salace dont je ne saisis pas la détestable connivence. J'étais persuadé que nous allions boire un café à la cuisine et parler de son calvaire. Cette pauvre femme cherchait sûrement une oreille attentive à qui elle pouvait se confier pour se soulager un tant soit peu. Je m'en voulais d'avoir attribué des motivations graveleuses à son invitation.

C'est à ce moment que tout bascula dans l'horreur.

« C'est mon nouveau kiné », lança-t-elle d'une voix forte au cas où Christian se serait posé des questions sur la présence de cet intrus que sa femme dévouée emmenait en vérité vers leur chambre.

Même si l'idée de l'épouse modèle qui s'impose une chasteté héroïque par fidélité à son mari frappé par le malheur reste plus noble, personne n'aurait pu lui jeter la pierre pour un faux pas somme toute humain. Mais pourquoi donc chez elle ? Je l'aurais suivie n'importe où en ce jour de déraison. Pourquoi voulait-elle infliger cette humiliation à son mari impotent ? Et, contraint par le diable sait quelle force irrésistible, le nouveau kiné fut bien obligé de s'improviser masseur. Et il eut beau inciter sa conquérante conquête au silence, celle-ci ne se privait pas d'émettre des feulements, des cris on ne pouvait plus significatifs qui ne laissaient aucun doute sur la véritable nature des massages pratiqués.

Comment ai-je pu tenir mon rôle malgré l'insoutenable proximité du pauvre hère réduit au silence ? Mystère. Étais-je devenu cynique ? Je me dégoûtais, et pourtant rien ne m'arrêtait. Avions-nous besoin de revanche, de bouc émissaire, de victime expiatoire ? Je ne sais plus, mais j'ose espérer que je n'étais pas moi-même ce jour-là.

Quand je quittai l'ignoble et pathétique épouse, qui ne m'avait même pas proposé de me ramener, la Haine coulait paisible au bout du jardin de sa villa, et surtout au fond de ses yeux.

Comme un âne, je portai mes paquets jusqu'au supermarché, et chemin faisant, en ancien catholique pratiquant que j'étais, je me disais que j'avais mérité cette punition, et que j'aurais même dû me flageller pour expier plus justement mon ignominie.

Je chargeai le tout sur le seul caddie resté sur le parking du Méga Shopping Center, après sa fermeture. Je poursuivis ma route jusque chez moi où je pris une douche au kärcher. Je me sentais dégueulasse. Je décidai de récupérer mon vélo une autre fois.

Quelques jours plus tard, je tombai par hasard à la télé sur une émission qui traitait justement du syndrome du « locked in », et il y fut bien établi que, contrairement à ce que m'avait garanti l'épouse du pauvre cocu, celui-ci entendait très bien, et surtout était parfaitement conscient de tout. Il aurait suffi à l'infidèle d'établir un code pour communiquer avec son invalide d'homme. Je vis même, à ma grande honte rétroactive, un de ces « emmurés vivants » s'exprimer par battements de cils devant sa très patiente et souriante moitié qui traduisait avec amour, tendresse et fierté, les dires de l'heureux père de ses deux enfants, et du troisième qui était *en route*.

C'est ainsi que je me traînai jusqu'au soir du 1er novembre, dans un poisseux dégoût de moi-même. *Happy birthday to me !*

Me voilà donc presque sur mon trente et un... en années du moins. Et pas question de fêter ça, comme l'avait suggéré Françoise avec insistance. Je voulais rester seul, libre de décider si j'ouvrirais ma porte à ma nébuleuse créature, ma virtuelle toujours aimée, au cas où ma date de naissance aurait pu éveiller en elle la nostalgie de toute la tendresse dont je débordais encore. Libre également d'ouvrir le gaz et de m'endormir pour toujours en espérant la retrouver plus aimante dans l'autre monde. Mais je lui donnais encore une chance de me sauver du néant.

Je dressai la table dans mon « deux-pièces, cuisine, salle à manger, chambre à coucher, living, atelier, salle de bain », avec une nappe bleu lavande comme ses yeux.

J'avais choisi ma plus belle tête parmi celles que j'avais perdues et retrouvées, ma belle tête du dimanche avec mes yeux les plus tendres, ma bouche la plus gentiment goulue. J'avais même préparé un pince-nez en cas d'éventuelle allergie au parfum d'un autre homme qu'elle aurait gardé sur elle.

J'avais déjà arraché la feuille unique de mon calendrier pour y coller sa photo pour les siècles à venir... Mais les heures s'égrenaient, impitoyablement... Qu'allais-je devenir ?

Je sortis le champagne du réfrigérateur après m'être assuré qu'elle n'y hibernait pas : On ne sait jamais, me dis-je, puisque nous étions en froid... Je remplis nos deux coupes et je trinquai à son absence : une première fois à celle que j'attendais ; une seconde fois à celle qui ne revenait toujours pas ; une autre fois à celle qui ne m'aimait plus ; et encore une fois à celle qui m'avait sans doute oublié. Je répétai l'opération jusqu'à ce que la bouteille fût vide.

Les douze coups allaient sonner, exploser... Un quart d'heure encore. Allais-je me désintégrer ? Elle devait rallumer ma vie et elle n'était toujours pas arrivée. Le compte à rebours était déclenché. J'ouvris le gaz. Ma tête, trop pleine de son rêve, ne tenait plus qu'à un fil... Je la posai sur le plateau.

On sonna à ma porte. J'allai ouvrir, dans l'état d'excitation intérieure que vous pouvez imaginer.

Une dame en peignoir de bain, bigoudis en plastique multicolores et le visage enduit d'une crème couleur algues, se tenait devant moi, mon petit voilier en papier à la main !

« Ça sent l'gaz ! » dit-elle.

Elle se dirigea calmement vers ma cuisinière et ramena le bouton de commande à zéro.

« Faut faire attention, p'tit gars, vous pourriez y rester.

— Merci, madame, je serai moins distrait à l'avenir...

— C'est vous qui avez écrit ça ? Pouviez pas l'envoyer par la poste comme tout le monde ?

— Mais comment l'avez-vous réceptionné ?

— Ben voyons, le plus normalement du monde, par le robinet de ma baignoire, comme il se doit... J'habite au bâtiment C.

— Mais je l'avais confié à la Haine.

— Tu parles d'une pollution ! Je vois que la table est dressée, vous attendiez peut-être quelqu'un ?

— J'attends quelqu'un !

— Mais il est presque minuit.

— Hé oui, il lui reste un quart d'heure...

— Qu'est-ce que vous lui avez préparé ?

— Rien encore, j'attendais qu'elle choisisse pour me mettre à cuisiner.

— Donc vous invitez une dame à dîner. Et à minuit vous ne savez toujours pas si vous allez lui proposer du lard ou du cochon ! Vous êtes bien comme mec, vous !

— Je ne suis pas mal dans mon genre.

— Écoutez, je suis d'origine italienne, il me reste du risotto à la moelle, je vais vous en chercher.

— Du risotto à la moelle ! Mais c'est mon plat préféré !

— Eh bien tant mieux !

— Mais vous l'avez fait comme ça, par hasard ?

— Comment, par hasard ? Je l'ai fait parce que j'aime ça aussi, qu'est-ce qu'il y a d'extraordinaire ?

— Oh rien, à la réflexion...

— Bon, j'arrive avec mon risotto. Je vous l'amène chaud, vous n'aurez plus qu'à vous délecter. Vous êtes sûr qu'elle sera là dans le quart d'heure ?

— Oui, elle arrive... Merci, vous êtes sympa.

— Mais non, j'suis pas sympa, j'voulais juste voir la tronche du type qui m'envoie par voie de tuyauterie un message qui m'arrive tout délavé, et dont seule l'adresse de l'expéditeur est restée lisible.

— Mais je vous ai déjà dit que je l'avais confié à la Haine.

— C'est ça ! Et moi, j'arrive par télex !

— Vous n'avez pas lu mon message, donc ?

— J'vous l'ai dit, on y pigeait que dalle !

— Ah bon ! C'est étrange tout de même, je l'avais mis sous cellophane, et le risotto... j'en parlais.

— Tout de mêême ! Monsieur trouve étrange qu'on ne puisse pas lire un message qui amerrit dans ma baignoire, et qui se planque sous mes sels marins jusqu'à ce que l'eau en se vidant me laisse son épave ramollie ! Mais Monsieur trouve normal d'envoyer son courrier au fil d'une rivière... sans enveloppe... et sans timbre ! Aux innocents les mains pleines : le message arrive quand même chez une bonne poire, ma pomme en l'occurrence, et Monsieur est déçu que sa missive ensorcelée soit illisible. Ah, j'vous jure ! Bon ! J'amène mon risotto ! »

Minuit moins dix... la sonnerie envahit à nouveau mon studio. Enfin ! m'écriai-je intérieurement.

Je vole vers la porte, j'ouvre : re-ma voisine, brandissant à bout de bras une soupière pleine à ras bord de mon plat préféré.

« Voilà, mon doux rêveur...Tout vient à point à qui sait attendre, comme disait Napoléon.

— Napoléon a dit cela ?

— Oui, devant le Phinx.

— Le Sphinx, mais peu importe. Il n'aurait pas plutôt dit : "Du haut de ces pyramides quarante siècles nous contemplent" ?

— C'est kif-kif, non ?

– Si vous voulez... Mais pourquoi avez-vous la gentillesse de m'offrir ce somptueux repas ?

– J'aurais quand même dû le jeter !

– Cela part d'un bon sentiment, mais j'apprécie l'honnêteté ! »

Elle me laissa seul avec mon risotto fumant, et mon esprit qui s'était un peu dégrisé des vapeurs du champagne. Quelques minutes d'espoir encore avant l'échéance fatale... « Je t'attendrai jusqu'à minuit au maximum, et après tant pis », chantait Johnny !

Espérons que la manne céleste ne refroidira pas trop, ce serait vraiment dommage !

Le couperet tomba. Je m'empiffrai tout seul de la tonne de risotto, que j'arrosai d'une bouteille de barbaresco. Je vérifiai le principe des vases communicants : plus la bouteille se vidait, plus j'étais plein. Je terminai le litre de vin au goulot. Ma tête roula sur la table ; elle continuait à parler à mon invitée absente, comme elle le faisait tous les jours, sans que jamais elle ne m'écoute. Je ne me suicidai pas, je décrétai qu'elle ne le méritait pas et, surtout, le risotto m'avait réconcilié avec la vie.

Je m'endormis repu, le studio tanguait sous la houle comme un frêle rafiot sur un océan d'alcool, j'avais le mal de mer, le mal d'elle, le mal d'être, le mal d'aimer. Je balbutiais dans ma tête un semblant de prière qui émergeait à grand-peine du finale de « All you need is love » que les « *fabulous four* » étaient montés m'interpréter personnellement pour me consoler, malgré mes injonctions au silence dues à la crainte de déranger les voisins. Finalement, je me dis que « ça leur apprendrait avec leur chien qui aboie toute la nuit... et toc ! ».

Prière : « *Si jamais, dans le cadre de la découverte et la sauvegarde des vestiges du passé, lors d'un improbable détour ou arrêt forcé de tes pensées touristico-nostalgiques, il t'arrivait de me chercher encore, je te signale que je suis dans mon globe de cristal, et que si tu me retournes, la mer de neige tombe à mes pieds. Tu peux me trouver dans n'importe quelle boutique de souvenirs, pour la modique somme de deux dollars flottants TTC. N'hésite pas, je suis d'un drôle, mais d'un drôle... et quelle bonne affaire... tu n'sais pas c'que tu rates !* »

C'est le carême, je suis agenouillé au pied de l'autel de l'église Saint-Martin. M. le vicaire, nimbé de la lumière céleste et mordorée que diffuse le vitrail en rosace qui domine le chœur, ouvre solennellement le tabernacle, et en sort le ciboire :

« *Sanctus, sanctus, sanctus !*

– *Domine deus sabaoth !* » réponds-je en pensant « Abracadabra ». Mais j'oublie d'agiter ma crécelle prévue à ce moment de recueillement intense, et le vicaire me gratifie d'un regard aussi oblique que furibard. Alors, je saisis mon biniou par le manche et, pour me faire pardonner, je le fais tourner allégrement sur lui-même. La foi me transporte et m'illumine, et plus rien ne peut m'arrêter ; je danse et je saute d'un pied sur l'autre, d'une marche à l'autre de l'autel, mon esprit flotte dans les vapeurs de vin de messe, et la crécelle émet son cri ô combien édifiant de canard qu'on égorge : crrr crrr !... jusqu'à ce que je me remémore que je ne suis plus enfant de chœur depuis longtemps et que je me rende compte qu'il s'agissait d'un rêve, et que si je peux me dire que je rêve, c'est que je suis en train de me réveiller... Or j'entends vraiment la crécelle. J'actionne l'autofocus de mes idées... J'y suis : la sonnette ! M'enfin, il est à peine 8 heures !

Dans un brouillard constellé de grains de risotto, l'estomac accoudé à mes paupières en hamac, je me traînai jusqu'à la porte. J'ouvris, et je me trouvai nez à nez avec une dame en tailleur de tweed beige chiné marron, en chemisier de soie chocolat, la main gauche appuyée au chambranle de ma porte à hauteur de ma tête et le poing droit sur la hanche comme un matelot accoudé au comptoir du Bar de la Marine.

Je lui servis un : « Oui ? C'est pourquoi ? » hautain et blasé.

« Mais qu'est-ce que tu m'racontes, hé patate ? Tu m'as vue pas plus tard qu'hier ; j'viens récupérer ma soupière. »

Je la regardai, incrédule.

« Vous êtes la dame d'hier soir ?

— Elle est bien bonne celle-là, qui crois-tu que je suis : la Sainte Vierge ? »

Et elle éclata d'un rire à faire passer une poissonnière pour une lady prenant son thé le petit doigt en l'air. Son collier en perles ambre grosses comme des œufs bringuebala dans un tintement de grelots.

« Je vous avais prise pour la reine Fabiola.

— Pourquoi, je lui ressemble ? En tout cas, t'as l'sommeil solide, ça fait cinq minutes que je sonne.

— Mais il n'est que 8 heures, et c'est dimanche, et qui plus est, jour des morts, c'est donc mon jour de paix.

— Et alors, j'ai besoin de ma soupière, moi. Et mon risotto, il était comment ?

— Extra, c'est le meilleur que j'aie mangé, avec celui de ma mère, je m'en suis gavé comme un cochon, merci encore !

157

– Si j'comprends bien, elle est pas v'nue, hein ?

– Eh bien, non...

– Elle t'a appelé ?

– Non.

– T'as son numéro ?

– Non !

– Oublie-la ! Ciao, p'tit gars... »

Et avant de disparaître complètement dans la cage d'escalier, elle me lança :

« Hé, au cas où tu t'décid'rais à me l'demander, j'm'appelle Pierrette... Envoie-moi ton blaze par la voie habituelle, y a justement mon bain qui coule. »

Je lui bégayai un « Julien » résigné.

« Salut Julien ! »

Je ne me recouchai pas. Je m'habillai pour aller saluer mes parents au cimetière. Eux au moins n'oublient pas mes anniversaires.

Si mon invitée permanente était venue la veille, je lui aurais demandé de poser pour moi. J'aurais osé, je lui aurais fait cette surprise. J'aurais emprisonné sa beauté sur une toile, quitte à ce qu'elle disparaisse à nouveau à mon dernier coup de pinceau. J'aurais trouvé au fond de moi-même le talent que sa grâce m'aurait imposé. J'aurais également profité de l'occasion pour clouer une fois pour toutes l'aura de sa présence sur les parois de ma chambre. Mais mon modèle préféré m'avait posé un nouveau lapin. Alors, plutôt que de m'adonner à la cuniculture, je redoublai d'efforts dans l'apprentissage du métier de mes rêves : je peignais. J'affinais mon coup de crayon pour être encore meilleur quand elle serait devant moi, prête à se laisser croquer et immortaliser sur la toile. J'avais déjà oublié mon moment de découragement de la veille. Mourir m'avait paru si facile que je me sentais prêt à recommencer une autre fois, si jamais mon humeur et les circonstances m'y poussaient à nouveau. En attendant, je vivais, convaincu que c'eût été stupide de ma part de me faire trouver raide mort si elle était revenue quelques minutes après mon dernier soupir pour elle. Merci, Pierrette !

Je peins... je peinturlure, je peins-ceaux, je peins-parasol, je peins polaise, je peins-tagone, je perlinpeins-peins sur mes bobos, mes bleus à l'âme, je m'évade, je vole, je plane, je me ramone le cerveau de la suie de mes idées noires ; je vis-en-rose et cela me plaît... sans prétention. Et j'en mets partout, je papier-peins, et sur le parquet, et sur mes pieds, et je chantonne : « Quand on a les pieds bleus, c'est qu'on est amoureux ; quand on a les pieds verts, c'est qu'on est en colère... »

Sonnerie... qui est-ce encore ? L'extraterrestre d'hier soir, le visage enduit d'une crème bleu ciel cette fois... mais les mêmes bigoudis en salade des îles.

« Salut, p'tit gars ! J'ai pas voulu t'accabler hier soir, rapport qu't'étais déjà assez déprimé, mais j'avais vu ces tableaux adossés au mur à même le parquet et tout de suite j'ai supposé qu'ils étaient de toi, ce que ce pinceau et cette palette que tu tiens me confirment.

— Oui, en effet, je m'adonne à la peinture le dimanche, et alors ?

— Madone ? Qu'est-ce que la Madone vient faire dans cette histoire ? Quoi qu'il en soit, j'voudrais pas t'décevoir, l'artiste, mais t'as un problème !

159

– Ah oui et lequel s'il vous plaît ?

– Tu es daltonien.

– Comment cela ?

– Tes arbres sont bleus, et j'ai jamais vu d'arbre bleu parce que ça n'existe pas !

– Je les vois comme ça.

– Ah bon, tu les vois bleus, toi... Donc j'ai raison, t'es daltonien.

– Mais non, Pierrette – c'est bien votre prénom, n'est-ce pas ? –, cela s'appelle une licence artistique.

– Tu r'connais qu'c'est licencieux !

– C'est une extrapolation, une interprétation, c'est de l'imagination, alors que vous voulez retrouver les choses telles qu'elles apparaissent dans la réalité.

– Ben oui ! C'est moins gênant que de voir des arbres en bleu et des ruisseaux en rouge.

– Mais je sais très bien que ce n'est pas leur vraie couleur, mais je les vois bleus quand même ; si vous voulez des arbres et des ruisseaux "normaux", vous prenez un Polaroid et vous vous faites plaisir. Mais moi, j'essaie de transposer, de créer une illusion de mystère, de surprendre quoi...

– Tu te drogues, hein ?

– Mais pas du tout !

– Tu m'aurais plus surprise en peignant les arbres tels qu'ils sont, dans les détails... Ils n'ont même pas de feuilles, tes arbres.

– Mais... mais je ne cherche pas la virtuosité, nom d'une pipe.

– T'énerve pas, p'tit gars... explique-toi calmement !

– La virtuosité, la perfection des formes, des traits et des couleurs, on l'a atteinte dans les siècles passés : les Vermeer,

Canaletto, Della Francesca, Ingres, Courbet, Raphaël, Vinci et sa Joconde, Vélasquez et ses Ménines, c'est magnifique, c'est à vous couper le souffle tellement c'est beau.

– Eh mollo, p'tit gars, n'la ramène pas avec tes noms ronflants !

– Ne m'interrompez pas ! Dans ces siècles dits classiques, le but avoué de la peinture était de reproduire le sujet sans l'interpréter, à part quelques délires visionnaires à la Bosch et moult évocations mythologiques. Aujourd'hui, chère Pierrette, le sujet a moins d'importance que le message, l'émotion...

– Arrête, tu vas m'faire pleurer.

– Si vous parvenez à peindre avec le même réalisme, la même vérité qu'à la Renaissance, on regardera votre tableau avec respect sans doute, mais avec un ennui à peine dissimulé.

– Ouais, mon coco, mais encore faut-il en être capable. C'est pas comme ces horreurs, ces gribouillis, et autres chiures de mouches qu'on ose nous montrer aujourd'hui. »

Je la quitte un instant, le temps de chercher dans mon étagère-bibliothèque un gros ouvrage sur l'art du XXe siècle, et je lui montre *Guernica* de Picasso.

« C'est affreux !

– Attendez... »

Je lui montre une œuvre de jeunesse de Pablo à vingt ans, un autoportrait très académique.

« Ah là oui, ça j'aime, ça c'est beau... »

Et me voilà lancé... Je lui débite tout ce que j'ai retenu de mes cours d'histoire de l'art vespéraux avec autant de passion qu'un professeur sur sa chaire d'université.

« Mais oui Pierrette, Picasso faisait ses gammes, il apprenait, il peignait comme les autres, je voulais vous prouver qu'il en était parfaitement capable... mais quand on évoque Picasso, personne ne pense à ses toutes premières œuvres. Après s'être imprégné des grands maîtres, après s'être fait la main, Picasso a osé, il s'est évadé de la logique, et il a fait exploser sa peinture en éclats géniaux, il l'a libérée de tous ses carcans, ses tabous, ses académismes, en montant dans le même train que Cézanne avait courageusement mis sur les rails.

— Ben ! Il aurait mieux fait de l'rater !

— Chère Pierrette, vous devriez cesser de vous appuyer sur vos certitudes, et de rejeter ce que vous ne comprenez pas. On a toujours eu besoin de fous pour ouvrir les chemins que les sages emprunteront plus tard. Dites que vous n'aimez pas, vous en avez le droit et je respecte vos goûts, mais ne condamnez pas le regard différent que peuvent avoir les autres sur les choses. »

Je l'achève en lui proposant d'abord *La Joie de vivre*, toujours de notre ami Pablo.

« Eh ben, mon vieux, il devait avoir des lunettes à verres fendillés, il n'y a pas un trait cohérent...

— Oui, mais grâce à ces lunettes, disons même ce prisme, Picasso est allé tellement loin qu'encore de nos jours une grande partie de la peinture moderne "emprunte" à une des facettes de son génie.

— Bon... arrête avec ton "pique-assiette", tu n'me convaincras pas, p'tit gars. »

Je continue à feuilleter l'ouvrage, je tombe sur *La Desserte rouge* de Matisse première façon.

« Voilà, Pierrette, qu'est-ce que vous en pensez ?

— Ah ! ça c'est beau...

— Je savais que vous aimeriez. Ce tableau est de Matisse, un de mes peintres préférés. Il s'agit là encore d'une de ses premières œuvres, peinte dans un style inspiré des maîtres classiques. Il a repeint le même sujet onze ans plus tard. Entre-temps Matisse se cherche, il évolue, il s'épure, se simplifie, il trouve ses raccourcis, se minimalise, et voici ce que donne la nouvelle version... »

J'avance de quelques pages dans l'ouvrage.

« Ça n'a rien à voir...

— Mais si, regardez, tous les éléments sont là... faites un effort d'imagination...

— Enfin, tu veux me faire prendre des vessies pour des lanternes, ne m'dis pas qu'c'est le même tableau !

— Bien sûr que si, Pierrette, et si vous aimez les chiffres, si cela peut vous édifier, je vous dirai que la première version doit valoir vingt millions belges, ce qui est déjà considérable, mais la seconde, chère amie, vous ne l'auriez pas à moins d'un milliard.

— Eh ben, je n'en voudrais même pas comme cadeau !

— C'est votre choix et je le respecte.

— D'accord, merci... n'en jette plus, j'en ai assez vu... et tu n'me convaincras pas. »

Je continue quand même avec Soutine, Kokoschka. Et j'ose pousser jusqu'à Appel en 1948 avec sa *Figure de la liberté.*

« Qu'est-ce que c'est que ces tordus ? C'est des drogués, j'te dis !

— Je ne crois pas, et même... qu'est-ce que ça change si l'art en sort enrichi ?

— Oh mais ça va, m'sieur l'prof... n'en ch'tez plus ! Ça fait une heure que tu m'assommes de formules que toi seul comprends, qu'tu m'écorches les yeux de couleurs qui pissent de partout, simplement parce que je m'suis permise de te faire remarquer que tes arbres sont bleus ! Et puis, j'm'en s'coue le cocotier de tes arbres !

— Ne vous fâchez pas, Pierrette, je voulais simplement vous faire comprendre que si les esprits n'avaient pas évolué, si par exemple Copernic n'avait pas osé affirmer, au risque d'être brûlé vif, que la terre était ronde et qu'elle tournait autour du soleil, on en serait resté à une terre plate.

— Ouais... là aussi faudrait voir !

— Comment cela ?

— Tu l'crois, toi, qu'la terre est ronde... ?

— Mais enfin... c'est prouvé !

— Ouais et comment ?

— Mais je ne sais pas, moi... on a des photos de la terre vue de l'espace... et cela semble net, elle est ronde !

— Et s'il y avait un truc... on nous fait avaler n'importe quoi ! »

Je suis groggy, K.O., j'abandonne, je jette l'éponge et la bassine avec. Je délace mes gants de boxe, je m'assois sur mon canapé-lit, et je m'effondre sans voix.

Je n'ai pas revu Pierrette pendant trois mois. Aucune nouvelle. J'ai même pensé que peut-être elle avait raison, et qu'elle était tombée dans un précipice au bout de la terre... plate.

Le lundi, je retrouvai Fernand avec la même résignation polie qui me rend sympathique à ses yeux. Il avait un sparadrap sur la joue gauche que j'attribuai à un accroc de rasage. Il me souhaita bon anniversaire et me promit un verre de mousseux à midi. Nous étions pressés, nous enterrions un désespéré de plus. Celui-ci avait cru trouver la solution au déchirement perpétuel qu'était devenue sa vie.

Il était architecte et il aimait sincèrement sa femme qui, elle, était employée au cadastre. Leur relation professionnelle les avait menés à un amour qui s'appuyait sur une complémentarité parfaite de leurs êtres, de leurs goûts et de leurs rêves. Et pourtant, l'architecte n'avait pu s'empêcher de tomber amoureux d'une autre femme. Difficile d'expliquer d'où venait le manque tant l'harmonie du couple officiel semblait parfaite. Que n'avait-il pas? Rêvait-il plus que son épouse? Personne dans son entourage ne pouvait répondre à cette interrogation. En tout cas, il en avait l'âme écartelée. Selon le scénario classique, la maîtresse à la longue en avait marre d'attendre qu'il se décide à divorcer comme il le lui avait promis. De l'autre côté, sa femme, qui avait fini par subodorer la double vie de son mari, renouvelait régulièrement son ultimatum. Et il mentait à l'une pour convaincre l'autre, et vice versa. Et plus il croyait ménager les deux femmes amoureuses, plus il les blessait. Et le mal qu'il leur faisait se répercutait sur lui-même et s'amplifiait au point de l'empêcher de dormir. Il était devenu dépressif et il ne pouvait plus se concentrer sur son travail. En général, ces histoires se terminent par un jet d'éponge de l'une des deux femmes. Il se fit que l'architecte refusa de se plier à cette perspective inéluctable. Il rentra un soir chez lui et annonça tout de go à son épouse qu'il s'était converti à l'islam, ce qui l'autorisait désormais à avoir deux femmes. Il se garda cependant de lui dire que, dans la foulée, il avait épousé sa maîtresse à la mosquée de Charleroi. L'imam avait donné sa bénédiction à Omar, son nouveau nom. S'appuyant sur tout son humour qui jusqu'à ce jour lui avait fait accepter pas mal d'explications emberlificotées à certains retards et absences de son mari, elle éclata de rire. Elle crut à un gag de mauvais goût, un de plus. Ils parlèrent d'autre chose.

Mais elle trouva cette fantaisiste annonce tellement énorme que le doute s'empara d'elle. Elle fit son enquête. Elle découvrit toute la vérité qui allait bien au-delà de ce à quoi elle s'était préparée. Elle rentra chez elle et se coupa les veines. L'architecte ne survécut pas longtemps à son remords. Avant même l'enterrement de sa femme, il se tira une balle dans la tête.

Nous avions deux clients d'un coup... mais pas pour le prix d'un, faites confiance à Fernand.

Depuis quelques semaines, la police de Mons, avec sa nouvelle recrue Rosario Bellassai, était dans tous ses états avec l'affaire du dépeceur. Rosario, fier d'être dans le secret des dieux, me distillait juste ce qu'il pouvait d'informations pour ne pas trahir le secret professionnel tout en me gardant en haleine et en m'épatant par sa sagacité.

Il m'expliquait qu'il avait pratiquement résolu le mystérieux et macabre jeu de l'oie auquel se livrait le monstrueux boucher qui avait apparemment le sens du symbole et de la mise en scène. On avait retrouvé des parties de corps féminins le long de la Haine et aussi rue de la Sentence, rue de l'Exécution, chemin de l'Inquiétude, et rue Saint-Symphorien, dont on apprit qu'il avait été décapité au IIe siècle.

Le dépeceur avait de la suite dans les idées... toute la Belgique l'avait compris.

Mais Rosario le futé avait poussé sa réflexion plus loin que les autres investigateurs.

« Qui sait aujourd'hui qui est saint Symphorien ? me dit-il. Même le pape l'a oublié. Où raconte-t-on l'histoire de ce martyr ? Réfléchis, Julien...

– Je ne vois pas, Rosario.

– Il y a deux possibilités.

– Ah oui ?

– Soit il s'agit d'un habitant du patelin baptisé du même nom, sur la route Binche-Mons, ou alors... »

Rosario se gratta la nuque à la Colombo.

« Ou alors ?

– Ou alors quelqu'un qui a fréquenté le collège Saint-Symphorien à Haine-Saint-Vincent.

– Ah bon...

167

— Sachant que le dépeceur, vu sa dextérité à la scie, a suivi une formation de boucher ou de chirurgien, il ne me paraît pas impossible de repérer tous les professionnels du débitage animal encore en activité ou non, habitant ou ayant habité le village, et ayant fréquenté la paroisse du saint éponyme.

— Et tous les anciens étudiants du collège du même nom ayant pu se convertir en bouchers, ou en chirurgiens.

— T'as tout compris, *paesà*... Dans les deux cas, il ne doit pas y en avoir des milliers.

— Fais-le, Rosario, fais-le.

— J'en ai bien l'intention, mais c'est ma piste personnelle, n'en parle surtout à personne.

— Promis juré, Rosario ! »

La psychose qui s'était emparée de la région ne me laissait pas indifférent et, parfois, je n'arrivais que difficilement à chasser de ma tête l'idée invraisemblable mais pas absolument impossible que ma chère disparue ait pu tomber dans les filets du monstre. Je priai Rosario d'essayer de se procurer une liste aussi exhaustive que possible des pauvres filles d'Ève dont la disparition avait été officiellement déclarée aux autorités concernées.

Je n'avais pas les coordonnées de mon ex-future belle-mère ; je croyais même me souvenir qu'elle était un peu en froid avec sa fille à cause de moi. Je n'ai donc jamais osé la contacter de peur qu'elle se refuse à me parler, mais aussi pour ne pas risquer de tomber sur celle qui, à coup sûr, m'aurait aussi raccroché au nez. Aujourd'hui, je serais heureux d'entendre son « *Allo bij Heirman* » et ne rien lui dire, mais soupirer une bonne fois, rassuré de savoir qu'elle vit, même sans moi, et pourquoi pas chez sa mère, et encore mieux : sagement... ce dont je n'osais plus rêver, c'eût été trop demander.

Rosario allait m'éclairer bientôt..., pensais-je.

Quelques jours plus tard, pendant mon heure de table, j'empruntai le corbillard pour aller retrouver mon ami l'inspecteur au commissariat, à Mons. Il m'avait appelé chez Legay et m'avait invité à passer le voir pour faire avancer notre enquête...

J'arrivai au moment où il procédait à l'interrogatoire d'un des nombreux présumés dépeceurs. Mon *compaesano* apparut à la porte d'un des bureaux et me fit signe de l'attendre en me gratifiant d'un clin d'œil complice. Rosario savait que, d'où j'étais assis, je pouvais tout entendre et, en plus, apercevoir le suspect. L'inspecteur Bellassai articulait clairement ses questions. L'individu que j'entrevoyais avait, si j'ose dire, le physique de l'emploi... poilu, barbu, hirsute, d'énormes bras nus, entièrement tatoués, sortant d'un gilet de cuir lacéré qu'il portait à même la peau... mais je chassai immédiatement de mon esprit cette condamnation facile pour « délit de sale gueule ».

Rosario : Es-tu le dépeceur ?

Le suspect : Qu'est-ce que vous voulez dire par dépuceur ?

R : Est-ce toi qui as laissé des sacs-poubelles contenant des morceaux de femmes le long de la Haine ?

S : Moi... Mais enfin, comment osez-vous me poser cette question ? Tenez... j'en ai les bras coupés.

R : On peut dire que tu as le sens du raccourci... Tu as été boucher ?

S : Oui, et alors ?

R : As-tu vécu à Saint-Symphorien ?

S : J'y vis encore...

R : Qui est saint Symphorien ?

S : Un saint.

R : Oui, mais encore ?

S : Est-ce que je sais, moi ?

R : Qu'a-t-il fait de particulier ?

S : Il a cassé son auréole peut-être ?

Rosario, laissant échapper une pointe d'accent rital qu'habituellement il parvenait à dominer :

« Hé mec... tu te fouttes de ma gueule ? »

S : Mais pas du tout, monsieur le policier... mais comment vous voulez que je le sais ?

R : Vas-tu à l'église, ou y allais-tu ?

S : Non, j'ai toujours été au temple.

R : Et ça t'empêche de connaître saint Symphorien ?

S : Ben... y a pas de saints dans la religion protestante.

Silence... Rosario tapa d'un poing dépité dans la paume de son autre main. Le commissaire Dumoulin, qui s'était tu jusque-là, prit le relais. Il sortit des photos d'un dossier.

Commissaire : La reconnaissez-vous ? C'est la tête d'une des victimes.

Suspect : C'est Jacqueline sans son dentier.

C : Qui était Jacqueline pour toi ?

S : On a été ensemble un bout de temps.

C : Est-ce que tu la battais ?

S : Seulement quand elle le méritait !

C : C'est-à-dire ?

S : Quand elle me contrariait.

C : Mais encore ? Explique-toi.

S : Quand elle râlait...

C : Et pourquoi elle râlait ?

S : Vous connaissez une femme qui n'râle pas, vous ?

C : Là n'est pas ma question... pourquoi râlait-elle, la Jacqueline ?

S : Parce que des fois, quand je rentrais un peu soûl, tard la nuit, je la réveillais pour la battre... mais de là à prétendre que je suis le découpeur... alors là... je suis scié ! Il vous faut absolument un coupable hein, vous autres les poul... les policiers, et même un honnête petit voleur innocent comme moi ferait l'affaire... alors que j'me s'rais coupé en quatre pour elle. C'était pareil quand ma première femme s'est suicidée en sautant hors de la voiture à cent vingt à l'heure. On a essayé de me mettre sa mort sur le dos... Je ne suis tout de même pas coupable simplement parce que je n'ai pas pu la retenir. J'aurais bien voulu vous y voir vous : retenir une folle en gardant les mains sur le volant comme l'exige le code de la route en toutes circonstances. Et en plus... les femmes... vous savez, quand elles ont une idée en tête... D'accord, j'aurais peut-être dû m'arrêter quand elle s'est jetée hors de la Honda, mais j'étais pressé, je devais « pointer » au chômage, et je risquais d'arriver après la fermeture... et les temps sont durs, vous le savez, monsieur l'agent.

C : Commissaire !

S : Si vous voulez... Sinon, bien sûr que je l'aimais... même qu'en roulant, je l'ai vue dans le rétroviseur, et j'ai eu les larmes aux yeux. J'ai juste eu le temps de lui jeter son sac à main en pensant qu'elle pourrait en avoir besoin si elle survivait.

C : Pourquoi vous étiez-vous disputés ?

171

S : Parce qu'elle voulait me quitter ; je lui ai tout promis, je lui ai juré qu'à l'avenir je serais gentil avec elle, j'ai tout fait pour lui enlever son idée de la tête.

C : Vous lui avez donc coupé...

S : Quoi, monsieur le policier ?

C : La tête.

S : Mais enfin, pas du tout, puisque je vous dis qu'elle a sauté hors de la voiture.

C : La tête ?

S : Mais non ! Ma femme ! Celle qui est morte... la première... Mais réfléchissez une fois, monsieur le directeur...

C : Commissaire !

S : D'accord... Est-ce que si je serais le dépasseur, alors qu'on sait qu'il y a plusieurs victimes, et que c'est l'assassin qui livre les morceaux...

C : Vous êtes au courant, donc ?

S : Comme tout le monde... on en a beaucoup parlé dernièrement... Je vous disais donc que si je serais le dépièceur, je n'vous aurais certainement pas livré la tête de ma propre compagne, « celle que j'suis accouplé à l'endroit avec », qui était si facile à identifier, ça aurait été trop évident pour vous... C'est qu'il est rusé et instruit à c'qui paraît, l'artiste...

C : Mais pourquoi pas, cela vous permettait précisément de me dire ce que vous êtes en train de m'affirmer.

S : Eh là ... attendez !

Le suspect se tait et regarde le commissaire droit dans les yeux.

S : Vous oubliez une chose...

C : Et quoi donc ?

S : Vous oubliez que moi, je n'suis pas assez malin pour penser jusque-là... Ce serait vraiment tordu de ma part... Vous savez, j'ai à peine été à l'école moi. Tout petit, j'ai dû aider à faire « bouillir la marmite » comme on dit, et mon père m'a vite appris à attraper les lapins et les truites.

C : Et les poulets dans les poulaillers...

S : Oui, peut-être... mais entre voler une poule et la couper en morceaux, il y a une marge...

« Bel exemple de syllepse, dit le commissaire, féru de syntaxe française. En tout cas, il ne s'agit pas du même plumage », poursuivit-il.

S : Et d'ailleurs le poulet, je peux l'acheter...

C : Ou le voler...

S : ... prédécoupé au supermarché. Pas besoin de se fatiguer. Et entre croquer une cuisse de poulet même volé, et déposer des guibolles de bonne femme le long d'une rivière, même si elle s'appelle la Haine, il y a une grande différence, monsieur le contrôleur, et surtout, c'est une chose que je ne ferais pas... je ne suis pas comme ça, même si j'en ai l'air. Vous me croyez, n'est-ce pas ? Est-ce que je peux partir ?

C : Vous êtes libre momentanément, du moins jusqu'à nouvel ordre... Nous vous tenons à l'œil, vous n'y couperez pas, monsieur le présumé dépeceur n° 43.

Notre cow-boy tatoué sortit et Rosario vint me rejoindre.

« Ma théorie sur saint Symphorien n'a pas fonctionné », déplora-t-il.

Je lui rappelai la raison de ma visite.

Visiblement préoccupé, il me tendit le dossier des femmes déclarées disparues au cours des deux dernières années, photos à l'appui, et même de celles retrouvées mortes et non identifiées. La gorge nouée, en retenant mon souffle, je parcourus la funeste liste et les photos des malheureuses créatures dont le moins qu'on pût dire est qu'elles n'avaient pas été avantagées lors de la séance de pose.

Je fus soulagé. Je ne lus pas le nom de ma disparue et je ne reconnus ni l'ovale de son visage, ni ses yeux en amandes, ni ses lèvres en cœur, malgré un gros effort d'imagination pour gommer les ecchymoses, les hématomes et les boursouflures qui défiguraient le faciès des victimes.

Rosario avait appelé celle que j'étais bien obligé d'appeler mon « ex-future belle-mère », ce que je n'osais plus faire moi-même. Elle n'avait aucune nouvelle de sa fille depuis des mois, mais elle ne s'inquiétait pas outre mesure : ce n'était pas la première fois, sa progéniture était une véritable chatte qui retombait toujours sur ses pattes et elle lui ferait signe en temps voulu... c'est-à-dire quand elle aurait besoin d'argent.

« Ah oui..., ajouta l'inspecteur Bellassai : la dernière fois qu'elle a parlé à sa mère, c'était pour lui annoncer qu'elle avait laissé tomber son "clown triste rital"...

– C'est tout ?

– C'est tout ! De quoi tu te plains ? Tu sais au moins qu'elle est encore entière, et que personne d'autre que toi ne se fait de soucis pour elle.

– Allez, vieux, je t'offre un sandwich ; on va parler de saint Symphorien... il me reste une demi-heure avant de reprendre mon service. »

En fait, c'est encore de moi que nous parlâmes, et la conclusion de Rosario sur mon cas, très particulier selon ses dires, tenait en quelques mots :

« Je me demande comment tu tiens le coup chez Legay, ça te ressemble si peu... Ou alors, je me trompe complètement à ton sujet.

— Je me trompe peut-être moi-même à mon sujet, lui rétorquai-je. Je me souviens d'un jour où je suivais des copains en vadrouille, j'avais douze ans. Le chef de la bande, René, son nom me revient, décida d'entrer dans une confiserie tenue par une vieille dame aimable. Il savait que celle-ci mettait un certain temps à apparaître dans sa boutique après que la sonnerie l'avait avertie de la présence du client. Tout devait se jouer pendant cette bonne minute où nous serions seuls devant les rayons de friandises offertes à nos seules consciences. Sans scrupules, nous nous remplîmes les poches de carambars, de souris, de dragibus, de lacets de réglisse, de mello-cakes, de guimauve, et toutes sortes de chocolats. La vieille apparut alors avec un sourire on ne peut plus amène, elle ne sembla même pas surprise que nous soyons rentrés à sept pour ne lui acheter qu'un misérable cuberdon à vingt-cinq centimes belges par tête. Nous sortîmes sournoisement, fiers de notre minable exploit.

« Je ne dormis pas de la nuit. Le lendemain, je revins seul dans la confiserie, et le temps qu'elle se présente, j'avais remis à sa place ma part du lamentable butin que j'étais allé acheter dans un autre quartier. Je lui réglai une plaquette de chocolat Nestlé qui me donnait droit à un chromo de la série "Merveilles de la Belgique". C'était, je ne l'oublierai jamais, la cathédrale Saint-Rombault à Mali-

175

nes, la seule photo qui me manquait pour compléter l'album qui me donnait droit à un kilo de cacao et à un bol décoré de la Grand-Place de Bruxelles. Ah, c'que j'étais heureux ! Ah, c'que j'ai bien dormi cette nuit là !

– Oui, et alors ? Pourquoi tu me racontes cette histoire ?

– Parce que je me demande si j'irais encore rendre les friandises aujourd'hui.

– Eh bien moi, renchérit Rosario, j'avais mis au point un scénario infaillible pour offrir une tournée à l'œil aux copains. Une dizaine d'entre eux entraient d'abord d'un seul coup dans un bistrot où nous venions pour la première fois. Quelques minutes plus tard, je me pointais avec mon pote Gino. Nous commandions de notre côté en ignorant les autres. Petit à petit, nous nous mêlions à l'euphorie générale sans afficher cependant la moindre familiarité avec le groupe. À un signal convenu, les premiers venus s'éclipsaient discrètement les uns après les autres. Quand il ne restait plus que Gino et moi-même, nous demandions notre compte.

« – Et les autres ? demandait le cafetier, inquiet.

« – Quels autres ?

« – Mais... vos amis.

« – Quels amis ? Nous ne les connaissons même pas !

« – Comment ça ? Vous n'avez pas arrêté de plaisanter ensemble, s'énervait le tenancier.

« – Et alors, ils étaient sympathiques, non ?

« – Ce n'est pas possible ! Vous étiez forcément ensemble.

« – Écoutez, c'est insupportable qu'on nous soupçonne, appelez la police, nous y tenons. Ce n'est pas pour les mille francs que ça nous coûterait... tenez, nous les avons.

« J'exhibais désinvolte notre seul billet de mille.

« – Ce n'est pas parce que nous avons un accent que nous sommes malhonnêtes !

« – Je n'ai pas dit cela, protestait le barman.

« – Mais vous le pensez, c'est trop facile. Les mille balles, je préfère les donner au mendiant que vous laissez gémir devant votre porte sans lui prêter la moindre attention. C'est honteux !

« – Mais quel mendiant ?

« – Tiens, Gino, donne ce billet à ce malheureux ! On a notre orgueil, pour qui nous prenez-vous !

« Et Gino s'exécutait, très digne, devant les yeux du tavernier médusé. Il sortait du bistrot et remettait ostensiblement le billet au pauvre bougre assis devant la porte d'entrée, une casquette posée sur le trottoir entre les jambes.

« – Bon ! Et notre compte dans tout ça, deux fois deux bières.

« – Bon, ça va, balbutiait le cafetier... je vous les offre, au point où j'en suis...

« Nous sortions contents de nous. Quelques minutes plus tard, le mendiant, un membre de la bande, bien entendu, nous rejoignait au bord du fou rire et nous restituait les mille francs de notre cagnotte commune que nous évitions de dépenser quand la débrouille nous le permettait.

– Finement joué, Rosario ! Et ensuite, tu es revenu payer les bières volées ?

– Tu me prends pour un couillon ou quoi ? »

De retour à l'entreprise, je fus accueilli par Françoise qui me tendit la joue ; je lui fis remarquer froidement que nous nous étions déjà fait la bise le matin.

« Et alors ? Abondance de bien ne nuit pas que je sache, plaisanta-t-elle. Qu'est-ce qui peut tracasser mon petit Julien au point qu'il me fasse la tête pour une bise ?

– Rien, Fanfan... tout va bien. »

Je l'avais appelée Fanfan, comme seuls sur terre son père et sa grand-mère le faisaient. Je le regrettai immédiatement, conscient du fait que mon étourderie m'avait fait franchir un nouveau pas vers notre inévitable rapprochement ou télescopage.

Mais je pouvais encore me reprendre et rectifier le cours de ma vie, si seulement ma vraie amoureuse se souvenait de moi. Je décidai donc d'attendre encore : un signe, un événement... n'importe quoi ; pourvu que cela vienne d'elle.

Un soir, alors que je ne l'avais pas revue depuis près de trois mois, Pierrette, rousse cette fois, vint sonner à ma porte pour me gratifier de son inimitable : « Salut, p'tit gars ! », et comme si nous nous étions parlé la veille, elle regarda la casserole fumante qui la précédait d'une longueur de bras et me dit :

« Le risotto de monsieur est servi ! »

Réprimant ma surprise, je réagis comme si j'attendais cette originale qui apparemment débarquait chez ses amis sans se soucier des convenances et des règles qui régissent les relations durables. Je l'invitai donc à entrer.

Elle tombait bien en fait, puisque j'étais sur le point de casser les trois pauvres œufs que j'allais immoler pour l'omelette au jambon dont je devais me contenter à défaut de recettes plus sophistiquées. Je l'accueillis donc avec plus de plaisir que lors de notre première rencontre, et aussi avec un intérêt teinté de curiosité envers sa généreuse personne.

Elle eut un coup d'œil en direction de son aisselle gauche et je compris que je devais la libérer de la bouteille de vin rouge qu'elle y gardait pas vraiment au frais... si je peux

me permettre. Un Tignanello 1981 Antinori ; « *Mizzica !* »
« Fichtre ! » répondit l'écho de mon traducteur simultané ;
sans être un œnologue avisé, je savais que, parmi les vins
italiens, c'était un des plus appréciés des connaisseurs. Le
risotto à la moelle de Montecattini, le vin de Val di Pesa,
la compagnie originaire de Sienne... c'était toute la Toscane
qui débarquait chez moi. Pub !

Le risotto était encore plus succulent que la première
fois puisqu'il était de première cuisson, et Pierrette était
vraiment une belle femme. Le maquillage était un peu
forcé, surtout aux contours des yeux éclaboussés de khôl
et des lèvres, déjà naturellement pulpeuses, dont une
traînée de rouge carmin brouillait le dessin. Quel âge pou-
vait-elle avoir ? Quarante-cinq ans peut-être, ou même cinquante, mais très habilement camouflés.

« Eh bien, p'tit gars : ventre satisfait parle sans mot dire...
C'est tout ce que tu me racontes ? »

La bouche pleine, j'essayai de prononcer quelques bor-
borygmes qui projetèrent sur elle quelques grains de riz
esquivés de justesse ; j'étais un peu gêné, mais je ne pus
me retenir d'éclater de rire, et je faillis m'étrangler ; je partis
d'une quinte de toux spectaculaire. Pierrette se leva pour
me taper dans le dos avec un : « C'est la joie qui t'étouffe »,
et, en écho à elle-même :

« Il n'y a pas de plus grande joie que celle qu'on n'attend
pas... T'as l'air ravi de m'revoir... Allez, on m'la fait pas...
déballe ... Qu'est-ce qui fait pleuvoir à ton balcon ? »

Ayant retrouvé ma respiration normale, je regardai ma
voisine à la classe mâtinée d'une conviviale familiarité, dont
le langage frisait parfois la vulgarité, ce qui la rendait paradoxalement plus attachante. Je lui dis merci et lui souris

du mieux que je pouvais au vu de la configuration astrale infernale de mon ciel depuis le passage éphémère de ma comète d'amour, et de mon engagement à l'aveugle au service de la Grande Faucheuse. Contrairement à l'oubli programmé dans ma tête, la grande sœur du « Petit Prince » y était de plus en plus présente, au point d'y prendre toute la place, comme avant sa disparition, malgré les mois qui filaient sans pour cela m'ôter de la tête l'idée qu'elle était encore là pas plus tard qu'hier.

C'était comme si je venais de la voir devant moi, et qu'en fermant les yeux, son image était imprimée sur mes paupières sous l'effet de la persistance rétinienne.

Voilà un bel exemple de tout ce qu'on peut suggérer en un sourire quand la personne à qui vous l'adressez possède cette faculté d'écoute de l'inexprimable, et Pierrette me paraissait appartenir à cette rare catégorie.

Notre dernière rencontre me revint à l'esprit ; malgré nos divergences de goûts en matière picturale, j'avais perçu une sorte de sympathie dans notre entêtement réciproque à vouloir terrasser l'autre lors de notre joute oratoire.

Pour égayer encore plus l'amicale complicité qui s'installait, je pris le risque de poser un tango sur la platine ; sans vraiment choisir, je tombai sur « Desencanto », « Désenchantement », d'Enrique Santos Discépolo, dont le texte clame sur des accents déchirants que la vie est le cimetière de nos rêves. Pouvais-je trouver message plus vrai, plus juste pour l'âme du croque-mort abandonné que j'étais ?

« Tu as des disques de tango !

– Ben oui... Pourquoi, cela vous étonne ?

– À ton âge...

– Y a pas d'âge pour le tango ! Je suis membre du Tango Club de La Louvière depuis dix ans.

– Moi, j'en raffole. Ça me fait planer, je n'écoute que ça pendant l'boulot, j'aim'rais bien voir ton club.

– Quand vous voulez, mais vous y dépareriez, je n'y danse qu'avec des dames d'un certain âge...

– Flatteur et galant, un vrai Rital.

– Donc, vous pouvez écouter de la musique en travaillant ?

– Ça va avec... disons que ça l'agrémente. Tu viendras voir un jour, ça te fera du bien.

– Vous avez de la chance. Moi, c'est un autre genre de musique que je dois me farcir.

– Ah bon ! Quoi ? Du rock and roll ?

– Pas vraiment, dis-je en rigolant... Des marches funèbres, des requiems... je suis croque-mort... enfin... assistant technicien en rites funéraires.

– Non ! Sans blague ! Tu me mets en boîte, p'tit gars !

– Je ne me permettrais pas... ou alors le plus tard possible. »

Elle fit des cornes de ses deux mains, cracha sous la table, jeta du sel par-dessus ses deux épaules, me regarda droit dans les yeux et éclata de rire...

« Je le savais, p'tit gars... J'ai pris mes précautions, je suis passée à l'église, j'ai brûlé un cierge à saint Antoine pour qu'il me protège. »

Sans transition, elle enchaîna :

« Alors tes arbres... toujours bleus ?

– J'en ai même fait des rouges depuis, lui rétorquai-je.

– Alors là, p'tit gars... ils sont en train de cramer... tu f'rais mieux d'appeler les pompiers... ha, ha, ha... »

Et elle se tapa sur la cuisse.

Elle changea brusquement de ton, et sans commisération trop ostensible, elle me déclara tout de go « qu'elle m'avait à la bonne ».

« Qu'est-ce qui ne tourne pas rond ? Je peux peut-être t'aider... j'ai des relations de par mon métier.

— Qu'est-ce que vous faites, à part le meilleur risotto du monde ?

— T'occupe ! »

Je la regardai au fond des yeux ; elle m'inspirait confiance ; j'avais besoin de parler à une femme « neutre ». J'ouvris mon attaché-case d'ancien comptable ; j'en sortis en soupirant la photo de celle que je cherchais encore.

« Très mignonne, dit-elle ; c'est elle que tu attendais l'autre soir ?

— Oui et non !

— Oui ou non ? précisa-t-elle avec une amicale autorité.

— Je l'attendais en étant certain qu'elle ne viendrait pas.

— C'est tordu, ça !

— C'est ridiculement romantique. La preuve en est que je ne l'ai pas vue depuis plus d'un an.

— Au lieu de l'attendre comme un couillon en t'morfondant et en suçant ton pouce, t'aurais pu la chercher.

— Je n'ai pas osé pour la laisser libre de ses choix.

— Mouais... ça s'défend... c'est vrai qu'avec ton physique de gringalet, si elle ne choisit pas de t'revenir par défi au bon sens de la vie...

— Merci quand même !

— Y a pas d'quoi, p'tit gars, comment elle s'appelle ?

— Charlotte.

183

– C'est mignon tout plein comme blase, c'était celui de ma grand-mère, c'est revenu à la mode ?

– Oui, mais elle se fait appeler Charlie.

– Drôle d'idée. Enfin, plus rien ne m'étonne aujourd'hui. »

Elle se concentra sur la photo.

« Dis donc, j'ai déjà vu c'te nénette.

– Ah bon ! lui dis-je en me demandant fugitivement d'où elle pouvait tenir cet accent parigot réchauffé au rital en vivant à Haine-Saint-Martin.

– Un soir, vers 20-21 heures, l'année dernière... Je quittais le patelin pour aller au turbin, je l'ai vue dans mes phares... quelques secondes... elle venait de la gare...

– Vous êtes certaine de ce que vous avancez ?

– Qu'est-ce que j't'avance ? J'te dis les choses, moi...Tu peux pas être simple, nom d'une pipe ! Où en étais-je ? Ah oui, j'allais vers la gare et elle en venait. Elle avait l'air d'être perdue. J'me suis arrêtée pour lui d'mander où elle allait et lui proposer mon aide, mais une autre voiture qui allait dans la même direction qu'elle s'est aussi arrêtée. Je l'ai vue monter dedans avec son bouquet de fleurs... J'ai continué ma route.

– Elle avait un bouquet de fleurs ? C'était quand ?

– Hé minute, p'tit gars... j'ai pas un calendrier dans l'ventre moi. »

Pierrette nous reversa du Tignanello, fixa son verre quelques secondes, puis se passa la main sur le cou, regarda le plafond et me déclara sentencieuse :

« J'peux te dire que c'était le 1er novembre... parce que j'avais vu plein d'monde avec des fleurs dans la journée, mais à une heure aussi tardive, cette fille m'avait paru bizarre.

— Pierrette, vous êtes sûre de ce que vous m'affirmez ?

— 'que j'ai dit d'bizarre ?

— Soyez sérieuse, c'est capital... comment pouvez-vous en être absolument certaine, comment pouvez-vous vous en souvenir après si longtemps ?

— Je n'sais pas. Il y a des images qui t'frappent, va savoir pourquoi... Cette fille seule dans la nuit, au bord de la route, l'air apeuré et pourtant décidé, m'a intriguée, j'te jure que c'est elle... même si la coiffure était peut-être différente.

— Mais ça change tout !

— Ça change quoi ?

— Mais ça change ma vie... ça signifie qu'elle n'avait pas oublié mon anniversaire, qu'elle venait chez moi.

— Ça... j'lui ai pas d'mandé... j'te connaissais pas, et ton anniversaire... il eût fallu que je le susse, pouffa-t-elle pour la énième fois, incorrigiblement contente d'elle. Et puis, les fleurs, c'était peut-être pour une tombe.

— Elle n'a pas de famille dans la région... Il lui est certainement arrivé quelque chose.

— J'te dis qu'elle est montée dans cette grosse bagnole... une Mercedes, rien d'anormal dans tout ça !

— Mais, Pierrette, vous rendez-vous compte ? Les fleurs m'étaient destinées... elle venait chez moi, et elle n'est jamais arrivée à bon port...

— Ça, c'est toi qui l'dis, elle allait peut-être à une réception chez des amis...

— J'appelle Rosario !

— Qui c'est, çui-là ?

– Un ami inspecteur de police.

– Alors là, c'est une idée qu'est pas très bonne...

– Ciao, Rosario... c'est Julien... excuse-moi de te déranger si tard... »

Manifestement je le réveillais.

« Oui, bien sûr, ça peut attendre demain... excuse-moi... Bon, si tu insistes... Voilà, Charlie était près de la gare de Haine-Saint-Martin le 1ᵉʳ novembre dernier vers 9 heures du soir, elle avait un bouquet de fleurs qu'elle m'amenait pour mon anniversaire et elle n'est jamais arrivée chez moi. Une amie l'a vue monter dans une grosse voiture, une Mercedes. »

Rosario m'assura qu'il s'en occuperait dès le lendemain matin.

« À demain, *paesano... grazie*.

– Encore un Rital, remarqua Pierrette.

– Oui, et celui-là, il est plus spécial que les autres, c'est mon pote.

– Bon, p'tit gars, j'me taille comme dit l'crayon... tiens-moi au courant. »

Décidément, entre Pierrette et Fernand, j'allais pouvoir écrire un florilège des calembours et aphorismes les plus ringards. Mon adepte de l'almanach Vermot était déjà sur le palier quand je lui redemandai quel était son métier. Sans se retourner, elle me lança :

« Le plus vieux. »

Je crus avoir mal compris :

« Vous vous occupez de vieux ?

– Oui c'est tout à fait ça... », pouffa-t-elle une dernière fois.

La photo que Rosario me mit sous le nez le lendemain soir chez moi ne me convainquit pas. Je ne reconnaissais pas ces cheveux en brosse rasés autour des oreilles, cette mèche noire qui se détachait spectaculairement de la blondeur argentée du bout de moquette qui avait échappé au massacre à la tondeuse, cet anneau qui perçait l'aile gauche du nez, ces yeux charbonneux mais craintifs, exorbités, cette maigreur maladive.

« Cette fille n'a rien à voir avec ma sylphide aux cheveux d'ange », dis-je à Rosario.

Il insista.

« Elle a été trouvée errant dans les environs. Elle était dans un sale état, le salaud qui s'est occupé d'elle l'a bien arrangée. Elle ne se rappelle même plus son nom. Elle est à Manage, au Centre psychiatrique.

– Sait-on jamais..., admis-je finalement. Avec son envie irrépressible de faire de la musique, elle a pu intégrer un de ces groupes punk ou destroy qui ont pour raison sociale l'expression du ras-le-bol général. Ras-le-bol d'en avoir ras-le-bol. »

Allez, je peux bien vous le dire, depuis le temps que je vous parle d'elle : elle est musicienne. Violoncelliste de formation. Elle adore Pablo Casals.

Quand elle a débarqué chez moi, quelques semaines après qu'elle m'eut offert sa lumineuse apparition aux Galeries, elle avait une toute petite valise, mais un énorme coffre. Le violoncelle était son compagnon secret. Elle n'en jouait que pour elle-même. Tous nos voisins n'étaient pas mélomanes, hélas, et chez moi, elle était obligée de museler son instrument en lui imposant une sourdine. Moi, je savais à quoi m'en tenir, j'étais comme d'habitude transparent, mais pour une fois volontairement. Je l'écoutais et l'observais pendant des heures en feignant de lire des rapports, une revue ou un roman. Du coin de l'œil, je la voyais fermer les yeux et se balancer comme pour se bercer elle-même.

Où donc l'emmenaient ces cantilènes ? Quel bonheur perdu poursuivait-elle ? Des fois, elle unissait sa voix à celle de l'instrument considéré comme le plus humain dans sa sonorité. Elle l'accompagnait tantôt à l'unisson, tantôt à l'octave et parfois en harmonie. Elle se racontait des histoires desquelles de toute évidence j'étais absent. C'était son domaine privé, et je ne m'en offusquais pas, je ne pouvais pas être jaloux d'un objet, aussi expressif fût-il. Pas au début.

Un jour, je me permis un commentaire :

« C'est beau ce que tu joues là ! »

Elle sursauta comme si ma présence l'avait ramenée sur terre et me rétorqua, cassante :

« Bien sûr que c'est beau, c'est du Bach, c'est la suite nᵒ 1 en sol majeur. »

Excusez-moi, mademoiselle, je ne suis qu'un païen, un ignorant, un plouc...

Je ne me suis plus jamais permis le moindre mot au sujet de sa musique, du moins de celle qui s'élevait de son violoncelle. Elle était d'une intransigeance qui frisait la paranoïa. Elle n'admettait aucune banalité dans les compliments.

Mais quelques semaines plus tard, je lui balançai d'une traite une phrase alambiquée que j'avais apprise par cœur.

« C'est la fameuse synthèse unique de beauté et de spiritualité dont parle Furtwängler ; cette sonorité grande et fière, cette noblesse, cette dimension de ciel sur laquelle ton âme tressaille ivre d'éternité. »

Elle me regarda, effarée. Après un long silence où je me sentis menacé, elle éclata finalement de rire. Ouf ! Quand même !

Je lui montrai les six suites pour violoncelle de Jean-Sébastien Bach interprétées par Pablo Casals que je venais de me procurer. J'avais trouvé mon édifiante tirade dans le livret qui les accompagnait. Les ayant écoutées comme s'il s'était agi d'une messe qui devait me rapprocher d'elle, j'avais fini par comprendre qu'elle s'attendrissait sur le « lento » des sarabandes et qu'elle s'excitait sur le « vivace » des gigues. Moi, en profane, je vibrais surtout pour les passages les plus mélodieux, comme précisément le prélude de la suite nº 1 en sol majeur et son adagio que je reconnaissais infailliblement aux accents de tendresse qui caressaient mon âme.

J'appris plus tard que son amour du violoncelle était en vérité un retour aux sources. À vingt-quatre ans, elle s'en était éloignée le temps d'explorer des musiques plus corporelles, plus physiques. Gardant son violoncelle et son âme en veilleuse elle s'était passionnée pour les percussions exotiques qu'elle était allée étudier dans leur contexte originel, en Afrique surtout. Les djembés, les dondos, les balafons, les koras, les tablas et autres marimbas n'avaient pas de secret pour elle. À son retour, nouveau changement de cap, elle avait quitté le toit familial pour être chanteuse-batteuse dans un groupe de filles. Après quelques vagues espoirs de succès, le quartette s'était séparé, et elle en avait eu marre de la musique pop. Elle était revenue à son violoncelle. Elle avait toujours tangué de sa soif d'authenticité au besoin de s'affirmer socialement, ce qui la poussait tantôt vers des activités assez marginales, et tantôt vers ce qu'on pourrait appeler des concessions à la facilité.

Elle voulait de toute façon croquer la vie. Se sachant belle, elle s'était même inscrite dans une agence de mannequins à Gand. C'est vrai qu'elle avait fière allure : là où elle entrait, on ne voyait qu'elle, majestueux drakkar qui venait accoster parmi les péniches couleur charbon. Mais très vite, le métier de mannequin l'avait déçue avec son glamour de province et de pacotille. Elle rêvait de figurer en couverture des grands magazines de mode féminine, et de se déhancher dédaigneuse dans le crépitement rassurant des flashes, lors des défilés des grands couturiers. Elle s'était imaginée déambulant dans les halls des hôtels les plus prestigieux des capitales de la haute couture, mais, n'ayant sans doute pas frappé à la porte de la bonne agence, elle s'était retrouvée à poireauter dans les coulisses improvisées de chapiteaux surchauffés érigés sur les places de patelins charmants au demeurant, mais dont les habitants se souciaient de mode comme le pauvre Africain affamé dans son désert du réfrigérateur vide que l'avion de l'aide humanitaire aurait parachuté sur lui. Parfois même, elle servait de faire-valoir à des maîtres de cérémonie classe « fin de banquet », empailletés sur des podiums de fortune dans les foires et kermesses de la région. Elle apparaissait, lors des tirages des tombolas de quartier, pour remettre leurs lots de quatre sous aux vainqueurs médusés devant son élégance déplacée. Un jour, exsudant et rotant leur tonneau de bière ingurgité, les composants mâles de l'assistance, à peine respectueux de son admirable et inaccessible silhouette qui venait les narguer, en jupe super-mini, dans leur grisaille endimanchée, avaient poussé leur raillerie vindicative jusqu'à scander : « Elle a pas d'culotte, elle a pas d'culotte ! » Cet humiliant leitmotiv l'avait définitivement dégoûtée d'exhiber sa beauté.

Elle était retournée chez sa mère le temps de digérer sa déconvenue. Elle n'avait jusqu'alors rencontré que des grigous, des filous, des voyous... des squatteurs de cœur qui avaient saccagé son jardin secret, ses pensées, ses idées... des salauds, des menteurs. Elle ne me connaissait pas encore, moi qui devais recoller ses morceaux à force d'amour, qui devais lui en mettre plein la vue avec toutes mes attentions d'homme voué à sa cause, moi qui voulais passer un peu de baume sur son âme blessée.

Quand je l'ai rencontrée aux Galeries réunies, à part chapardeuse, elle était en fait habilleuse, restauratrice, et porteuse de géants.

La vocation lui en était venue lors du carnaval de Dunkerque auquel des amis flamands, amateurs de guindailles, l'avaient conviée. Alors que sa bande prenait un verre dans un café d'un square situé derrière la place Jean-Bart, où des gilles s'étaient exceptionnellement déplacés de Binche pour danser leurs incantations au retour du printemps, elle avait remarqué une famille de géants au repos : Reuze papa, Reuze mama et leurs enfants, Pitje, Mitje et Betje, qui attendaient patiemment l'heure de défiler à leur tour. Curieuse de nature, Charlie s'était faufilée sous les dessous de Betje, candide fillette aux tresses blondes haute de quatre mètres environ, et l'avait fait tourner sur elle-même jusqu'à ce que le préposé officiel à l'animation sorte en vociférant du bistrot dans lequel il buvait un bouillon pour se réchauffer du froid de l'hiver. Elle avait voulu alors esquisser quelques pas de danse, mais n'ayant pas trouvé la petite fenêtre tendue d'un voile qui lui aurait permis de voir où elle mettait les pieds, elle était partie à l'aveuglette et s'était étalée de tout son long, la jeune géante avec elle. Elle s'était emberlificotée dans les dentelles de la toujours souriante gamine. Le porteur en colère l'en avait tirée rageusement par les pieds : le jupon de Betje était déchiré... Il n'aurait pas hésité à gifler Charlie s'il n'avait découvert son joli minois contrit. Frappé par son charme, il s'était contenté de l'inviter à réparer les dégâts. Se glissant à son tour sous l'armature en osier de la jupe rouge vif de l'écolière, il en était ressorti avec une pochette en toile contenant divers accessoires de couture et notamment une aiguille d'un empan, et du fil épais comme des spaghettis.

Non seulement Charlie s'était exécutée en souriant, mais elle s'y était appliquée avec toute sa bonne volonté, et elle l'avait fait tellement bien que le porteur de géant calmé lui avait proposé par boutade d'en faire son métier. Ce qui n'était pas tombé dans l'oreille d'une sourde. Le grand gaillard lui avait paru assez mystérieux et fascinant pour qu'elle décide sur-le-champ de faire un bout de chemin avec lui. Elle est comme ça, ma Charlie. Elle l'avait suivi pendant quelques mois, de cavalcade en cortège carnavalesque, et s'était installée chez lui, dans ma région. Merci, ô généreux prédécesseur, de nous avoir rapprochés.

Les géants aiment voyager. Ils viennent de partout, même d'Espagne et d'Italie, pour se retrouver entre eux à Hazebrouck, à Steenvoorde, à Bailleul, à Wattrelos, à Gravelines pour faire la fête, et par la même occasion, prendre de leurs nouvelles réciproques, célébrer un mariage, comme celui de Tintin Pourette et de Phrasie qui un an plus tard annoncèrent à grand renfort de fanfare la naissance de Louise. Comment font-ils pour se perpétuer ? Cela ne nous regarde pas. On les laisse quelque temps à Loos où ils ont leur maison ; ils y reprennent des forces, se refont une jeunesse, révisent leurs armatures en osier, rafraîchissent leur peinture, mais leur vie privée et surtout leurs nuits leur appartiennent, et ils en font ce qu'ils veulent.

Quand son nouveau prince charmant le lui permettait, Charlie aimait l'accompagner sous le géant qu'il animait ce jour-là. Elle avait l'impression de devenir l'âme et le moteur de la giga-poupée et de se rafraîchir de la sorte à la fontaine de rires qui jaillissait sur son réjouissant passage. Tantôt elle était Marie Gaillette, la fille du bougnat, au visage noirci de charbon, tantôt elle devenait la fille de Gargantua qui se gavait d'un cornet de glace au chocolat de près d'un mètre en s'en barbouillant les babines et le menton, ce qui faisait beaucoup rire les enfants. Charlie aimait ce monde de Guignol au pays des très grands, loin du show-business, de la mode et de toute la poudre aux yeux qui avait failli l'aveugler. Ici, rien ne comptait plus que le plaisir de donner du plaisir. Anonymement. Les gens ne vous voient pas et ne pensent même pas que vous existez, mais vous savez que, sans vous, la fête serait plus morne. Charlie se réconciliait avec l'enfant idéaliste qu'elle avait été, elle jouait à nouveau à la poupée, même si celle-ci était de taille à la porter elle-même dans ses bras.

Elle avait fait connaissance petit à petit des autres membres de la corporation presque anachronique des porteurs, créateurs de géants. Elle avait appris à apprécier ces rêveurs d'un autre temps, ces démiurges de l'imaginaire populaire, ces philanthropes qui ne vivent que de la joie qu'ils distribuent et qui ne lancent des souscriptions que pour créer d'autres figures emblématiques.

Hélas, parmi tous ces modestes idéalistes, il y avait une brebis galeuse : le bonhomme dont elle s'était amourachée. Il s'agissait en fait d'un repris de justice qui voulait se faire oublier et qui avait trouvé la bonne planque en se cachant dans les entrailles des géants. Et cela eût payé s'il n'avait pas voulu cumuler son nouveau et son ancien métier, c'est-à-dire « videur de banques ». Et à ce petit jeu-là, il finit par se faire pincer à nouveau. Un soir, elle l'attendit en vain, il ne rentra pas. Quelques jours plus tard, elle lut dans le journal local un entrefilet relatant l'arrestation d'un malfaiteur lors d'un braquage raté à la Générale de Banque de Mons : Roland Dupré... C'était lui. Et si je ne l'avais pas rencontrée le même jour aux Galeries pour la remettre sur le droit chemin et lui redonner du moral, elle aurait sans doute continué à fréquenter la prison de Mons pour apporter des oranges à son voyou bien-aimé qui lui avait laissé son chien ; et elle lui aurait sans doute pardonné par goût du romanesque, et elle aurait patiemment attendu son retour...

Heureusement, elle m'a connu, et tout a changé pour elle...

Elle n'a pas laissé tomber sa nouvelle passion pour autant. Au début de notre histoire, j'étais toujours surpris quand elle m'annonçait qu'elle allait réparer le frac de Totor à Steenwerck, la chemise du roi des mitrons à Wormhout, la vareuse de P'tit Frère le pêcheur à Fort-Mardijck, la collerette de Pierrot Bimberlot qui distribue ses berlingots au Quesnoy, le chapeau de Binbin, le pauvre orphelin de Valenciennes, le foulard de Raoul de Godewaersvelde, le chignon de Julia, la grand-mère belge, ou encore le nez de Zef Cafougnette, mais à la longue, je m'y étais fait, et nous en rigolions ensemble. Je l'accompagnais parfois çà et là. J'ai vécu des moments de grande exaltation enfantine lorsqu'à mon tour j'ai découvert les dessous des géants et que nous nous enlacions pour faire danser notre monumental complice qui nous accueillait dans sa bulle de bonheur. Pourquoi les géants ont-ils tous des jupes, hommes ou femmes ? Mais pour permettre aux amoureux de s'y cacher et de ne faire qu'un seul être, voyons ! Et quel être... grand jusqu'au-dessus des nuages ! J'ai même plané sur la poésie qui parfois nimbait les choses et les gestes, comme cette fois où sur la place d'un village au nom perdu, la fanfare jouait dans un silence cotonneux, perchée sur un kiosque accroché entre ciel et brouillard. J'ai vécu des moments magiques, mais décidément, je n'arrivais pas à me faire à l'idée que la vraie star de la fête pût être cachée dans le ventre d'un géant de toile, de papier et d'osier, à l'insu de tous.

C'est pourquoi, quand le démon de la musique l'a reprise, loin d'imaginer dans quel drame je mettais les pieds, je me suis senti content pour elle. Enfin une ambition digne de sa classe, pensais-je naïvement, ignorant alors son passé de musicienne déçue. Et j'ai essayé de l'aider dans la mesure de mes modestes moyens. J'ai cassé ma petite tirelire pour financer l'enregistrement d'un disque à coût très modeste dans un studio de la région dont, à la vérité, n'étaient sortis dans les meilleurs des cas que des succès familiaux ou de quartier. N'empêche que je m'étais laissé prendre au jeu et que secrètement j'y croyais, je souhaitais son succès de toutes mes forces, pour elle, mais aussi pour la convaincre que je lui portais chance afin qu'elle ne puisse plus me quitter.

Charmé par la personnalité de Charlie, le preneur de son-arrangeur-orchestrateur-instrumentiste polyvalent du 45-tours avait travaillé pratiquement bénévolement. Il avait donc estimé utile de signer un contrat en bonne et due forme qui, en cas de succès, lui rapporterait quelques pour cent en royalties, c'est-à-dire le juste fruit de sa contribution artistique. Son nom figurait à côté de celui de Charlie l'interprète et du mien qui fut apposé sur le document avec l'appellation ronflante de « producteur ».

Que de cérémonial pour un disque qui ne fut imprimé qu'à une centaine d'exemplaires et qui plus est ne sortit jamais officiellement ! Mais nous y croyions dur comme fer. C'était déjà un miracle que le disque existât. Il fallait bien entendu le défendre, le faire connaître. Charlie téléphona à diverses firmes de disques à Bruxelles. Elle obtint quelques rendez-vous. Elle leur laissa à chaque fois un exemplaire de son enregistrement. Elle attendait fébrile qu'ils se manifestassent. En vain. On lui disait de persévérer, que la production de cette première œuvre laissait un peu à désirer mais qu'elle était sur la bonne voie, et bla, bla, bla...

Ma seule démarche promotionnelle, en désespoir de cause, fut d'envoyer un échantillon du disque à un chanteur populaire italo-belge originaire de la région, en essayant de l'attendrir par l'évocation de ses propres débuts difficiles dans les fancy-fairs des écoles locales. « Vous qui avez le bras long, il vous serait si facile de donner un petit coup de pouce à un modeste producteur d'origine sicilienne, comme vous... » Je ne reçus jamais de réponse. Soit la vedette n'avait pas écouté les chansons, soit elle avait le bras moins long que je le croyais. Aujourd'hui, je suis forcé d'admettre aussi que le disque était plutôt raté...

Blessée, vexée par ce nouvel échec, ne voulant pas admettre l'alibi plus que valable des conditions médiocres d'enregistrement, ma Charlie s'aigrit. La hargne qu'elle mettait à chanter virait à l'agressivité et embarrassait ceux qui l'écoutaient tant il était évident qu'elle voulait régler ses comptes avec le monde entier, et en particulier avec moi, qui n'étais plus qu'« un incapable, un minable pour qui elle avait sacrifié sa carrière ». On aurait dit qu'elle voulait exorciser une vieille histoire, un ancien malheur auquel j'étais étranger en amont, mais que je perpétuais en aval.

Petit à petit, mais inexorablement, je la vis se transformer, elle si fantasque, si poétique, elle qui m'avait offert tant de moments inattendus, ne fût-ce que par sa façon de grimper littéralement aux arbres et même aux pylônes électriques. Hé oui, figurez-vous qu'elle était attirée par les hauteurs, que les cimes l'exaltaient. Elle ne pouvait pas passer sous un chêne ou un marronnier sans que la dentelle de lumière qui nimbe ses frondaisons ne lui donne l'envie d'aller voir de plus près d'où venait son aura.

Un soir que nous rentrions à la Cité par le chemin de terre qui part de la Haine pour arriver aux premiers HLM des Marronniers en contournant le centre du village, elle s'arrêta sous l'armature métallique en T qui soutenait d'énormes câbles à haute tension. Le ciel sans lune ressemblait à un vaste gisement de charbon, inépuisable, avec des scintillements et des traînées lumineuses entre des nuages ténébreux qui le striaient de toutes les nuances du noir. En levant le doigt vers les câbles, elle me dit : « Écoute. » Je tendis l'oreille, et en effet j'entendis un étrange bruissement faible et intense à la fois, un souffle dans lequel passaient des milliers de sons, des voix, des gémissements peut-être, comme une bande magnétique à l'envers qu'une radio émettait à partir d'une autre galaxie, à des milliers d'années-lumière. « C'est le Big Bang en marche, tu entends le chant des étoiles ? » Bien sûr que je l'entendais, et j'étais ému de l'interprétation personnelle qu'elle donnait du crépitement du champ magnétique de quelques dizaines de milliers de volts. J'étais prêt à délirer, poétiser avec elle quand elle se mit soudain à grimper sur les croisillons métalliques du pylône, malgré mes appels à la raison. Quand elle fut à une dizaine de mètres au-dessus de moi, c'est-à-dire à la moitié de la tour, elle s'assit. Elle resta là, à balancer ses jambes dans le vide pendant dix bonnes minutes pour écouter les étoiles de plus près. Quand enfin elle se décida à redescendre, elle mit les mains dans les poches de ses jeans et ne dit plus un mot jusqu'au lendemain matin. Je n'existai plus de la soirée, ni de la nuit. Qu'elle eût soif d'absolu, je le comprenais, et j'étais prêt à boire avec elle, à voler avec elle si elle m'y invitait. Mais encore une fois, elle avait décrété que je n'en étais pas capable ou que cela me dépassait.

Et, irrésistiblement, elle sortit ses griffes pour se révéler haineuse. Ma voix de papier de verre ou de muezzin enrhumé, qu'elle qualifiait de sexy quand elle m'aimait encore, ou qu'elle en donnait l'impression, ne la touchait plus. Au bout de quelques mois, il était devenu évident que je n'étais plus son unique centre d'intérêt, alors qu'elle l'était pour moi sans partage depuis que j'avais croisé son regard d'eau claire. Aussi, quand elle m'annonça qu'elle me quittait pour aller tenter sa chance à Paris, sans moi, je réagis très mal. Je me sentis floué, séduit et abandonné avec notre enfant, cet amour qu'elle avait fait naître et dont elle n'avait plus rien à faire.

J'avais gagné deux ans plus tôt, uniquement pour l'épater, une batte de base-ball au tir à pipes lors de la ducasse Sainte-Anne à Mons. Je l'ai prise et j'ai simplement tout cassé chez nous – sans toucher à un seul de ses cheveux, je précise. Je n'ai pas fait dans la dentelle, mais cela m'a fait du bien de me défouler sur des objets insensibles à la douleur, surtout à la mienne.

J'ai même déchiré le certificat qui attestait qu'elle était propriétaire d'une étoile. Hé oui, ne riez pas... je lui avais offert une étoile qui avait été, et qui est toujours, officiellement baptisée à son nom. Ce n'est pas une blague : c'est un organisme officiel de Genève qui s'occupe de l'attribution des étoiles anonymes. Et cela ne coûte même pas cher puisque j'ai pu me le permettre. Il suffit de le savoir. D'accord, c'est peut-être une arnaque, mais un peu de romantisme n'a jamais ruiné personne.

Je ne suis pas violent que je sache, mais elle m'avait poussé à bout. J'étais comme fou et je tournais sur moi-même, la batte à bout de bras, comme un moulin ivre. J'avais cent bras. Même le vide en a pris pour son grade, et je suis certain que mes coups manqués sont restés dessinés dans l'air de toute leur inutile et impardonnable violence. J'étais de plus en plus conscient et je choisissais mes cibles plus froidement.

D'abord son violoncelle : deux grands coups dans le buffet ! pardon... la caisse de résonance, bien dans les échancrures. Ensuite le manche, en plein milieu pour bien faire éclater les cordes. Et puis tiens ! Prends ça dans les chevilles, et ça dans les ouïes. Et la table d'harmonie pour parachever le massacre ! Quelle jubilation ! C'était comme si j'avais abattu un rival surpris en flagrant délit dans les bras adultères de ma traîtresse mélomane ; elle n'arrêtait pas de le caresser, de le cajoler devant moi au point qu'elle lui arrachait des soupirs, des râles de plaisir qui m'étaient devenus insupportables.

Je me suis vu alors dans le miroir, avec ma massue, pitoyable. Et, avant que j'aie pu esquisser un geste de défense, je me suis pris moi-même par surprise et j'ai fracassé ma propre image de mon front. Je saignais de l'arcade sourcilière, mais pas aussi abondamment que je l'avais espéré.

Ensuite, j'ai déchiré toutes ses photos du temps où elle « faisait mannequin », sauf une qui a échappé à ma colère, celle que j'ai pu montrer à Pierrette ; et puis, j'ai jeté ses vêtements par la fenêtre... ils avaient déjà disparu au moment où elle était descendue les récupérer.

Elle n'est jamais remontée, alors j'ai avalé des barbituriques.

Après mon exploit, qui avait fait du bruit dans l'immeuble, on m'a emmené me reposer à l'hôpital. Je m'en suis sorti après un petit somme de trois jours, et trois points de suture.

C'est fou ce que je l'aimais, l'ingrate. Je l'aimais tellement que je repoussais mon sommeil, même quand elle s'était déjà endormie dans mes bras. J'avais peur de perdre le fil de mon amour. Je n'avais aucune envie de m'embarquer pour un rêve, aussi agréable fût-il, qui m'aurait éloigné d'elle ne fût-ce qu'en pensée. Le seul rêve auquel je tenais dormait à mon côté, et pour rien au monde je ne serais sorti de cette inespérée réalité qui me comblait au-delà de toutes les utopies.

Et quand malgré moi je sombrais dans les bras du malvenu Morphée, dès que mon réveil sonnait, je recommençais à l'aimer. Je l'aimais dès mon premier café, encore plus que la veille, comme si je revenais d'un long voyage et que je ne l'avais pas vue depuis une éternité. Je l'aimais en confiance. Je l'aimais même d'avance pour toutes les fois où j'aurais éventuellement envie de la haïr. J'étais et je suis encore de ceux qui s'attachent et qui se font des idées. Je me sentais capable de l'aimer sans relâche dimanches et jours fériés.

Oh ! je ne parle pas de la bagatelle... quoique... je ne prétends pas que je sois mieux nanti que la moyenne des hommes, bien que j'aie pu le croire quelques mois auparavant, pendant quelques secondes, entre minuit et une heure du matin. J'étais en pleine euphorie, en plein happening amoureux avec ma Charlie quand le téléphone osa troubler notre intime vérité toute nue. Contrairement à Sacha Guitry, je suis de ceux qui courent quand on les sonne. « Allô ! Quoi ! Le voisin du rez-de-chaussée... à cette heure-ci ! Votre femme a un malaise, vous venez d'emménager... Mais je ne suis pas docteur... Ah ! vous voulez le téléphone d'un docteur... Mais pourquoi est-ce moi que vous appelez ?... Vous m'avez vu aux Galeries réunies, mon nom figure au tableau dans l'entrée et par bonheur dans l'annuaire... "Par bonheur", c'est vous qui le dites... Mais dans l'annuaire, vous pouviez également trouver un docteur... Vous en voulez un bon, pas trop cher et pas trop éloigné... D'accord, d'accord, un instant s'il vous plaît. » Et c'est ainsi que tout nu, chaussant, pour lire dans mon carnet, les lunettes de presbyte que je venais d'étrenner quelques jours auparavant, je me découvris mieux constitué que je ne le pensais. Ô fausse joie ! Ah, ces verres grossissants !

Mais, insidieusement, inexorablement, la rouille a rongé et gangrené mon miroir aux alouettes, et je me suis retrouvé penaud, sans ailes, devant une muraille opaque, mate, sans le moindre reflet, la moindre lueur de réponse : Charlie était devenue inaccessible et ne donnait plus signe d'amour.

Et même nos retrouvailles, qui jusque-là n'avaient été que fêtes, ont fini par se ternir et perdre de leur douce folie. Alors que naguère nous roulions, ivres d'un bonheur à la fois mystique et charnel, sur les rives pentues et mousseuses d'un étang où nous sombrions corps et âmes ; alors que de nos silhouettes astrales, nous dessinions les courbes et les arabesques de fugaces nymphéas dans l'indigo de la nuit que nous voulions éternelle, alors que... alors que... nous nous sommes retrouvés sur un lit rocailleux, désertique et hérissé des ronces de tous nos malentendus.

Elle avait fini par ne plus me supporter. Tout en moi l'exaspérait, ma voix, ma démarche, ma présence tout simplement. Si elle avait pu, elle m'aurait quitté sans crier gare. Elle était chez moi mais elle me fuyait. Elle s'enfermait dans la salle de bain, la seule planque susceptible de la soustraire à mon attention et elle y restait des heures, surtout le week-end quand je ne travaillais pas. Des fois, je me permettais une incursion inévitable dans son isoloir ; elle levait à peine les yeux de son bouquin pour me faire l'aumône d'un regard las en tirant sur sa cigarette, retenant un soupir de dépit. Manifestement, je la dérangeais. Elle lisait des heures et des heures. Elle ne jouait même plus de son violoncelle. Perles aux cochons, disait-elle.

Dans la dernière image précise que je garde d'elle, elle est assise au fond de la baignoire vide, en travers. Ses cheveux sont négligemment coiffés en un chignon ébouriffé qui laisse échapper quelques longues mèches sur son front et ses joues, dégageant l'ovale de son visage plus beau que jamais. Elle porte une de mes chemises (ce que je prenais encore naïvement pour un encouragement) boutonnée à hauteur de sa poitrine, laissant juste entrevoir, côté cœur, le minuscule dauphin bondissant tatoué sur son joli globe de chair laiteuse, tendre et émouvante. Et je compris. La mer lui manquait. Ses longues jambes nues posées avec une grâce nonchalante sur le rebord du tub ne laissaient aucun doute : je la vis sirène captive à qui il me faudrait rendre sa liberté.

Bien entendu, quand je suis rentré de l'hôpital, Charlie n'était pas là. Voyant à froid ce que ma colère et mon désespoir avaient laissé de son violoncelle, je faillis jeter ce qu'il en restait. Je me ravisai juste à temps.

Les différentes parties de l'instrument : la table d'harmonie, le manche, le chevillier, le fond, l'éclisse, le cordier et les cordes, tenaient encore entre elles. C'était simplement comme si le violoncelle s'était dégonflé, ratatiné. Je reconstituai l'instrument, en recollant ses composantes. Je peignis l'épave en bleu et je l'exposai dans une vitrine en plexiglas dont j'avais ôté les étagères. Je rendais en quelque sorte, sans que je le sache à l'époque, un hommage à Arman et à Yves Klein. En tout cas, c'était du plus bel effet. Il ne manquait plus que la suite n° 1 en sol majeur de Bach... J'en rachetai le disque.

Quant au reste, je dus demander un emprunt à ma banque pour remplacer tous les meubles et ustensiles que j'avais démolis : la télé, la cafetière électrique, le toaster, le réfrigérateur, le fer à repasser, l'aspirateur et j'en passe. Je n'osai pas profiter des dix pour cent de réduction que m'accordait ma carte des Galeries réunies – où mon absence était d'ailleurs passée complètement inaperçue –, les mauvaises langues s'en seraient donné à cœur joie. Quitte à payer plus cher, je préférai me procurer le tout chez la concurrence où je n'étais pas connu.

Le papier peint aussi en avait pris pour son grade après avoir essuyé un bombardement au vin rouge. J'avais fracassé quelques bonnes bouteilles contre les murs de mon nid d'amour déserté. On aurait dit un test de Rorschach géant, vous savez, ces taches d'encre dont vous devez donner une interprétation selon votre personnalité et d'après laquelle vous êtes jugé fou ou sain d'esprit. En l'occurrence, ma folie était passée et avait duré exactement trois minutes.

Quelques jours plus tard, j'avais l'impression d'aller mieux. J'étais naïvement confiant. Je pensais qu'elle aurait compris à quel point je l'aimais, et qu'elle reviendrait.

Ma mère me disait souvent : « Mets des fleurs sur ta table, et le bonheur viendra. » Je l'ai fait. J'ai attendu longtemps. Et voici que j'apprenais que ma mère avait raison : le bonheur était en route pour chez moi... Charlie voulait me revenir pour mon anniversaire. Qui l'en avait empêchée ?

Au menu du jour, il y avait la mise en bière d'une pauvre femme en fin de cinquantaine, et le transport de sa dépouille de l'hôpital à chez elle. Pour la première fois, j'étais appelé dans ma propre « Cité » à titre professionnel. Je ne la connaissais pas ; peut-être l'avais-je croisée sans la distinguer des dizaines d'Italiennes de la deuxième vague d'émigration qui s'adaptaient tant bien que mal à cette vie grise et misérable qui désespérait même les natifs de la région. Je ne me sentais donc pas plus concerné que d'habitude.

Inexorablement, alors que je veillais à ne pas céder à l'indifférence propre au métier, la routine ankylosait peu à peu ma sensibilité. Néanmoins, j'avais gardé presque intacte cette impatience de découvrir l'histoire du trépassé qui me serait inévitablement contée par le conjoint ou par un proche, comme pour disculper la famille en me prenant à témoin de ce qu'ils avaient tout fait pour retarder l'échéance fatale. Le dénominateur commun de tous ces clients posthumes que j'ai côtoyés à leur insu le temps d'une « levée de corps » était que tout leur était pratiquement pardonné et qu'ils ne laissaient que des regrets.

J'avoue que j'aimais cette émotion incomparable qui consistait à faire connaissance de quelqu'un à l'envers, en découvrant d'abord sa fin, comme si on ouvrait un livre directement à sa dernière page.

Ce jour-là, je fus accueilli par le veuf que je trouvai en pleine forme. Il me dit sur un ton un peu agacé :

« Ma femme est morte d'une pneumonie qu'elle a attrapée bêtement. Elle ne m'écoutait jamais quand je lui disais de se couvrir. Non, il fallait absolument que la signora joue les jeunes filles sportives en plein hiver. À son âge, tout de même ! Qu'est-ce que je vais devenir moi, hein ? Je ne sais même pas me cuire un œuf. »

Le pauvre, il m'avait presque convaincu qu'il était plus mort que son épouse.

Un peu plus tard, la sœur et confidente de la défunte me raconta la vraie raison du décès de son aînée – et il ne fallait surtout pas que le veuf la connaisse.

Il signor Lomagno l'avait en vérité échappé belle. Trois mois auparavant, il avait été hospitalisé pour une vilaine tumeur au poumon. Le cancérologue avait délicatement préparé l'épouse du malade à l'inévitable et implacable dénouement et lui avait instillé à l'esprit l'idée qu'Amedeo, le seul homme de sa vie, ne sortirait pas vivant de l'hôpital. Celle-ci, malgré son immense chagrin, garde son sens pratique comme l'exige la vie difficile que les Lomagno mènent depuis leur arrivée en Belgique. Elle se projette en pensée au jour des funérailles. C'est l'hiver... et elle n'a qu'un seul manteau, beige. Donc inapproprié pour un grand deuil. Elle emmène le vêtement chez le teinturier pour qu'il le teigne en noir. Elle le récupère quelques jours plus tard.

Entre-temps, le mari, bien opéré, bien soigné, se remet, contrairement aux prévisions. Il rentre donc chez lui, ragaillardi. Convalescent, il profite du tendre dévouement de son épouse Giuseppina. Il l'envoie régulièrement faire une course par-ci, une autre par-là. Voyant la neige par la fenêtre, il la prévient en lisant sa *Gazzetta dello Sport* :

« Ne sors pas sans manteau !

– Ça ira, ne t'en fais pas, je n'ai pas froid.

– Mais il doit faire moins dix !

– Mais non, tu exagères. »

Le manteau noir était planqué au fond de la garde-robe, derrière la robe du dimanche. Elle ne voulait surtout pas que son mari apprenne qu'elle s'était préparée et résignée à l'idée du veuvage, et qu'elle n'avait pas compté le retrouver en si bonne santé. Elle sortait donc en gilet de laine, même sous un déluge de neige. Inévitablement, elle prend froid, très froid. Ne reculant devant rien, elle s'offre une pneumonie carabinée. Elle est hospitalisée à son tour... elle meurt. Fernand et moi l'avons allongée dans son cercueil en sapin – le moins cher –, et ramenée à la Cité.

Le lendemain, au cimetière, Amedeo Lomagno portait le manteau noir unisexe qu'il avait découvert au fond de la garde-robe de son héroïque épouse.

Rosario tint à m'accompagner au Centre psychiatrique. Nous y arrivâmes vers 10 heures alors qu'un matinal soleil de printemps nous saluait de quelques rayons choisis. « Bon signe », me dit Rosario. À la vérité, je ne savais plus qu'espérer, que souhaiter. Si la punkette de la photo était bien ma Charlie, ce serait déjà très grave, mais au moins je la saurais vivante ; et si ce n'était pas elle, alors, toutes les suppositions, et même les pires seraient permises... et même qu'elle m'eût complètement oublié, pensai-je égoïstement.

Nous gravîmes le perron qui menait à la bâtisse en briques noircies par l'air sale de la région et Rosario s'enquit du numéro de la chambre de la toujours improbable Charlie. Apparemment, nous étions attendus, Rosario avait dû préparer le terrain. Quelques minutes plus tard, une jeune et avenante psychologue, le docteur Michel, en jeans sous sa blouse de travail blanche, la démarche sportive et le sourire rassurant, nous demanda de la suivre tout en nous faisant part de sa joie à la perspective d'en savoir enfin un peu plus sur cette énigmatique mais charmante fille qui ne se souvenait plus de son nom, mais qui passait des heures à pianoter à l'atelier d'activités artistiques, vers lequel nous nous dirigions. Elle ajouta qu'elle était convaincue, au vu de ses progrès, que celle-ci devait avoir un passé musical. En plein dans le mille, pensai-je.

Nous traversâmes un parc dont les arbres étaient parés d'un nuage de barbe à papa et nous arrivâmes devant un pavillon couvert de lierre. La psy nous pria d'attendre quelques minutes. J'avais les mains moites et en même temps glacées de trac. Le docteur Michel ressortit toute seule mais nous fit signe de contourner le pavillon.

Elle était là. Ses cheveux avaient repoussé depuis la photo, et une frange blonde lui couvrait la moitié du front. Ses joues s'étaient creusées et lui donnaient une dureté carcérale, mais c'était bien ma belle perdue de vue que je retrouvais. Dans la cour dallée, elle sautillait avec sérieux et application sur le parcours d'une marelle, en balbutiant des formules incompréhensibles qui devaient resurgir de sa tendre enfance.

Elle se rendit compte de notre présence. Elle s'arrêta. Elle me fixa d'un regard étonnamment sans surprise. Je ne bougeai pas : la doctoresse, chemin faisant, nous avait recommandé de ne pas la brusquer. Elle s'approcha de moi. Elle me sourit comme Charlie Chaplin le fait dans *Les Lumières de la ville* quand la jeune héroïne incarnée par Virginia Cherrill, à qui il avait offert le prix de l'opération qui devait lui rendre la vue, découvre qu'il est clochard et non prince comme elle en rêvait. Elle me regarda de la tête aux pieds, et dans ses yeux, à quelques centimètres des miens, je vis s'allumer une joie sincère voilée d'une infinie tristesse. Ses doigts caressèrent ma joue et s'immobilisèrent sur ma bouche. Après un silence qui me sembla interminable, elle me dit finalement : « Beau annissaire », et elle retourna à sa marelle.

Rosario, la doctoresse et moi-même nous regardâmes sans rien dire. La jeune psychiatre fit un demi-tour gracieux sur elle-même et nous fit comprendre que cela suffisait pour la première visite. Je fis mine de protester... mais je n'insistai pas.

Nous retournâmes à l'accueil. Je confirmai qu'il s'agissait bien de Charlie Heirman, née le 20 mars 1960 à Laetem-Saint-Martin où sa mère vivait encore. Je laissai le téléphone de Mme Heirman.

Dans la voiture, Rosario me demanda si je savais ce qu'elle avait voulu dire. Je lui répondis que je n'osais pas croire qu'elle ait voulu me souhaiter un bon anniversaire alors que nous étions en avril. Mais j'étais bouleversé à l'idée que ce souhait anachronique fût la seule chose qui la reliât à quelque bribe de son passé envolé... avec l'instinct de la musique. Déjà nous nous retrouvions comme avant : elle, sa musique et moi. Mais j'étais prêt à faire front à nouveau.

Par la porte ouverte de mon bureau, situé à l'extrémité du couloir avec lequel il forme un T, je fixais songeur, sans faire le point sur elle, la clepsydre des Legay à l'autre bout d'une longue perspective qui me permettait de voir l'entrée du magasin et les éventuels visiteurs. Mais ce matin je n'avais pas l'esprit accueillant ; il était plein à déborder de ce nouvel espoir que les balbutiements de Charlie avaient innocemment ravivé dans tout mon espace cérébral. Je n'avais par conséquent pas remarqué que Françoise m'observait. Obliquement. Ses yeux, son front et une partie de ses cheveux étaient dans mon champ visuel à la deuxième des quatre portes qui s'alignaient le long du corridor. Elle me ramena sur terre de sa voix doucereuse et néanmoins inquisitrice.

« Julien ! Où il est, mon Julien ? À quoi il pense, mon Julien ? »

Elle s'approcha jusqu'à venir s'appuyer à l'embrasure de ma porte sans la dépasser, ce qui était nouveau, car d'habitude elle venait minauder sans ambages pour réclamer son petit baiser furtif que je lui accordais pour ne pas prolonger l'embarrassante intrusion.

« À quoi je pense ? » répétai-je, comme surpris en flagrant délit d'adultère.

Ah ! les femmes et leurs antennes... Elles réagissent à la couleur du ciel, au son d'une voix, à un regard un peu fuyant... comme l'était le mien ce matin-là. Je ne répondis pas et elle n'insista pas.

À midi et demi, Rosario vint me chercher.

« À tout à l'heure, dis-je à Françoise en passant devant son bureau.

— Tu ne déjeunes pas avec moi ?

— Un de mes cousins du côté de ma mère est arrivé de Sicile il y a quelques jours, il vient me rendre visite.

— Et ça ne peut pas attendre le week-end...

— Il n'est que de passage, il doit aller visiter d'autres parents en Angleterre. Ton père m'a donné jusqu'à 15 heures.

— Bon, d'accord pour la permission de midi ! À condition que cela ne devienne pas une habitude », ajouta-t-elle avec une autorité que je ne lui connaissais pas encore.

À l'entrée de Manage où se situe le Centre psychiatrique Saint-Bernard (les saints sont très sollicités dans la région), nous nous arrêtâmes devant un fleuriste : « Au petit bouquet ». Irrésistiblement racoleur. J'achetai des pensées pour Charlie. Elle adorait leur modestie dans leur beauté. Nous longeâmes la muraille couleur rouille qui cache tout l'envers du décor de l'établissement jusqu'à ce qu'elle rejoigne la façade d'une des bâtisses latérales. Nous contournâmes les plates-bandes fleuries qui atténuaient un tant soit peu l'aspect carcéral et oppressant de la forteresse du même ocre brûlé que son infranchissable enceinte. Nous saluâmes deux biches qui paissaient dans leur enclos, et nous nous retrouvâmes dans l'allée principale, face au perron central. Je priai Rosario de m'attendre dans la voiture (oserais-je vous préciser qu'il s'agissait d'une Peugeot 403 grise et cabossée). Je savais qu'il ne s'en offusquerait pas.

L'hôtesse d'accueil m'apprit que je trouverais Charlie dans le parc ; elle me laissa y aller seul puisque je connaissais le chemin.

Je la vis de loin, elle tenait une ombrelle, assise sur un banc, en robe blanche sous le cerisier en fleur. Si j'avais été Renoir, j'aurais peint mon chef-d'œuvre séance tenante ; mais je n'avais même pas de Polaroid pour éterniser cette image dans toute sa poésie, fragile et surannée.

Quand elle m'aperçut, elle me sourit de la même douceur que l'autre jour, mais je compris que son sourire perçait au travers du brouillard intérieur qu'on lui administrait en pilules.

Je lui tendis les pensées. Elle les fixa un moment, les saisit précipitamment et les jeta à terre pour les piétiner. Elle s'éloigna en courant ; je criai son nom. Elle s'arrêta net, se retourna, me regarda à nouveau et reprit sa course vers la bâtisse. Je la suivis du regard, impuissant et désemparé.

J'allai retrouver Rosario à la voiture. Il était tranquillement plongé dans son dossier « Dépeceur », en train de coter les différents suspects interrogés à ce jour selon leurs chances de culpabilité. Je l'invitai à me suivre dans la cafétéria où se côtoyaient visiteurs et patients pour donner à Charlie le temps de retrouver sa sérénité de petite fille à qui on aurait passé une robe d'adulte à son insu.

213

À peine assis, un homme d'une trentaine d'années, décidément l'âge difficile, vint nous tendre une main recroquevillée. Son regard se fixa au-delà de nos yeux et nous mitrailla de mots : « Chômage-chômage-chômage-normal-normal-normal. » Et il s'éloigna. Quelques minutes plus tard, ce fut le tour d'un Quasimodo souriant qui nous gratifia de clins d'œil en cascades, nous tapa sur l'épaule et nous dit d'une voix aigrelette : « Ça va aller ! – Oui merci », lui répondis-je. Rosario et moi nous regardâmes incrédules et apitoyés, conscients de l'urgence de sortir Charlie de ce monde où chacun attendait son Godot. Je me sentais capable de retomber en enfance pour communiquer avec mon écolière égarée dans la cour des grands.

Je retournai à l'accueil. En m'accompagnant chez Charlie, l'hôtesse me parla de sa mère qui était venue ce matin. Mme Heirman avait essayé de lui rappeler des choses, sans succès. Le seul mot qui sortait de sa bouche était « maman » qu'elle articulait timidement, d'une voix de gamine espiègle, en tortillant le bas de sa robe. Incapable de supporter cette surréaliste confrontation, sa mère s'était sauvée au bout de quelques minutes.

Nous avions suivi la ligne jaune qui menait à la section neurologie jusqu'à un sas qui s'arrêtait devant une porte blindée. L'hôtesse-infirmière composa un code Sésame et nous nous retrouvâmes dans un couloir où déambulaient des jeunes femmes fantomatiques, dont les yeux hagards me dévisageaient au fur et à mesure que je les croisais. J'étais dans mes petits souliers.

L'une d'elles s'approcha de moi avec un sourire qui ressemblait comme un jumeau à celui que m'avait offert Charlie une demi-heure plus tôt, un sourire qui fleurissait de la même absence. Elle se pencha devant moi et fit mine de cueillir quelque chose. Elle me tendit sa main vide et me dit : « C'est pour toi. » L'hôtesse s'interposa et la refoula.

« Laisse le monsieur tranquille, ne l'ennuie pas avec tes bêtises. »

La jeune fille insista en me regardant dans les yeux :

« Tu n'la veux pas, ma fleur, je l'ai cueillie pour toi ? »

Pas très rassuré, je tendis la main vers elle et saisis la rose virtuelle. J'avais décidé sur-le-champ que c'était une rose. La pensionnaire fleuriste rajouta :

« Elle est belle, hein ? Ne la perds pas ! »

Je ne l'ai pas perdue jusqu'à aujourd'hui ; mais je me demande souvent si ce n'était pas la présumée psychopathe qui nous mettait en boîte ou qui nous défiait de sa conscience supérieure. J'ai joué le jeu... je ne suis donc pas passé pour un crétin à ses yeux ; ou peut-être si... Qu'attendait-elle de moi ? Étais-je dans la juste dimension ? Ou a-t-elle finalement conclu : il est bête ce type, il prend une fleur qui n'existe pas, je l'ai bien eu ? Peut-être aurais-je dû analyser la situation comme le font certains esprits carté-siens qui, devant un gag éculé consistant à faire sortir huit chevaux et la caravane qu'ils tractent de derrière un cactus, décrètent condescendants, la bouche en cul de poule : « Ouuui ! Il s'agit là d'un phénomène de distorsion, voire de compression du concept espace-temps. » Moi, je ris, ou je ne ris pas, je pleure ou je ne pleure pas, je suis bon public.

Quoi qu'il en soit, l'infirmière continuait à distribuer des directives en passant : « Michelle, tu as fini ton des-sin ? », « Geneviève, tu dois faire la sieste ! ». La maternelle... mais la moyenne d'âge des élèves devait être de vingt et un ans, trois fois l'âge de raison.

J'arrivai devant la chambre de Charlie : une cellule monacale. Elle était assise sur son lit et regardait une photo. La surveillante me précisa que c'était sa mère qui la lui avait apportée.

Elle me la tendit, elle me sourit à nouveau, et me dit : « Beau annissaire », et elle rajouta « Olan ». Je ne compris pas, mais cela me parut sans importance.

Je regardai la photo. Un instantané. C'était une des géantes qu'avait portées Charlie. Je crus reconnaître Betje, l'écolière aux tresses blondes et à la jupe rouge. Devant elle, Charlie souriait à côté d'un grand jeune homme aux cheveux longs et à la barbiche à la mousquetaire. Olan... Roland, étais-je obligé de conclure.

Au retour, dans la voiture, une foreuse me taraudait le cœur de sa vrille. Rosario s'en aperçut.

« Je peux t'aider, *paesà* ?

— Je ne sais pas encore, peut-être, il faut que je réfléchisse.

— C'est si compliqué ?

— Encore plus que tu ne le crois, et j'ai un doute monumental... Est-il possible que la vie soit aussi odieuse avec moi, au point de se moquer du dernier espoir auquel j'avais réussi à me raccrocher du fond du gouffre où j'étais tombé, pour en faire un gag, qui risque finalement d'être le poison ou le coup de couteau qui va m'achever.

— Eh bien, si tu as improvisé cette phrase d'une traite, tu devrais écrire un livre.

— Oui, c'est ça... si je survis.

216

– *Ma fermati*[1] *va !* Elle va guérir.
– Sans doute.
– Eh bien alors... où est le problème ?
– Je ne sais plus. »

Nous roulâmes en silence jusqu'à Haine-Saint-Martin. Je trouvai presque normal que nous soyons pris à partie par le ciel qui déversa sur nous une pleine benne de grêlons gros comme des boules de billard. J'entendais vaguement Rosario jurer, s'en prendre à tous les saints habitants du paradis, Dieu, Jésus-Christ, et la Madone qui pour la circonstance furent tous invités à aller se faire voir chez les Grecs.

Dans ma tête, c'était de toute façon le branle-bas de combat. Tous mes neurones étaient en effervescence, exceptionnellement concentrés sur le même sujet, la même question : « M'a-t-elle confondu avec son Arsène Lupin de pacotille ? » Il fallait que j'en aie le cœur net. Je devais vérifier, mais vérifier quoi ?

Pierrette a vu Charlie à Haine-Saint-Martin le 1er novembre avec des fleurs. Qui fête son anniversaire ce jour-là ? Moi ! Le Roland, il n'est quand même pas né le même jour que moi ! Je préfère me dire que Dieu n'existe pas, plutôt que de le savoir capable d'une blague d'aussi mauvais goût.

Charlie allait vers la gare ou elle en venait ?

Les fleurs ? Elle me les apportait ou on les lui avait offertes ?

Mais si quelqu'un lui avait offert le bouquet, pourquoi l'aurait-il laissée repartir à pied, toute seule, dans ce quartier pas très sûr ?

---

1. Arrête !

Autre possibilité : elle avait l'intention d'offrir ce bouquet à quelqu'un qu'elle n'a pas trouvé ce jour-là. En ce qui me concerne, j'étais chez moi... Et qui d'autre que moi dans la région pouvait mériter cette aimable pensée de sa part ?

Beau annissaire, Olan ! C'était pourtant limpide.

Rosario me déposa rue du Calvaire, devant la vitrine déjà illuminée des entreprises Legay.

« Ciao Julien !

— Rosario, tu peux me rendre un service ?

— Qu'est-ce que je pourrais te refuser ? Tu as l'air d'un condamné à mort qui vit sa dernière heure.

— Il y a un peu de ça... Écoute, est-ce que tu peux retrouver l'adresse de quelqu'un ?

— Si tu me donnes au moins le nom exact, si ce n'est pas une fille que tu as croisée dans la foule d'un enterrement, avec laquelle tu as à peine échangé un regard dont le bleu t'est resté gravé à jamais dans la mémoire.

— Arrête, Rosario, il s'agit d'un homme. Roland... Roland... De... Dupré... oui, c'est bien ça, Roland Dupré.

— Tu as cherché dans le bottin ? C'est simple, tu sais, tu regardes à D... Du... Dubo, Dubon, Dubonnet... et tu arrives à Dupré.

— Merci, Rosario, je sais me servir d'un bottin. Ce type est français, sans doute du Nord, il doit avoir une adresse pas loin d'ici, mais je doute qu'elle soit officielle parce qu'il se planque, il doit avoir un casier judiciaire. Je sais que

Charlie allait lui rendre visite à la prison de Mons où il avait été coffré pour un braquage raté. Elle l'a quitté quand on s'est connus, en avril, il y a juste trois ans.

– D'accord, d'accord... qu'est-ce que tu veux savoir sur lui ? Tu ne veux pas lui faire la peau tout de même !

– Mais non, je veux juste savoir sa date de naissance et si possible son adresse actuelle.

– C'est tout ? Tu veux lui envoyer des vœux d'anniversaire ?

– T'as tout compris.

– Je t'appelle ce soir chez toi !

– Non, pas ce soir, je sors avec Françoise.

– Demain au boulot alors...

– Non, je préfère être seul pour te parler, appelle chez moi demain soir.

– Et tu seras seul ?

– Je suis toujours seul chez moi !

– Et Françoise ?

– Elle ne vient jamais chez moi, elle a peur.

– Elle a raison ! Pourquoi tu ne t'installes pas chez elle ?

– C'est ce qu'elle souhaite, mais je tiens à rester chez moi, j'y ai mes souvenirs.

– Arrête, va !

– C'est mon affaire, Rosario.

– T'es vraiment d'un compliqué... Mais c'est vrai, tu aimes l'art moderne, et tu es vraiment servi avec toutes ces saloperies que tu peux lire sur les murs de ta cité pourrie. »

Le soir, comme je l'avais annoncé à Rosario, je dînais avec Françoise. Elle avait réservé à la Locanda Garibaldi, une trattoria italienne sur la route de Manage, à quelques kilomètres du Centre Saint-Bernard où j'avais revu ma Charlie quelques heures plus tôt.

Il y a vraiment des jours où la vie vous fait tourner en rond.

Françoise fut souriante, amène, prévenante, jusqu'à ce qu'au milieu de nos *rigatoni ai quattro formaggi,* un peu mollasses à mon goût, je dusse lui faire comprendre que je ne pouvais pas dormir chez elle ce soir-là. Elle se fit alors persifleuse, et me demanda tout de go des nouvelles de mon cousin de Sicile.

Il me fallut quelques secondes pour me souvenir de l'alibi que j'avais invoqué le matin pour m'absenter à l'heure du déjeuner.

« Il va bien...

– Pourquoi tu ne l'as pas amené, il n'aurait pas été trop dépaysé ici ?

– Comme il a sympathisé avec Rosario, et qu'il aime les histoires policières, il dîne chez lui, mais il va loger chez moi, je ne peux pas le laisser sur le palier, je ne peux donc pas rentrer trop tard, il faut tout de même que je m'en occupe un tant soit peu.

– Mais bien sûr, je comprends. Tu prends un dessert, Julien ? »

Elle se commanda un *zabaglione,* une *torta di mandorle* et un *tiramisu.*

Je la regardai, incrédule

« Mais, Françoise...

– Quoi, mon petit Julien ? Il faut bien que je compense, non ?

– Mais enfin, sois raisonnable...

– Et toi, tu l'es, mon Juju ? Tu me négliges pour une ombre, un souvenir.

– Mais de quoi parles-tu ?

– Allons, Julien ! Arrête de t'empêtrer dans une histoire sans queue ni tête. »

Et ostensiblement, après quelques petits cris et roucoulements forcés pour accueillir les trois desserts que Giuseppe, le maître d'hôtel, aligna devant elle, consciente de la parodie d'elle-même qu'elle donnait à l'assistance bon enfant, la ronde créature planta ses yeux au bord des larmes dans les miens, repoussa son couvert, plongea ses doigts dans le gâteau au mascarpone, et se gava.

J'avais honte. De moi, pas d'elle. Qu'y pouvais-je ? Être honnête ?... J'avais essayé... Elle n'avait pas voulu comprendre. Elle m'avait habilement emprisonné dans mon apparente gentillesse. Elle ne pouvait certes pas deviner toutes les planètes que je trimballais et qui gravitaient autour de moi, et encore moins celle sur laquelle je me trouvais au moment où elle me parlait. Je l'écoutais en toute simplicité. Je souriais quand elle s'y attendait. J'étais désarmant. Mais nous n'étions que deux solitudes juxtaposées qui ne s'étaient jamais vraiment entrelacées. C'était comme ça.

Françoise me déposa à l'entrée de la Cité.

En montant jusqu'à mon studio, je pris la résolution de lui parler franchement dès que j'y verrais plus clair. Pour l'instant, le verre de ma bulle était embué, et je devais au plus tôt l'aérer, au risque de la voir éclater au prochain pavé que la réalité me lancerait à la tête.

Le lendemain, Françoise n'était pas à l'entreprise. Son père m'annonça qu'elle s'était enfin décidée à prendre une matinée sportive. Elle s'était inscrite au cours de gymnastique et d'aérobic dont je lui avais parlé en toute candeur le jour où j'en avais vu la publicité dans le journal toutes-boîtes de la région. J'avais reconnu le moniteur sur la photo : un ancien camarade de classe de fin d'humanités. Apparemment, mon attitude déplorable de la veille lui avait fait prendre des grandes décisions. J'étais certain qu'elle s'imaginait encore que mon manque de flamme à son égard venait de son apparence, alors qu'en vérité je n'en faisais pas vraiment cas. Oserais-je prétendre que je n'aurais pas été plus amoureux si elle avait eu une taille de guêpe. En fait, je ne m'étais jamais posé la question, et je n'avais pas l'intention de me la poser ce jour-là.

Je me concentrai sur mon travail jusqu'à midi, j'appelai notre « antenne » au quartier général de la circulation. Je laissai sonner trois fois puis je raccrochai comme convenu. Je rappelai dans la foulée, c'était notre code d'identification. L'agent double m'annonça triomphant que Fernand allait être content. Il avait réussi à déplacer virtuellement les coordonnées géographiques d'un accident de la route qui avait fait trois morts, pour que les victimes se retrouvent sur le territoire des entreprises Legay.

Je pris note de leurs noms et adresses.

J'appelai ensuite le plus grand hôpital de la région. Je demandai Madame Claude, non pas celle que vous croyez, mais il y avait un rapport certain entre les activités des deux homonymes. L'infirmière en chef me donnait en effet la liste des malades qui risquaient de libérer leur lit à brève échéance, sans arborer bien entendu le sourire de la guérison.

223

Je faisais comme si je ne me rendais pas compte de l'ignominie de ma démarche. Je me donnais pour excuse le fait que la filière existait avant mon arrivée, que je ne faisais qu'obéir aux ordres, et qu'après tout c'était Fernand lui-même qui arrosait son petit monde pour le garder à sa botte.

Comme toujours, mon patron se montrerait intraitable en ce qui concernait la facturation et surtout le règlement de ses fournitures et services. Les rares fois qu'il accordait un crédit, le supposé bénéficiaire se laissait piéger dans un système de remboursement qui doublait pratiquement le coût initial. « On verra qui aura l'autre "à l'usure" », plaisantait-il. Il ne tolérait pas le moindre retard. Quand une traite n'était pas honorée, il envoyait le jour même un des deux huissiers avec lesquels il s'était acoquiné. Bel exemple de solidarité entre oiseaux de malheur ! Il avait ordonné des saisies pour quelques milliers de francs belges. Et depuis que Rosario s'était éloigné de l'entreprise, Fernand comptait sur moi pour veiller au grain, pour appliquer ses méthodes « pragmatiques » comme il disait, sentencieux.

Ce jour-là plus que jamais, mes scrupules laissèrent la priorité à mon envie de ne pas penser au doute qui m'avait empêché de fermer l'œil de la nuit. Je comptais résister jusqu'au moment où Rosario m'appellerait le soir chez moi pour me confirmer ce qui de plus en plus me paraissait inéluctable.

J'avais bien retenu mes leçons. J'avais appris à fourguer un cercueil taille douze ans pour un bébé de quelques mois.

« Il faut bien que le chérubin respire », soupirait Fernand devant les parents désemparés et prêts à tout. Une fois, alors que nous n'avions pas réussi à redresser un vieil échalas d'un mètre quatre-vingt-dix atteint de Parkinson, dans son somptueux cercueil modèle « Palais Royal » en acajou dont il n'occupait que la moitié, Legay trouva encore la boutade infaillible : « De toute façon, quand les premiers vers le chatouilleront, il ne pourra pas résister au soulagement d'allonger les jambes. »

Et même si, ces derniers temps, Fernand avait mis un bémol à son humour, une espèce de solidarité prémonitoire sans doute, cela ne l'avait pas empêché de nous sortir ce commentaire implacable face à cette morte qui mesurait un mètre cinquante et presque autant de large : « Il faudra penser à fabriquer des cercueils jumeaux ! » Génial Fernand, va !

Sans aller jusqu'à ce cynisme de mauvais aloi, j'avoue que moi-même je n'avais pu réprimer quelques sourires, de toute façon déplacés, lors de situations imprévues qui ne faisaient bien sûr aucun mal au mort. Notamment cette fois où nous étions au cimetière pour la descente au caveau de la dépouille d'un lieutenant-colonel de l'Armée de l'air. Après un « Adieu aux armes » recueilli, digne, sans ostentation excessive, pendant lequel le cercueil posé sur deux énormes cordes disparaissait dans la tombe, l'assistance défila devant la carlingue en chêne capitonné en partance pour le dernier vol de l'héroïque aviateur. Son képi, entouré de ses décorations, trônait sur le couvercle. Comme le veut la coutume, un officier supérieur prit une brindille de sapin dans la corbeille qui en était remplie pour la lâcher sur le cercueil. Il se pencha donc pour regarder en contrebas. Par

225

hasard, le premier épi tomba pile sur le képi. Le proche du défunt qui suivit se crut obligé d'en faire autant, et s'y essaya avec application. Le troisième l'imita et ainsi de suite... Finalement, le képi fut entièrement recouvert de brindilles de sapin.

J'observais les uns et les autres. Je les voyais se mordre la langue pour mieux se concentrer. Je m'amusais de la satisfaction visible de ceux qui avaient bien visé, mais j'avais du mal à garder mon sérieux lorsque les derniers, dont la brindille n'avait pas pu tenir sur le couvre-chef complètement enseveli, se tapaient le poing droit dans la paume de la main gauche de dépit... ou l'inverse pour les gauchers.

Une seule fois, je n'ai pas pu me retenir d'éclater de rire, et je vous en demande pardon. Pour une levée de corps, nous étions obligés, Fernand, deux parents du défunt et moi-même, de descendre le cercueil verticalement tellement l'escalier était étroit. La paroi parallèle aux pieds du mort devenait forcément la base sur laquelle reposait tout son poids. Or, celle-ci céda. Les jambes du trépassé s'enroulèrent autour du cou de Fernand qui descendait précautionneusement, à reculons, après avoir tâté chaque marche. Fernand cria comme si un boa l'avait enlacé.

« C'est ce qui s'appelle prendre ses jambes à son cou », me permis-je de dire à mon patron qui pour une fois n'apprécia pas le comique de la situation.

L'après-midi, Françoise m'ignora et ne vint même pas me saluer à la fin de la journée. C'était la première fois depuis que Fernand m'avait engagé.

Après être rentré chez moi, j'eus envie de m'aérer, j'allai rendre visite une fois de plus aux arbres du parc qui eux au moins ne disparaissaient pas de ma vie comme s'ils avaient pris racine dans mon histoire. Arrivé sur place, je garai mon vélo, et je marchai dans les allées plus ou moins désertes à cette heure crépusculaire. Un couple de joggers me doubla : un homme athlétique, en training gris flanelle, un bandeau bleu autour de ses boucles blondes. Il freinait manifestement son allure, allant même jusqu'à faire du surplace, pour rester à la hauteur d'une jeune femme dont le jogging rose fuchsia retenait avec difficulté ses chairs qui débordaient de partout. Elle suait comme une énorme glace à la fraise pour suivre son nouveau Pygmalion. Je reconnus Françoise qui feignit de ne pas me voir. Elle faisait les premiers pas qui l'éloigneraient de moi... pour se libérer à sa façon, kilo après kilo. Je ne sais plus si cela m'attrista plus encore, j'étais déjà au plus bas.

Quand Rosario m'appela le soir, j'avais déjà décidé de rencontrer Roland Dupré coûte que coûte, quelle que soit sa date de naissance. Il y allait de l'intérêt de Charlie. Je m'étais finalement persuadé que la récupération de son équilibre mental comptait plus que les quelques atteintes à ma fierté éventuellement mise à mal par des coïncidences au-dessus desquelles je m'imposerais de m'élever avec philosophie : j'allais la jouer grand seigneur et noblesse d'âme. Il était en outre aussi prématuré qu'inutile de tirer des conclusions de ce qui n'était probablement qu'un malentendu causé par le prisme kaléidoscopique qu'était devenue la mémoire de Charlie.

N'empêche que quand mon Colombo d'ami me demanda faussement détaché quel jour j'étais né, je retrouvai d'emblée dans ma main le fil d'un écheveau que je ne voulais pas dérouler : une histoire tragi-comique, un vaudeville bon marché basé sur le quiproquo provoqué par la similitude des dates de naissance des deux soupirants de l'héroïne indécise.

Rosario est au bout du fil, le bras levé. Je vais revivre pour vous le moment où la lame de son couteau va se planter dans mon cœur.

Rosario :

« Dis donc, t'es né en quelle année, toi ?

— En 1956.

— Ah ! le Roland est né en 1954.

— Grand bien lui fasse !

— Tu lui dois le respect, mon vieux.

— Le respect, mon cul !

— Mais enfin, en voilà de ces mots dans ta bouche d'ordinaire si pudique.

— Ce n'est pas l'ordinaire qui me préoccupe, mais l'exceptionnel, l'unique, l'ironie du sort quand le sort défie l'ordinaire justement. Quel mois est-il né, que j'aille au bout de mon calvaire.

— Eh bien, novembre si tu veux le savoir... Toi aussi je crois, non ?

— Quel jour ?

— Le 2... » Hésitant : « Et toi ?

— Ne fais pas l'hypocrite, tu sais bien que je suis né le 2 novembre aussi !

— Ce n'est pas ma faute, Julien.

— D'accord, Rosario... excuse-moi, j'ai à faire.

— Tu as vraiment l'art de remercier les potes qui veulent t'aider. Et l'adresse... tu ne la veux pas ?

— Dis toujours.

— Tu vas te fâcher.

— Tu ne vas tout de même pas m'annoncer... »

Rosario m'interrompit :

« Eh bien oui !

— Non ! Pas à la Cité des marronniers, tout de même !

— Ben si, justement ! Mais pas dans le même bâtiment...

— Quelle délicatesse !

— En fait, il est originaire de Steenvoorde, dans le Nord de la France, où il est resté jusqu'à son service militaire. Ensuite il a vadrouillé avec, épisodiquement, quelques cures de repos forcé dans les prisons qui se trouvaient sur son chemin... quinze jours par-ci, un mois par-là... jusqu'au casse de la Générale à Mons qui a foiré, on le sait aujourd'hui, à cause de sa bande un peu inexpérimentée qui comptait même quelques nanas dans ses rangs.

— Des nanas ! Ne me dis pas...

— Je ne te dis rien, j'ai dit des nanas comme ça, au hasard.

— Et quand s'est-il installé dans la Cité ?

— Quelques mois avant sa dernière incarcération, en juin 1984.

— Et pourquoi la Cité ?

— Va savoir... avec son casier, il a sans doute eu des difficultés à louer un appartement au Hilton !

— Il y a des gens très bien qui vivent à la Cité !

— C'est ça... continue à défendre ces voyous, ça te perdra... Remarque, il n'y a pas vécu longtemps puisqu'il a passé trois ans en cabane.

— Et de quand à quand s'il te plaît ?

229

– Eh bien exactement du 17 octobre 1984 au 16 janvier 1988 : il a écopé de trois mois de plus pour tentative d'évasion. »

Quelques secondes de silence...

« Julien... tu es toujours là ?

– Et depuis ?

– Plus de nouvelles... Il s'est tenu à carreau. Tu m'as dit qu'il était porteur de géants si je ne me trompe pas... Il l'est peut-être encore, c'est la meilleure planque... Consulte le calendrier des cortèges des gugusses de carnaval.

– Je n'y manquerai pas, Rosario. Ciao ! Et merci ! »

Je commençais à imaginer plus précisément ce que pouvait être la dure et cynique réalité. Poussé par la véritable paranoïa qui s'était emparée de moi, j'en arrivai à la douloureuse conclusion que Charlie s'était en fait planquée chez moi. Elle avait attendu son taulard au chaud dans mes bras. Elle avait coupé les liens, en apparence du moins, pour tromper la galerie policière. Elle s'était imposé de ne pas revoir son repris de justice tant qu'il était à l'ombre, pour brouiller définitivement les pistes.

Mais pourquoi se planquait-elle au fait ? Était-elle dans le coup du braquage de la Générale ? Quel était son rôle ? Était-elle au volant de la Jeep qui attendait les trois risque-tout cagoulés quand le directeur de la banque avait actionné le signal d'alarme ? Après tout, elle avait bien été capable de voler un slip : qui vole un slip vole une Jeep, dit l'adage. Je me trouvais tellement minable que je n'arrivais pas à prendre mon drame au sérieux, ce qui explique quelques traits d'humour de bazar.

Étions-nous en plein *Bonnie and Clyde* ?

Et si Roland avait donné des directives pour que Charlie soit réduite au silence ? Mais à propos de quoi ?

Était-elle restée en contact avec la bande ?

Dans ce cas, elle aurait été au courant de l'aggravation de la peine de son compagnon, elle ne se serait pas manifestée pour son anniversaire, mais bien pour le mien.

Tout restait possible, l'anodin comme le pire.

Mais la véritable explication me paraissait de plus en plus en plus évidente et implacable : elle m'avait supporté tant qu'elle l'avait pu... moi qui suis sans doute à l'opposé de son ténébreux héros, moi sans surprise, moi qui suis un livre ouvert si on veut bien se donner la peine de me décoder. Et elle avait fini par craquer malgré le bon alibi que je représentais pour elle. Elle avait préféré m'éloigner de sa vue, même si, au début, elle avait dû ressentir quelque sympathie pour ma modeste personne. Elle avait tenu jusqu'en septembre 1986, quelques jours avant la date initialement prévue pour la libération de Roland Dupré.

Qu'avait-elle fait jusqu'à sa sortie ?

Avait-elle déjà vécu dans le quartier avec son mousquetaire avant de me connaître ? Comment ne l'avais-je pas su ? Toute la Cité aurait dû crier au miracle devant l'apparition de la beauté entre ses murs sales. Mais il est vrai que je ne parle jamais à personne.

Il ne me restait plus qu'à retrouver Roland Dupré. Était-il au moins au courant de ce qui était arrivé à notre nébuleuse égérie ?

En tout cas, pour une fois, maman, tu t'es trompée, le bonheur n'est pas revenu là où j'avais posé mon bouquet de fleurs !

Les cent premiers pas me parurent évidents. Je pris mon courage à deux mains et je m'embarquai pour un voyage dont l'appréhension qu'il avait engendrée en moi était inversement proportionnelle à sa brièveté. Je traversai donc la plaine de jeux ravinée et cabossée qui sépare les deux rangées d'immeubles qui se font face de leurs murs lézardés sur lesquels se déchirent les ombres de quelques poteaux électriques. Nous étions mercredi, quelques gosses se chamaillaient sur l'escarpolette, la balançoire et le tourniquet complètement déglingués.

Je ne fus pas dépaysé : même hall d'entrée avec le même foisonnement de graffitis obscènes ou désespérés, même ascenseur délabré. Je préférai donc emprunter l'escalier. Une fois au troisième étage, je tournai à gauche. Devant la porte de l'appartement 12C, j'hésitai. Il n'y avait aucune indication. Je sonnai d'abord. Au bout de quelques secondes, je frappai à la porte. Un chien me répondit. Ah oui ! je l'avais oublié celui-là, je m'étais vaguement demandé ce que Charlie avait pu en faire depuis que je l'avais vu devant les Galeries. Je l'entendais s'agiter derrière la porte. Apparemment, il était seul et n'avait sans doute pas la clé.

Trêve de plaisanterie, s'il s'agissait du même chien, et si son maître n'avait pas pu le nourrir pendant plus de deux ans, quelqu'un avait bien dû le faire à sa place. Qui ? À moins qu'il ne soit revenu que tout récemment, à la libération de Roland.

Et si Charlie s'était occupée du labrador noir à mon insu tant qu'elle vivait avec moi ? Elle en aurait eu tout le loisir pendant mes heures de travail.

Encore ces fichus « si » ! Non, je divague, il doit y avoir quelqu'un d'autre.

Un parent ? Un membre de la bande ?

En tout cas, aujourd'hui, il n'y a personne. Je pourrais laisser un mot sous la porte.

Et si le Dupré vit avec une autre femme, cela pourrait faire une malheureuse de plus, pensa généreusement le brave nigaud qui survivait en moi.

Il ne me restait qu'à attendre, quelqu'un devrait forcément nourrir le pauvre clébard. De toute façon, j'étais décidé à me représenter devant cette porte jusqu'à ce que je trouve toutes les réponses aux myriades de questions qui m'empêchaient de dormir.

Et me voilà pour la énième fois devant l'appartement 12C, sans trop y croire, presque par habitude. N'imaginant pas que ce pût être le jour J, j'étais moins préparé à la rencontre. J'avais même oublié que le fait de sonner à une porte pouvait provoquer l'ouverture de celle-ci. Je fus donc bêtement surpris quand je le vis devant moi.

Il était grand. Il dégageait une impression de force implacable. Ses biceps tatoués enserrés dans les manches retroussées de sa chemise en jean bleu pâle me firent penser aux branches d'un chêne sur lesquelles on aurait gravé des noms au couteau. Une cicatrice à l'arcade sourcilière gauche témoignait des orages auxquels il avait résisté jusque-là et son calme laissait présager qu'il était préparé à affronter tous ceux à venir. Son regard bleu acier à lui seul aurait pu me soulever de terre comme s'il m'avait empoigné par les revers de ma veste. Il n'avait plus la barbiche à la mousquetaire qu'il portait sur la photo que m'avait montrée Charlie. Ses cheveux blond foncé étaient tirés en arrière et je vis, lors du mouvement interrogatif de la tête par lequel il m'accueillit, le balancement d'une queue-de-cheval lui balayer l'épaule. Ses traits tellement réguliers auraient pu avoir été décalqués d'un personnage de bande dessinée : Buck Danny et Ric Hochet à lui seul, avec un catogan.

Découvrant un abruti muet de stupéfaction sur son paillasson, il décida de rompre lui-même le silence.

« Je sais qui tu es, me dit-il. Où est Charlie ?

– J'étais venu vous le dire », balbutiai-je en regardant ses Santiag en lézard bleu.

Et je pensai à la fameuse histoire du cow-boy qui revient en courant dans le saloon dont il venait de sortir, et qui demande menaçant à la cantonade : « Qui a peint mon cheval en vert ? » Un homme accoudé au comptoir se retourne, déroule ses deux mètres et de là-haut répond : « C'est moi... Pourquoi ? – Je crois qu'il est temps de passer la seconde couche », répond le cow-boy en bégayant.

Hé oui, la vie est une bonne blague. Il est temps de passer la seconde couche, monsieur Dupré. Charlie est à vous et attend la deuxième couche de votre imposant amour.

Et je déballai tout ce que je savais de Charlie et qu'apparemment M. Roland de Steenvoorde ignorait.

Il se contenta d'un péremptoire :

« Tu viens avec moi !

– Si vous y tenez », répliquai-je.

Je n'avais justement rien d'autre à faire...

Il décrocha son Perfecto noir du portemanteau. Je le suivis jusqu'à sa voiture non sans avoir remarqué que le chien n'était pas dans l'appartement.

Arrivés à sa Golf GTI noire, il m'ouvrit obséquieusement la portière en me lançant :

« Après toi, croque-mouille de mes cors ! »

Il démarra calmement. Pendant les premiers hectomètres, le silence ne fut rompu que par les indications timides que je lui donnais pour le guider vers le Centre psychiatrique. Comme par télépathie, au moment où je me demandais à quel point il pouvait me haïr, et quel sort il comptait me réserver, il me déclara, sans me regarder :

« Je sais qu'Charlie a vécu chez toi... mais toi ou un autre, je m'en secoue le cocotier. »

Tiens, j'ai déjà entendu cette expression, pensai-je.

« Tu n'étais qu'une parenthèse. L'important était qu'elle soit là à ma sortie, et elle n'y était pas. Et si je tiens le salaud qui l'a réduite à l'état que tu m'as décrit, il va passer le plus beau quart d'heure de sa vie... s'il le passe. »

Cela fait toujours plaisir de s'entendre traiter de parenthèse... mais d'un autre côté, j'étais quelque peu rassuré quant aux mesures de rétorsion que Roland aurait pu prendre à mon encontre et qui défilaient dans mon imagination.

« Tu l'as battue, m'assena-t-il, on me l'a rapporté.

– Mais pas du tout, je n'ai jamais touché à un seul de ses cheveux. »

Menteur ! pensai-je en moi-même. S'il savait combien j'aimais caresser sa chevelure de vagues d'or, longtemps, longtemps. Mais soyez certain, monsieur Dupré, qu'en ce qui me concerne, je vous ai rendu votre bien dans l'état où vous espériez le retrouver, et même mieux peut-être ; ce qu'elle a pu faire par la suite ne relevait plus de mon mandat de gardiennage.

« Et l'ambulance, elle est venue pour quoi ?

– Mais pour moi. J'avais avalé des barbituriques après m'être tapé la tête contre le miroir de la salle de bain.

– Des barbituriques... Comme une nana ! Un mec, ça se tire une balle dans la tête.

– Excusez-moi, monsieur Dupré, je n'avais pas de flingue sous la main, je me suis tiré ce que j'ai pu dans la tempe, en l'occurrence ma propre bobine dans le miroir. »

Ma tirade le fit sourire... enfin.

Arrivés au Centre Saint-Bernard, je lui proposai de l'attendre dans le hall d'entrée.

« Ah non, tu viens avec moi ! »

Nous nous assîmes tous les deux sur un banc du parc, comme des copains de longue date. Nous n'avions pas partagé le même pain, comme l'étymologie du mot le rappelle, mais bien la même nana, et ça ne rapproche pas forcément deux hommes. Quand Charlie nous vit devant elle, elle nous accueillit sans surprise, comme si elle nous attendait.

« Olan ! Ulien ! »

Et voilà, j'aurais dû m'en douter. Il fallait que l'autre soit là pour qu'elle me reconnaisse enfin, pour que j'existe à nouveau pour elle, dans le juste contexte, c'est-à-dire en tant que satellite de Roland.

Ou alors, sa mémoire avait déjà progressé depuis ma dernière visite qui remontait à près d'une semaine et, opportunément, la marée avait ramené sur la plage de sa conscience le frêle rafiot baptisé à mon nom qui s'était perdu en mer depuis son choc.

Roland la prit dans ses bras et la serra tendrement.

Moi, je n'avais pas encore osé le faire, peut-être parce qu'elle est plus grande que moi... Peut-être aussi parce que le brouillard dans lequel elle me voyait, tout en atténuant le mauvais souvenir que je lui avais laissé, me faisait sentir concrètement la distance qui me séparait d'elle. Ou alors, et cela me paraît la bonne explication, parce que j'avais confusément deviné que les personnes présentes au rendez-vous n'étaient pas forcément celles qui y étaient attendues. Autrement dit, elle n'était pas la Charlie que j'avais connue, et je n'étais pour elle qu'un vague fantôme resurgissant d'un passé effacé.

Peu importe, pensai-je, il a gagné.

Je m'éloignai d'eux, abattu et gêné.

« Hé là, toi ! Où tu vas ? Tu ne vas pas la lâcher maintenant, au moment où elle a le plus besoin de toi.

– Comment ça ? répondis-je, interloqué. Vous êtes là, maintenant. »

Il laissa Charlie près du banc et me rejoignit à l'écart.

« C'est de toi qu'elle a besoin, c'est avec toi qu'elle guérira. »

Je n'en croyais pas mes oreilles.

« Elle a tout fait pour me fuir.

— Mais au moins toi tu ne bouges pas, avec toi elle a un point de repère, alors que moi, je n'aime pas prendre racine.

— Elle vous suivra.

— Pas dans l'état où elle est. »

Je pensai que c'était commode pour lui de me laisser la « réparer » pour ensuite l'emmener derrière lui, mais je lui dis, hypocrite :

« Soyez patient, elle reviendra à elle, elle va d'ailleurs beaucoup mieux que la dernière fois que je l'ai vue.

— C'est toi qui devras être patient.

— Vous l'abandonnez ?

— Qu'est-ce que tu ferais à ma place ?

— Je ne la quitterais pas une seconde.

— Mais... sois content, c'est ce que tu vas pouvoir faire. »

Je ne comprenais plus rien à rien.

« Quand elle aura retrouvé ses esprits, c'est vous qu'elle cherchera, elle me plaquera à nouveau pour aller vous rejoindre. »

(Ça y est, je lui ai dit, faut pas qu'il me prenne pour plus idiot que je ne le suis.)

« On verra, ne t'affole pas.

— Je ne suis pas un chien, je ne peux pas m'attacher à elle à nouveau et la voir partir une fois de plus. D'ailleurs, je ne pourrai plus lui ouvrir mon cœur après ce qu'elle m'a fait.

— Personne ne t'y oblige. »

Silence.

« À part ça, tu crois qu'elle ne m'a rien fait sans doute, tu crois que je n'ai pas souffert ? Tu crois que cela m'a fait

238

plaisir qu'elle aille se consoler dans tes bras ? Nous allons nous en remettre au jugement du temps. Tu vas t'occuper d'elle, l'aider à redevenir elle-même. Peut-être que tu t'en mordras les doigts, parce que tu y perdras le reste de tes illusions, mais au moins elle sera à même de choisir.

– Et vous, qu'est-ce que vous risquez ? »

Silence...

« Qu'elle m'oublie une seconde fois.

– Mais moi aussi, elle peut m'oublier une deuxième fois.

– Tu vois qu'on est vraiment à égalité : tu as autant de chances que moi de la reconquérir si tu sais t'y prendre.

– Reconquérir ? Je ne l'ai jamais conquise, elle était télé-commandée par vous.

– C'est là que tu te goures, pauvre pomme, elle t'appré-ciait vraiment. Je ne sais pas ce que tu lui as fait, mais tu lui as tapé dans l'œil. Il n'avait jamais été question que je la perde de vue, c'est elle qui en a décidé ainsi, et j'en ai morflé, crois-moi. J'avais d'ailleurs décidé que tu ne l'emporterais pas au paradis. Et puis, j'ai appris qu'elle t'avait quitté aussi. »

Disait-il vrai ou me baratinait-il ? En tout cas, je repre-nais du poil de la bête.

« Et maintenant vous ne l'aimez plus, risquai-je.

– Il ne s'agit plus d'amour, mais de raison, de survie. Je veux sonder son vrai regard avant de me faire une idée, et son vrai regard, elle ne peut le retrouver que par toi. Tu me dois bien ça, je te l'ai laissée plus de deux ans.

– Attendez : et s'il y avait un troisième larron ? Où était-elle entre le jour où elle m'a quitté et le 2 novembre ? Pas chez sa mère, j'ai vérifié. Vous ne le saviez sans doute pas, mais nous sommes nés le même jour, vous et moi, le 2 novembre, et c'est cette nuit-là qu'elle a été agressée.

— Bien sûr que je le sais... et qu'est-ce que ça change aux circonstances de son agression ?

— Vous saviez ça aussi ? Vous en savez des choses sur mon compte. Je suppose que vous savez aussi pour qui était le bouquet que Charlie a amené le jour de notre anniversaire.

— Il était pour toi !

— Mais j'étais chez moi, je n'aurais pas pu la rater.

— Quelqu'un lui a dit que tu n'étais pas là.

— Et qui donc ?

— Une femme qui t'a pris en sympathie, une de plus, qu'est-ce que tu leur fais donc pour qu'elles soient toutes à tes pieds ?

— C'est ça... moquez-vous !

— Elle craignait, si Charlie s'installait à nouveau chez toi, que tu attises ma colère. Je suis très jaloux.

— Mais de quelle femme parlez-vous ?

— Je te connais mieux que tu ne le crois, tu es l'homme de la situation, moi je n'aurais pas eu ta patience. Je sais à quel point tu l'as respectée, et surtout que tu ne t'es pas moqué d'elle.

— Et comment pouvez-vous le savoir ?

— Je le sais...

— De toute façon, tout ça c'est du passé. Aujourd'hui, j'ai autre chose à faire, j'ai mon boulot, il y a une autre femme dans ma vie.

— Allons donc ! Tu t'en moques.

— Mais, encore une fois, qu'en savez-vous ?

— J'en sais ce que ma mère a bien voulu m'en dire.

– Votre mère ? Qu'est-ce que vous me chantez là, je ne connais pas votre mère.

– Pierrette !

– Pierrette est votre mère !

– Hé oui, nul n'est parfait, et arrête de me vouvoyer, croque-corps de mes mouilles. »

Et c'est ainsi que j'appris que Pierrette, Mme Dupré, m'avait sauvé de la vindicte de son fils qui m'aurait fait la peau si Charlie m'était revenue. Par pure bonté d'âme ? Je n'osais pas vraiment y croire.

Son histoire de bateau en papier retrouvé dans sa baignoire était très amusante, mais il est vrai que la version de son fils était nettement plus cartésienne.

Pierrette était chargée initialement de nourrir le chien de son fils et de retrouver Charlie... dans mes bras, comme tout le laissait supposer. Chou blanc !

Elle fut donc obligée de me surveiller discrètement en espérant que je retrouve moi-même la trace de l'élue de mon cœur et de celui de son taulard de fils. Le jour où j'étais retombé en enfance en prenant la Haine pour une boîte à lettres, elle promenait comme par hasard le clébard à quelques dizaines de mètres du pont de l'Inquiétude, et par curiosité, elle avait recueilli mon bateau en papier à la dérive.

Mon geste ridiculement puéril ne méritait pas qu'on en fasse une affaire d'État. Et il était censé rester sans conséquences. Mais Pierrette en profita pour prendre les devants, et décida de m'affronter sous prétexte de bon voisinage. Et mon charme naturel ayant opéré, la sentimentale

Mme Dupré s'attacha à moi dès qu'elle me découvrit prince du tango. Olé !

Bof ! Tiré par les cheveux, me direz-vous. Je suis d'accord, et, comme vous, je me doute bien qu'il y avait une autre raison à l'intérêt de Pierrette pour mon insignifiante personne. Du moins au début.

Et je continuai à chercher une explication plus plausible sur l'écran de mon Ciné-Paranoïa.

Je m'inventais chaque nuit une intrigue différente. Je m'endormais vidé, mais convaincu d'avoir déjoué tous leurs plans tordus. Le lendemain, je relevais toutes les invraisemblances de mes délires de la veille, et je remettais tout en question. Invivable.

De fil en aiguille, je finis par me convaincre d'un scénario plus précis : ma généreuse pourvoyeuse en risotto était chargée de retrouver une pièce indispensable à la réalisation d'un mauvais coup, que celle qui la possédait avait cachée chez moi !

Et je me souvins d'un incident qu'à l'époque j'avais attribué à quelque rôdeur de la Cité.

Un soir, en période de fin d'année, je trouvai la porte de mon appartement fracturée. On ne m'avait apparemment rien volé, mais on s'était acharné sur le violoncelle bleu qui était cette fois bel et bien disloqué et dont les composantes étaient dispersées sur le linoléum imitation parquet.

Et si l'instrument avait caché quelque chose ?

Pas besoin d'être Colombo pour établir un lien entre cette énigmatique visite et la mise à sac des Galeries réunies où j'avais travaillé, et dont j'avais possédé la clé d'une des entrées de service. Les malfaiteurs avaient disposé de toute une nuit pour faire leurs emplettes. Ils en avaient profité pour renouveler notamment leurs garde-robes, leurs sonos hi-fi, leurs téléviseurs. Ils avaient généreusement pensé à tous leurs amis. Ils avaient également fait leurs provisions de bouche, comme on dit : ils ont dû faire une orgie de caviar et de foie gras. Ils avaient même choyé leurs dulcinées puisqu'ils avaient choisi à mon rayon lingerie les fleurons de ma collection « Spécial Réveillon ». Le butin s'élevait à cinq fois mon salaire annuel. Le père Noël avait comblé nos clients noctambules de toute sa munificence... La presse avait parlé de complicités internes.

Et si, à mon insu, j'avais aidé la bande à Roland ?

Et si Charlie avait caché dans son violoncelle un double de ma fameuse clé qu'elle aurait eu tout le loisir de faire fabriquer ? Si elle-même, ce 1er novembre, n'était venue avec ses fleurs que pour la récupérer ? Je me formulais cette hypothèse avec un plaisir masochiste. Mais si tel était le cas, la police n'aurait eu aucune difficulté à remonter jusqu'à moi.

Quand je voyais moins noir, je me disais que rien ne prouvait que ce fût la bande à Roland qui avait fait le coup aux Galeries, et je me surprenais à espérer que les coupables ne se fissent pas alpaguer. Qu'on me laissât au moins le bénéfice du doute.

Las de toutes ces coïncidences et de leurs différentes interprétations possibles, qui me gardaient comme en suspension entre deux vérités bien distinctes, j'étais peu à peu décidé à m'offrir une autre vie aux antipodes de la première. J'attendais simplement que l'occasion s'en présentât.

Me voilà donc investi d'une mission humanitaire : ramener Charlie à la raison. Mais à quelle raison ? Celle de la soi-disant normalité ? Celle qui lui aurait permis tôt ou tard de suivre les mêmes chemins dialectiques que tout un chacun ? Celle qui aurait fait dire d'elle qu'elle était une fille sociable et conviviale ? Et quand elle l'aurait récupérée, sa raison perdue, est-ce que l'autre, celle du cœur, émergerait également de son passé retrouvé ?

Comment ramener une amnésique sur le chemin de sa propre vie ? Quel contre-choc psychologique pourrait provoquer le déclic qui lui ferait reprendre le fil de son histoire comme si elle ne l'avait jamais perdu ? Vous savez, comme dans certains films cousus de fil blanc où le héros efface soudain des années d'errance au pays des sans souvenirs pour revenir, comme par enchantement, à la configuration d'esprit du moment même où un choc précis lui avait volé ses repères, son identité, et la quintessence même de son existence.

Aurais-je le temps, la patience de la préparer à son retour « chez elle dans sa tête » en y faisant un minimum de ménage ? Ne devais-je pas poser des coussins un peu partout dans son espace vital, pour atténuer certaines chutes de haut dans sa réalité retrouvée. Nous n'en étions pas là, mais le fait que mon nom lui fût revenu sur les lèvres en l'espace d'une semaine me laissait espérer et craindre à la fois qu'elle ne soit pas si longue à réendosser son ancienne et véritable personnalité.

Charlie n'allait-elle pas, un de ces prochains jours, m'accueillir en me maudissant, en me criant de disparaître de sa vue ?

Au moins, notre adorable tête de linotte serait guérie, et nous saurions tous à quoi nous en tenir avec toutes les vérités pas forcément belles à entendre qui pourraient revenir sur le tapis.

Et Roland ? À quel jeu jouait-il ? Quelque chose m'échappait : il la voulait ou il ne la voulait pas ? Devais-je croire à son noble étalage de grandeur d'âme ?

Me pliant à ses injonctions, j'entrepris donc, un peu contraint et forcé, de m'occuper de Charlie.

Comment déjà me rendre au Centre ? Je ne pouvais abuser ni de l'amitié ni de la Peugeot de Rosario qui de toute façon avait d'autres chats à fouetter et surtout un dépeceur à démasquer. Je ne pouvais pas non plus monopoliser le corbillard pour des courses que je voulais discrètes. Quant à aller en vélo, cela m'aurait pris près de trois quarts d'heure aller et retour, je n'aurais donc eu que quelques minutes à consacrer à Charlie.

Heureusement, le ciel, comme s'il avait voulu atténuer un tant soit peu ce que j'oserais qualifier de crève-cœur, plutôt que de corvée, avait fait en sorte que le Centre Saint-Bernard se situe à deux cents mètres de la gare de Manage, à deux arrêts d'omnibus de celle de Haine-Saint-Martin.

J'étais assis en seconde classe, tant pis pour le confort. Un vieil homme monta au premier arrêt. Le compartiment était complet. Sans hésiter, il s'adressa à moi et me pria, ou plutôt me somma, de lui céder ma place. Je me permis de lui faire remarquer que je n'étais pas le seul jeune à lui devoir le respect. Je faisais particulièrement allusion à un fringant soldat qui me faisait face, et qui était censé montrer l'exemple en matière d'esprit civique. Le vieillard se cabra et, prenant tout le wagon à témoin, déclara que ce jeune homme était un soldat belge et qu'il était dans son pays... lui ! Le vieux avait un détecteur d'étrangers dans le nez. Et pourtant, « je parle français aussi bien que tu », faillis-je lui rétorquer. Mais j'écrasai... et je me levai. De toute façon, le temps de grignoter mon sandwich et j'y serais déjà, ce qui me permettrait de rester une heure avec ma protégée dans le laps de temps dont je disposais tous les midis.

Charlie parut surprise de me voir seul.

« Oland, dit-elle, bonjou Oland ! »

Encore ! Décidément, va falloir lui réapprendre à prononcer correctement les « r », me dis-je en me retroussant moralement les manches.

Roland avait disparu. Sa douce maman Pierrette ne m'avait pas fait de risotto depuis quelques semaines. Ils m'avaient refilé le bébé, comme on dit.

Qu'à cela ne tienne, j'irais jusqu'au bout de ma tâche, sans me plaindre.

Plus que jamais, l'expression « avoir charge d'âme » méritait tout son sens. Je ne ferais plus la bêtise de l'effaroucher, dussé-je pour cela réapprendre les balbutiements du premier âge qui apparemment reflétaient parfaitement la confusion de son esprit. Je l'arracherais à cet état second qui lui remplissait la tête de nuages. Et advienne que pourra, j'étais prêt également à n'être pour elle qu'une toile blanche sur laquelle elle pourrait dessiner et qu'elle pourrait colorier à sa guise, au gré des souvenirs qui voudraient bien reprendre leur place dans son esprit.

Je n'avais pas de plan d'action pour sonder les sables mouvants du cerveau de Charlie. Je décidai donc d'y aller à l'instinct, en fouillant dans le souvenir des deux années que ma vagabonde concubine m'avait offertes.

Je m'informai, je recherchai des illustrations, des photos, des mots, des croquis de choses qui avaient compté pour elle. Je commençai à m'intéresser aux revues de psychanalyse. L'une d'elles préconisait que Charlie retrouve un maillon d'une chaîne d'actes passés susceptibles de provoquer un phénomène de supratemporalité, principe selon lequel aucun acte ne peut s'accomplir sans qu'il soit relié à la mémoire d'un autre acte qui a dû l'induire. J'avais au moins appris un nouveau mot. Et allons-y pour la supratemporalité !

Il s'agissait pratiquement de réinventer le feu, de frotter infiniment le bois dur contre le bois mou jusqu'à ce que l'étincelle venue du fond des âges s'allume enfin. À la différence près que je savais que la conscience de Charlie, même embuée, existait, alors que le premier homme qui eut l'idée du geste patient qui devait inventer le feu suivait sans doute le doigt de Dieu.

Je devais consulter le docteur Michel, chargée du dossier de Charlie. Ma démarche entrerait-elle dans le cadre de la thérapie décidée en connaissance de cause. N'allait-elle pas à son encontre ?

Je lui exposai mes intentions. Cela la fit sourire. Je pensais avoir découvert l'Amérique alors qu'en fait je lui proposais précisément le processus normal qu'elle s'apprêtait à suivre. Elle avait d'ailleurs déjà demandé à la mère de

Charlie de lui apporter tout ce qui pouvait être significatif pour ce qui restait de l'esprit de sa fille. Je pouvais donc déployer toute ma bonne volonté, à la condition *sine qua non* que j'avertisse Mme Heirman de ma démarche. Nos efforts devaient se conjuguer et rester complémentaires.

Je poussai plus avant mes recherches en matière de psychanalyse, et particulièrement en ce qui concerne la schizophrénie et les troubles de la mémoire. Je passai des soirées entières à la bibliothèque municipale. Bien sûr, mes connaissances n'étaient rien d'autre que primaires et surtout volatiles, mais je voulais me faire une opinion. Je sondai Freud lui-même, j'essayai de comprendre pourquoi Reich, son ancien disciple, avait fini par le contredire et faire bande à part. Je voulais savoir à qui me fier. Eh bien, je peux vous le dire, je n'ai jamais pu me départir de la sensation de lire des choses qui ne concernaient Charlie que de très loin. Toutes ces contorsions et distorsions du *moi* en lutte avec le *ça* et le *surmoi*, tous ces *conscients* et *inconscients* qui se rejetaient la responsabilité des actes manqués de leur sujet me laissaient sceptique. Que penser en outre de cette propension systématique à accoler des noms savants à des phénomènes on ne peut plus naturels. Vous vous grattez le bas-ventre à cause d'une puce ou d'une démangeaison nerveuse, et vous vous entendez dire que vos *courants orgonotiques* se sont libérés, et qu'ils se traduisent par une action chimique spécifique des processus nutritifs de la libido. Rien de moins !

Oh ! je ne veux pas jouer les pédants, d'autant plus que je lisais ces termes pour la première fois sans les comprendre vraiment, et que je les aurais certainement oubliés aujourd'hui si je ne les avais pas notés dans mon journal. Mais qu'il s'agît d'évoquer devant ma « patiente » des « idées ou images verbales » qui devaient faire tilt dans son inconscient déglingué, ou de réveiller des émotions enfouies dans sa chair meurtrie, la tâche me paraissait aussi hasardeuse qu'incommensurable. Je sentais qu'un seul mot, un seul geste pouvait interpeller la vraie nature de Charlie dans le brouhaha des idées qui se bousculaient dans sa mémoire aux soubresauts anarchiques. Mais lequel serait le juste ? Dans quelle couche du terrain tellement friable de son vécu devais-je chercher ? Enfance, adolescence, errance ?

Quoi qu'il en fût, la seule thérapie appropriée me semblait relever d'une patiente tendresse faite de tâtonnements, de jeux d'enfants, de comptines, de charades et autres rébus. Mais en avais-je gardé suffisamment, de la tendresse ? Je réfléchis un instant. Je me répondis sincèrement : de la tendresse oui, de l'amour : je ne savais plus. Mais, comme l'avait dit Roland, il ne s'agissait plus d'amour mais d'assistance à personne en danger d'extinction cérébrale.

Charlie avait une expression de tristesse et de peur gravée sur ses traits. C'était criant, même quand elle souriait. Comment la ramener, sans l'effrayer avec son cauchemar, à la raison même de son malheur pour pouvoir l'en délivrer ?

Pendant deux semaines, je lui rendis quotidiennement visite. Jamais elle ne me donna l'impression qu'elle m'attendait, que j'étais le bienvenu. Elle m'accueillait à chaque fois comme si je venais de la pièce d'à côté avec sa persistante et décourageante apathie : « Bonjou, Oland ! »

Et puis, un jour, je pris le taureau par les cornes. Je louai carrément un violoncelle.

Avec la bénédiction de Legay j'empruntai le corbillard qu'exceptionnellement je conduisis à tombeau ouvert.

Mon arrivée à Saint-Bernard fit sensation, vous pensez bien ! Surtout quand je sortis le coffre de l'instrument qui ressemblait à un cercueil d'enfant. Mais, pour une fois, le véhicule funèbre transportait une cargaison de bonheur.

Me voilà devant Charlie. Elle ne dit rien. Elle prit le violoncelle par la taille et alla s'asseoir sur la seule chaise de sa cellule. Elle cala l'instrument entre ses genoux. Je lui tendis l'archet, elle ferma les yeux... et elle s'envola. Je reconnus la suite n° 1 en sol majeur de Bach, qu'elle joua de mémoire et d'instinct. Elle l'avait jouée chez moi, infiniment. Toutes les pensionnaires s'agglutinèrent devant la porte d'où les notes s'échappaient pour envahir le couloir où se croisaient tant de rêves et cauchemars en liberté. Les pauvres filles suivirent du regard la portée musicale qui planait dans l'air et l'accompagnèrent jusqu'à une fenêtre entrouverte d'où elle sortit pour monter dans le ciel.

Bon, je vous dis cela à ma façon, tel que cela me revient à l'esprit. Maintenant, libre à vous de vous moquer de ces malheureuses médusées et prostrées dans leur éloquent silence.

Je pourrais également accélérer mon récit et m'en tenir à la platitude de l'essentiel, c'est-à-dire que j'avais mis dans le mille.

Quand elle acheva de nous clouer le bec de son coup d'archet final, elle eut juste le temps de murmurer, dans un français parfait : « J'ai les doigts un peu rouillés », avant de sursauter aux applaudissements spontanés de ses consœurs d'errements.

« Mais non ! lui répondis-je bêtement mais sincèrement, c'était très bien, très émouvant. »

Elle se leva, coucha le violoncelle sur son flanc et alla s'asseoir sur le lit. Il était trop tard, son regard s'était déjà perdu au pays de nulle part. Elle me sourit et prononça mon nom : « Chulien. »

Je frissonnai. C'est le dernier mot qui sortit de sa jolie bouche ce jour-là. La psychologue me raccompagna à la sortie, impressionnée. Je lui demandai si le moment n'était pas venu de cesser d'administrer à notre virtuose ce médicament nommé Haldol... mais rebaptisé plus communément « camisole de force chimique ».

Allez savoir comment la haine vient à naître.

Je commençai à prendre Fernand en grippe à l'époque où, paradoxalement, il était le plus attentionné à mon égard. Il ne me voulait que du bien. Sans doute étais-je gêné, embarrassé, voire vexé de ce que cet homme, dont j'avais perçu le cynisme tout en m'en accommodant, je l'admets, pût voir en moi son digne successeur. Ce transfert de lui à moi, cette appropriation programmée de mon devenir me faisait peur. Il me voulait constamment auprès de lui ; je lui aliénais déjà mes journées, mais il s'était mis en tête de phagocyter mes soirées. Jamais il n'aurait pu croire qu'en vérité je considérais mon travail chez lui comme une pénitence que je m'infligeais pour ne pas avoir été capable d'inspirer à Charlie un sentiment assez profond pour l'attacher à moi. Ce n'était pour moi qu'un défi morbide, annihilant, comme un long deuil renouvelé par multiples défunts interposés. D'accord, il me payait pour le mal que je me donnais, mais son insistance à vouloir prolonger au-delà des heures de travail ce qu'il prenait pour de la complicité de ma part me le rendait de plus en plus antipathique. Et bien entendu, non seulement je me laissais faire, mais je le remerciais de sa bienveillance. Et je m'en voulais de mon manque de caractère. « Hypocrite, va ! » (Je me parle.)

Cela avait débuté par une invitation à dîner ; ils s'étaient ligués, sa fille et lui, pour me convaincre de l'accepter. Je pensai que cela ne pouvait pas trop porter à conséquences, je cédai. Et nous voilà tous les trois au restaurant dans la joie et la bonne humeur, comme la plus unie des familles. Fernand racontait ses histoires les plus graveleuses et s'esclaffait bruyamment à leurs chutes ; Françoise n'arrêtait pas de lever les yeux au ciel en me prenant à témoin de l'effronterie de son père. Quelle belle et délicieuse soirée nous passâmes. J'ai comme vous le savez le don de pouvoir cacher mon ennui, ou mon désintérêt, derrière des sourires compréhensifs. Je suis le convive parfait. Comme, de toute façon, mon esprit était ailleurs, je ne me sentais pas responsable de l'attitude de mon enveloppe corporelle. C'est ainsi que de gros malentendus purent s'installer de manière parfois irréversible. Alors que tout en moi se révoltait, je ne faisais jamais rien qui pût décourager le désir de rapprochement de Fernand, en manque d'amitié ou d'amour filial.

Je ne pus lui refuser non plus le plaisir de m'initier aux cartes. Il en avait amené un jeu au siège de l'entreprise et, entre deux mises en bière, il étalait les piques, les carreaux, les cœurs et les trèfles sur mon bureau et essayait de m'inculquer la philosophie du whist, le bridge du pauvre, dit-on, son jeu préféré. Quand il estima que j'en savais assez pour me lancer dans la bataille, il m'invita à jouer chez lui avec deux de ses amis.

J'eus beau lui dire que je n'avais toujours pas saisi la différence entre une petite misère et une grande, il me présenta comme un excellent joueur, très rusé et fantasque. Et fantasque était bien le moins que l'on pût dire sur ma façon de jouer. Fernand passa la soirée à essayer d'expliquer à ses deux compères le sens de ma tactique qui, en fait, n'en avait aucun. Je défiais inconsciemment, allégrement et systématiquement les règles élémentaires du jeu, et je ne parvenais pas à perdre.

Pour choquer les connaisseurs, je dirai que j'osais m'engager à une grande misère, c'est-à-dire à ne prendre aucun pli, alors que j'avais une tierce majeure dans une couleur. Comme tout me réussissait, ils me prirent pour un génie. Fernand était fier de moi et invita ses amis à une revanche qu'ils remirent de semaine en semaine jusqu'aux calendes grecques.

« Eh bien, mon vieux, tu les as dégoûtés... Ils sont partis la queue entre les jambes... Quelle audace ! Tu devrais jouer au poker, tu te ferais un fric fou. Je t'emmènerais dans des cercles privés. »

Je vous le disais, Fernand me couvait sans imaginer à quel point il m'était insupportable.

De quel droit me suis-je permis de décréter que Fernand était l'agresseur de Charlie ? Je n'en sais rien. C'est comme un coup de foudre, mais à l'envers ; cela ne s'explique pas. Ou comme croire en Dieu : on a cinquante pour cent de chances d'avoir raison, et certains n'hésitent pas à jouer leur vie sur cette demi-certitude.

Saint Paul a eu son illumination divine sur le chemin de Damas ; moi, c'est devant un feu rouge que j'ai reconnu le diable en Fernand. Je conduisais le corbillard ; mon patron rêvassait sur le siège passager. En fixant le sémaphore, comme pour le presser de passer au vert, j'avais le profil de Legay dans mon champ de vision. Une lycéenne en minijupe traversa la chaussée. Le visage de Fernand s'illumina d'une lumière glauque et se tourna vers moi dans une expression ostensiblement concupiscente. Il attendait mon aval pour laisser libre cours à ses pensées les plus viles. Je fis celui qui ne comprenait pas. J'imaginai ses mains, impudiques, inquisitrices, profanatrices ; je pensai à sa fille, au calvaire qu'il lui avait fait endurer, et je compris que l'homme n'avait pas changé, que le monstre, le violeur était toujours en lui, prêt à frapper pour peu qu'il trouve une victime assez faible et désemparée, comme devait l'être Charlie le soir du 1er novembre. Je me souvins du visage de Fernand le lundi matin qui avait suivi mon fameux week-end des morts, avec ma cuite désespérée, mon suicide au gaz avorté et mon orgie de risotto. C'était aussi le lendemain de l'agression qui avait éclaté l'esprit de la femme de ma vie d'alors. Zoom de ma mémoire sur le sparadrap en travers de la joue de Fernand... Il ne cachait pas une coupure de rasoir, comme je l'avais cru logiquement, mais bien un coup d'ongle de la pauvre Charlie. Je le savais viscéralement, même si je ne pourrais jamais le prouver.

Je contins une fois de plus ma colère qui se traduisit par une nausée immédiate. Legay me vit pâlir et me demanda si je me sentais bien. « Un coup de fatigue », répondis-je. Et mon idéal patron me proposa de prendre le volant.

Je me recroquevillai sur le siège passager et j'imaginai Fernand pendu à une potence, les parties génitales coupées, enfoncées dans sa propre bouche.

C'est quelques jours après que Fernand reçut la première des cordes qui devaient le mener à sa fin. Le hasard fait vraiment bien les choses.

Roland avait disparu et il ne me manquait pas.

Mais la seule fois que je l'avais revu, je lui avais fait part, au moment de nous quitter, d'une intrigante coïncidence sur laquelle je voulais avoir sa réaction. Je m'en remettais à son feeling de voyou au grand cœur pour lequel il voulait passer.

Un jour, dans le parc du Centre, alors que je venais de quitter Charlie qui devait regagner sa chambre, elle était revenue sur ses pas et m'avait dit :

« Viens... Charlie a peu' du méchant monsieur. »

J'avais pris alors le risque de lui poser une question précise qui me brûlait les lèvres :

« Tu connais le monsieur qui t'a fait mal ? »

Était-ce maladroit ? Elle s'était recroquevillée et la petite fille en elle avait répondu, en se touchant le ventre :

« Ouh la... méchant monsieur... grosse tache ouge ici. »

Tilt !

Comme vous l'aurez remarqué, le hasard est un metteur en scène dont l'audacieuse créativité dépasse l'imagination. La réponse de Charlie m'avait illuminé d'un souvenir que je vous confie.

Du temps où la rumeur nous avait fiancés, Françoise Legay m'avait emmené rendre visite à sa grand-mère pater-nelle pour lui présenter le futur mari idéal que j'étais encore pour elle à cette époque. La brave dame nous avait raconté par le menu l'histoire édifiante de son fils dont je vous ai rapporté quelques bribes. Quand nous prîmes congé d'elle, elle nous dit, du pas de sa porte :

« D'ai toudi su qu'em djambot auro del chance, il a en'grosse tac de veign'sus panse ! »

C'est-à-dire : « J'ai toujours su que mon gamin aurait de la chance, il a une grosse tache de vin sur le ventre ! » Je ne vous traduis pas le rire aigrelet qui ponctua sa tirade.

Je n'avais attribué aucune importance à ce détail anatomique. Mais il envahit mon esprit, gros comme un nuage de sang, lorsque Charlie me confia la seule chose qu'elle avait retenue de son agresseur.

Avec l'autorisation de la direction de l'établissement, j'emmenai Charlie en balade un dimanche. Rosario m'avait prêté sa voiture.

Cela me faisait tout drôle de me retrouver seul avec celle que j'attendais depuis si longtemps sans pouvoir la prendre dans mes bras ni lui reprocher toutes les angoisses, toutes les nuits blanches, tous les désespoirs qu'elle m'avait offerts. Ironie du sort, j'étais là pour la protéger, pour l'aider peut-être à retrouver la même lucidité qui lui avait commandé de me fuir. Allons ! me disais-je, c'est de l'histoire ancienne, il s'agit maintenant de confondre son agresseur potentiel.

J'avais un plan précis derrière la tête. Je savais que Fernand avait l'habitude de déjeuner dans une auberge tranquille de la région, La Faisanderie, au bord de l'étang du Vieux Marais. Arrivés sur place, je me garai à quelques mètres de la façade blanche recouverte de vigne vierge, sur la route qui contourne l'étang. Charmant. Nous entrâmes dans la cour. La Mercedes de Fernand, identique à celle dans laquelle Pierrette avait vu monter Charlie, y était stationnée. Charlie ne la regarda même pas.

Nous trouvâmes notre homme attablé en terrasse avec sa mère et des amis. Je montrai discrètement Legay à Charlie. Il était de trois quarts, le visage penché sur son assiette. Elle se mit à marcher dans sa direction en le regardant fixement. Je crus même qu'elle irait jusqu'à sa table, mais elle s'arrêta à quelques pas de lui et continua à le dévisager. Moi, je me cachais prudemment derrière la fontaine, on ne pouvait mieux placée, qui égayait le décor d'un romantisme suranné. Je ne pourrais pas affirmer que Fernand se rendit compte de la présence de Charlie. Et si tel avait été le cas, je ne pense pas qu'il l'aurait reconnue ; elle était tellement différente de la punkette qu'il avait peut-être agressée. Après une vingtaine de secondes, Charlie se retourna et revint vers moi, le regard toujours aussi fixe. Nous sortîmes aussi discrètement que nous étions entrés. Dans la voiture, elle se mit subitement à trembler en se couvrant le visage de ses deux mains. « Méchant monsieur, a f'appé Charlie. »

Moi, je n'avais plus de doutes.

Bien entendu, cela ne constituait pas une preuve absolue de culpabilité, comme me le fit constater Rosario quand je lui ramenai sa voiture. Il insista sur la fragilité de mon argumentation qui ne reposait que sur une vague intuition, sur l'interprétation d'une bribe de souvenir dans l'esprit d'une détraquée mentale. Hé oui, me dit-il, c'est par ces mots implacables que dans n'importe quelle cour de justice, n'importe quel avocat de la défense pourrait clouer le bec à n'importe quel procureur.

Et puis, Rosario se sentait quand même pieds et poings liés devant Legay pour lequel il avait effectué des petites besognes à la limite de la légalité, même si l'inspecteur Bellassai s'était toujours dédouané par son sens de l'humour... très noir, admettons-le.

Mon faisceau de présomptions frôla cependant la certitude lorsque Pierrette apporta toute une rivière à mon moulin, fût-ce même la Haine.

Après moult fines allusions, j'avais fini par comprendre que Mme Dupré avait exercé discrètement le plus vieux métier du monde. L'âge aidant, même très bien dissimulé, une envie de respectabilité s'était insinuée en elle. Ne pouvant pas changer de vie catégoriquement, elle continuait à assurer un rôle de coordonnatrice. En quelque sorte, elle supervisait, auréolée d'une autorité que lui conféraient ses longues années de joyeux services rendus à l'humanité, les activités interlopes et néanmoins très recherchées de quelques établissements dont les étalages fluorescents éclairent certaines routes de Belgique d'une lumière indigo prometteuse d'aventure.

Son quartier général, le sien propre, qu'elle avait payé à la sueur de ses mamelles, s'appelait le Blue Night.

Madame avait également une honorable résidence dans un quartier bourgeois de Morlanwelz, face au château de Mariemont. Elle ne venait à la Cité des marronniers, où elle avait réussi, grâce à ses relations, à planquer son gangster de fils dans l'anonymat le plus tranquille, que pour s'occuper d'un chien dont elle ne voulait pas chez elle, et, comme je l'avais appris, pour me surveiller.

259

Même si elle ne fréquentait la Cité que du bout de sa personne, Pierrette au grand cœur s'était quand même prise de sympathie pour une voisine qui lui rappelait ses origines : la brave Giuseppina, la dame au manteau noir dont je vous ai raconté la triste fin.

Le jour des obsèques de cette dernière auxquelles elle avait assisté, elle avait reconnu en Fernand un fidèle client des fameux établissements sus-évoqués. Hé oui, notre cher Fernand.

Le même soir, chez moi, elle m'avait demandé qui était le type sur le siège passager du corbillard. Je lui avais dit que c'était mon patron. Il avait préféré payer de sa personne plutôt que d'engager un porteur de plus vu les faibles moyens financiers du veuf.

« Oh ! comme c'est gentil de sa part, persifla-t-elle. N'empêche que lui, c'est un grand vicieux.

– Vous le connaissez ?

– Et comment ! »

Elle me raconta certaines perversités insoupçonnées de notre Méphisto et notamment sa façon de feindre d'étrangler ses dispensatrices de plaisir qui parfois devaient se débattre et crier pour le ramener à la raison tellement il vivait son morbide fantasme avec passion. Elle me narra en se tapant sur le ventre une mésaventure dont il avait été victime dans sa maison de campagne avec une des filles qu'elle lui avait envoyée.

Fernand aimait bien mettre en scène ses ébats d'alcôve. Cette nuit-là, il avait enchaîné sa partenaire, cher payée pour être consentante, à la tête de son lit en cuivre. En mini-slip imitation léopard, il avait grimpé sur l'armoire

260

normande d'où il voulait sauter sur le sommier pour libérer la belle et lui faire sa fête.

Patatras ! Le plafond de l'armoire cède. Fernand se retrouve à l'intérieur du meuble fermé de l'extérieur. La clé était dans la serrure. La femme était immobilisée. Fernand s'était cassé le pied et ne pouvait pas remonter par où il était tombé. Le couple eut beau hurler de concert, la maison était très bien isolée selon les desiderata du maître de maison, et la porte de l'armoire, très solide.

C'était un vendredi soir, la femme de ménage ne venait que le lundi matin.

Un week-end de jeûne et d'abstinence n'a jamais fait de mal à personne !

« Il y a longtemps de cela ?

– Oh ! il y a quelques années. Je l'ai perdu de vue depuis, parce que mes pensionnaires ne voulaient plus de lui, même au prix fort. En plus, ça leur coûtait un slip à chaque fois, le maniaque sexuel en faisait collection. Si tu veux vraiment savoir, je l'ai rayé de ma liste parce que le lascar voulait des minettes de plus en plus jeunes, et qu'en dessous de l'âge de raison, disons de consentement, ce n'était plus mon rayon, mais celui de la police des mœurs. »

Et Pierrette riait. Bien que je ne tombasse pas vraiment des nues, je ne frémis pas moins d'horreur devant cet aspect de la personnalité de Legay dont j'avais eu un aperçu lorsque Françoise m'avait confié les relations incestueuses que son père lui avait imposées pendant des années.

Trois mois passèrent.

Charlie était redevenue Charlie et moi Julien, avec un J comme joie.

En fait nous en étions encore à « Moi Tarzan, toi Jane », mais j'avais le sentiment que le plus dur était passé. Je m'encourageais comme je pouvais : Allez vas-y, Julien ! Tu les auras. Julien ! Julien ! Julien ! Julien ! Mais je ne savais pas qui étaient mes ennemis. Je me battais contre tout ce que je pouvais : le découragement, la résignation, les cris et les pleurs de Charlie, ses griffes, ses ruades, et plus tard, l'administration, les autorités médicales.

J'y crus tant que je pus, jusqu'au jour où, sans sommations, la psy m'annonça que Mme Heirman avait décidé de récupérer sa fille. C'était son droit. Elle considérait qu'elle avait réinstauré avec la chair de sa chair un dialogue qui peuplerait amplement sa solitude de veuve désœuvrée. Elle l'acceptait telle qu'elle était. N'avait-elle pas retrouvé une fille plus docile qu'elle ne l'avait jamais été, débarrassée de toutes les révoltes qui avaient creusé un fossé d'incompréhension entre elles ? Et tant pis si elle avait l'air lobotomisé.

En vérité, il était possible que les progrès évidents de Charlie l'aient fait passer pour la seconde fois de l'enfance à l'adolescence. Comment le mesurer avec précision ? Elle vous sortait des réflexions d'une innocence désarmante, comme cette fois où elle me dit en posant sa tête sur mon épaule : « Tu vas être là toujours, sinon le monsieur va me frapper », et puis, sans transition, elle vous assenait une vérité d'adulte désespérée du genre : « Faut que j'arrête mes conneries ! »

Entre ces deux pôles de pensée, j'avais perdu ma Charlie à jamais, de l'autre côté de son miroir déformant.

Les petits malaises de Legay se succédaient sans que le médecin de famille comprenne à quoi les attribuer avec précision. Il y avait bien sûr l'« apnée du sommeil » dont il souffrait depuis des années. Et le moins que l'on puisse dire de ce phénomène d'apparence cocasse, c'est qu'il fatigue son homme. Mais depuis quelque temps, le progrès aidant, son problème s'était solutionné vaille que vaille par l'utilisation d'un masque autorégulé, en fibre transparente, relié à une centrale installée à la tête du lit, qui lui insufflait de l'oxygène. L'ayant difficilement supporté au début, Fernand s'était finalement habitué au masque et avait retrouvé un sommeil sans danger.

Il devait donc y avoir une autre raison au déclin de sa santé.

Françoise s'était tout naturellement impliquée davantage dans les activités de l'entreprise, et cela malgré ses cours de gymnastique. Elle s'était investie d'une autorité qui me clouait à mon siège. Sa voix avait pris une assurance qui frisait le mépris, surtout quand elle m'appelait par mon prénom en italien : Giuliano, mais avec l'accent sur la dernière syllabe, à la française – Giulianoo ! J'avais envie de lui faire un pied de nez chaque fois qu'elle m'adressait la parole, et surtout quand son Jean-Gui venait la chercher pour sa leçon d'éducation physique.

Gymnastique, mon œil ! Depuis quand les profs viennent chercher leurs élèves chez elles ? Je ne savais pas si je devais regretter le temps où, câline, elle me proposait mon petit café qui, lui, me manquait assurément.

Je prenais mon mal en patience ; je me disais que j'aviserais lorsque je me serais acquitté de ma tâche auprès de Charlie. Je ferais alors une sortie digne de ma fierté de *terrone*.

Mais je subodorais que les circonstances pouvaient me forcer d'un jour à l'autre à faire fi de toute logique et à céder à mon impulsivité grandissante. Je sentais nettement mes chances d'avenir chez Legay-Fille se réduire à néant, d'autant plus que j'avais compris le manège du cher Jean-Gui qui, lui, faisait des incursions de plus en plus profondes dans l'entreprise et sans doute dans les dessous de Mlle Legay.

Bof ! Je l'aimais mieux avant qu'elle n'ait sacrifié tant de kilos d'elle-même à Weight Watchers sur l'autel de la coquetterie. Ils contribueront sans doute, avec les milliers de tonnes de chair perdue par d'anciennes grassouillettes belges, à construire une digue le long de la mer du Nord, sur laquelle j'irai me rouler dans mes possibles nostalgies de ses rondeurs d'antan.

Dans ma tête, j'avais déjà tourné la page. Adieu, Françoise Legay.

Fernand avait de plus en plus mauvaise mine, il n'avait plus le moral. Comme tout le monde, serais-je tenté de dire. Il dormait la lumière allumée et sur une seule oreille. Il guettait le coup fatal annoncé. Il imaginait nuit après nuit toutes les ruses qui pouvaient le précipiter dans sa tombe. Une fois le piège déjoué, il s'endormait, souvent aux premières lueurs de l'aube. Et sans doute, la nuit du drame, avait-il prévu de se remettre au lit après avoir survécu aux assauts insistants de sa conscience.

Roland avait-il crâné quand il avait promis devant moi de faire passer un sale quart d'heure à celui qui avait condamné « notre Charlie » à l'exil définitif dans son anachronique enfance ? Peut-être pas.

Avais-je eu raison de lui faire part de mes soupçons vis-à-vis de Legay ?

Et Rosario ? Avait-il vraiment pu écouter mon réquisitoire circonstancié contre son ancien patron sans réagir un tant soit peu, ne fût-ce qu'indirectement ?

Fernand l'appelait régulièrement, l'inspecteur Bellassai se faisait un plaisir de traduire, en formules bien choisies, le langage hermétique et angoissant des divers avertissements dont notre croque-mort préféré faisait l'objet.

Notre flic sicilien n'en connaissait-il pas d'autant mieux l'explication qu'il les avait concoctés lui-même ?

Ne lui était-il pas soudain revenu à l'esprit que parmi les victimes du « pragmatisme » de Fernand figurait son propre cousin, fils du frère de sa mère, qui, dans les années soixante, avait été renvoyé en Sicile avec sa jeune épouse et son baluchon. Le pauvre n'avait pas pu honorer sa dette envers l'entreprise Legay, qui lui avait fourgué ce qu'elle avait de plus chic pour les funérailles de son pauvre père, victime d'un coup de grisou. La mère de Rosario n'avait-elle pas pu enseigner à son fils certains usages sicilo-maffieux saupoudrés de quelques *jettaturas* de derrière les fagots ? Depuis le coup de la tasse en porcelaine, je la savais capable de choses étranges. La vendetta, à l'inverse des spaghettis, n'est-elle pas un plat qui se mange froid ?

Et s'il y avait vraiment du Sicilien là-dessous ?

Sinon, comment expliquer le saccage du jardin de la villa Legay dont je vous parlais il y a quelque temps et qui, pour les initiés des choses de l'*onorevole societa*, annonce un malheur imminent ?

Et cette agression au cours de laquelle mon patron avait été simplement mordu à l'oreille – comprenez : « Tu vas bientôt mourir Fernand » –, à qui l'attribuer ?

À quoi rimait cette tête de chèvre qu'il retrouva devant la porte de sa villa, coupée non seulement au ras du cou, mais aussi entre les deux yeux, dans le sens de la hauteur, pour ne garder qu'un profil de médaille sanguinolente. « Tu n'es pas un homme, Fernand », bêlait la pauvre chèvre.

Et ce n'est pas tout : pourquoi un inconnu attablé devant lui au Café du Silence avait-il ostensiblement léché la lame de son couteau en le regardant droit dans les yeux ?

Toutes ces volontés additionnées de pousser Fernand vers la sortie, tous ces esprits convergeant vers la même idée fixe n'ont-ils pas finalement influé sur le cours normal des événements ? N'auraient-ils pas pu, par exemple, affaiblir quelque peu l'un des pieds d'une innocente chaise appelée à participer à une expérience aussi morbide que dangereuse ? Uri Geller, le célèbre illusionniste des années soixante-dix, tordait bien des cuillères à distance, à force de concentration, prétendait-il. Bien sûr, il y avait un truc, mais cela fonctionnait. Il y en a peut-être un également dans notre histoire. Allez savoir...

La fameuse loi de l'omerta prétend aussi que si l'auteur d'un délit d'honneur échappe successivement à la justice officielle et à l'autre, plus privée, le destin lui enverra l'instrument de sa vengeance souvent déguisé en ami : « *Nemicu cunusciutu... prima l'addumi e pui lu stuti* », ce qui revient à dire : « Si tu connais ton ennemi, allume-le d'abord... et ensuite, éteins-le ! »

De quel ami s'agit-il en l'occurrence ?

Moi ? Allons donc ! Ce serait bien ingrat de ma part, je dois tout à Fernand : il m'a donné un boulot passionnant, il m'a fortement encouragé à devenir son gendre pour me confier son affaire plus tard, et il a fait en sorte que Charlie n'ait plus de raisons de m'en vouloir.

L'angoisse devant cette épée de Damoclès était-elle la seule cause du déclin spectaculaire de la santé de Fernand ? La peur viscérale et incontrôlable de voir à tout moment l'envoyé du destin bondir hors des ténèbres pour le frapper avait-elle pu à elle seule provoquer l'obstruction de ses artères par le plus mauvais des cholestérols : celui du stress ?

Il n'était plus dans la fleur de sa jeunesse, aussi passionnément pût-il aimer celle-ci, même au point d'en voler un peu à l'occasion.

Multipliez donc ses soixante-trois ans par son penchant

pour la bonne chère, les bons vins, retenez ses visites régu-
lières, nous venons de l'apprendre, à certaines doctoresses
ès galipettes, vous comprendrez aisément que son palpitant soit un peu poussif dans les montées et se permette
quelques extrasystoles de détresse qui, pour clore le cercle
vicieux, nourrissent à leur tour l'angoisse originelle.

Est-ce que Fernand n'était pas de toute façon condamné ?

Il se peut que le destin ait vraiment décidé qu'il en soit
ainsi, ce destin si protéiforme et si fantasque à ses heures,
qui, sous un de ses multiples visages, hasard, fatum, fatalité
ou malchance, avait peut-être taquiné Fernand en lui faisant la blague de la chaise branlante. Blague d'aussi mauvais
goût que le coup de la corde. Envoyer une corde à
quelqu'un pour lui signifier d'aller se faire pendre, c'est
d'un primitif, d'un barbare !

D'ailleurs, et je suis sûr que Fernand aurait été soulagé
de l'apprendre, même à titre posthume, on découvrit plus
tard l'auteur involontaire de l'innocente bévue qui avait
mis son cerveau en ébullition. L'explication nous en fut
donnée par une lettre émanant de la société « Meubles
Dujardin ». Son directeur s'excusait avant tout des éventuels inconvénients qu'aurait pu causer leur confusion. Il
réclamait néanmoins la restitution du lot de cordes indû-
ment expédiées au domicile de Fernand.

Quand Françoise et moi les avons rapportées, après les
avoir retrouvées dans la cabane à outils de jardinage de la
villa Legay, M. Dujardin fils nous a expliqué qu'il s'agissait
d'une erreur d'encodage dans l'ordinateur de la société.
Fernand, vendant des cercueils, était assimilé officiellement
à un marchand de meubles, ne l'oublions pas.

C'est ainsi que mon patron avait reçu un premier échantillon de corde de balançoire, suivi d'un second, et puis enfin de toute une caisse qui répondait à la commande ferme d'un détaillant. Hélas, comme l'ordinateur... innocemment si j'ose dire, mais ne parle-t-on pas déjà d'ordinateurs intelligents, avait aussi gardé en mémoire l'adresse du commerçant vraiment concerné, ce dernier ne se douta jamais que ses moindres ordres provoquaient une double expédition... dont l'une contribua à un drame, qu'on aurait pu qualifier d'« éventuel inconvénient », ce dont M. Dujardin s'excusait très poliment. Nous ne lui en tiendrons donc pas rigueur. Mettons le malentendu sur le compte des aléas de l'informatique, nouveau monde dans lequel nombre de comptables faisaient leurs premiers pas à l'époque.

C'est donc dans l'affliction la plus profonde que nous conduisîmes Fernand vers sa dernière demeure. Nous : Rosario, Roland qui, averti de son décès, n'avait pas voulu rater l'occasion d'illustrer le célèbre roman de Vernon Sullivan, alias Boris Vian : *J'irai cracher sur vos tombes*, Françoise, Jean-Gui un peu à l'écart, Mme Legay mère, Firmin, et moi, bien entendu, qui orchestrais une fois de plus les funérailles tout en jouant exceptionnellement mon rôle de partie prenante. Il manquait évidemment Charlie. De toute façon, elle n'aurait pas réalisé qu'on enterrait son bourreau, et elle aurait été capable de verser quelques larmes d'apitoiement bon enfant.

Firmin avait fait de l'excellent travail. Il avait réussi à effacer la grimace de Fernand découvrant qu'il se pendait pour de bon et avait modelé sur le masque mortuaire de son cher patron l'expression réfléchie et rusée qu'il affichait juste avant de nous gratifier de l'un de ses bons mots irrésistibles à propos des innombrables voyageurs pour l'au-delà qui avaient eu l'honneur de lui ouvrir la voie.

Legay adorait les cercueils d'ébène. Il en gardait toujours précieusement un modèle en vitrine. Cela faisait chic et cossu. Il était ravi lorsqu'il lui trouvait acquéreur, c'est ce qu'il avait de plus onéreux. Je l'entends encore s'exclamer : « Voilà un mort qui sait vivre ! » Et nous nous sommes souvenus de sa préférence. Nous avons exaucé son vœu. Fernand gît dans le cercueil noir de ses rêves. Même si l'ordonnateur a été quelque peu surpris au moment où il a foré ses petits trous pour y couler la cire de ses scellés : il en est sorti des copeaux en bois clair. Du faux ébène, Fernand, petit cachottier ! À combien de clients en as-tu fourgué de ces écrins de luxe, toi qui savais à quel prix tu les achetais vraiment, alors que je n'en connaissais que le prix de vente exorbitant ? Mais tu as été pris à ton propre jeu. Tu n'as pas eu le temps cette fois de forer toi-même les petits trous, et de les noircir habilement ensuite pour camoufler l'anomalie. L'ordonnateur, qui ne te connaissait pas vraiment, en a conclu qu'on t'avait roulé !

Le chapeau à voilette que portait Françoise ne laissait rien transparaître de ses sentiments qu'elle gardait digne-ment pour elle seule. Pleurait-elle ? Sans doute les larmes de sa grand-mère, qui s'appuyait sur elle, coulaient-elles assez abondamment pour inonder aussi la poitrine de l'héritière, qui partageait ainsi aux yeux de l'assistance éton-namment clairsemée de l'église Saint-Martin une tristesse jugée familiale. N'avait-elle d'ailleurs pas exprimé sa peine en une couronne géante dont le ruban clamait en lettres

d'or à qui voulait l'entendre : À mon inoubliable père...
Tout dans le non-dit !

Le courageux curé prononça un éloge funèbre enflammé
qui immortalisait Fernand dans les mémoires comme le
parangon de la conscience professionnelle et de l'humanité.
N'était-il pas officiellement entré dans la lumière divine en
voulant réparer une panne de lumière terrestre ? N'était-ce
pas tout simplement un appel du pied du bon Dieu ? Le
brave homme ignorait manifestement le rôle joué par un
autre pied plus prosaïque, celui de la chaise.

Nous, le clan Legay, découvrions un Fernand que nous
n'avions pas connu. Nous étions tellement émus qu'une
toux convulsive s'empara de nous sous le regard compatissant de l'adjoint au maire, de quelques curieux, de quelques
parents et connaissances, de quelques policiers en civil, et
de quelques founisseurs soucieux de signaler leur présence
à Mlle Legay pour qu'elle ne les oublie pas dans la gestion
future de l'entreprise.

Nous nous retrouvâmes tous au Café du Silence et nous
bûmes au bon souvenir de Fernand Legay. Fernand est
mort, vive Fernand ! Après une bonne heure, Mme Legay
mère leva la séance. Françoise, Firmin et le reste de
la famille la suivirent. Nous leur souhaitâmes bien du
courage.

Il ne resta plus autour de la table qu'un étrange trio :
Rosario le gendarme, Roland le voleur, et moi le conspi-
rateur. Nous nous entendîmes comme des larrons en foire.
Nous savourions ensemble une espèce de jubilation du
devoir accompli, bien que chacun fût conscient du rôle
prépondérant que Fernand lui-même avait joué dans l'accé-
lération de sa fin. Chacun raconta d'un air contrit, en

battant sa coulpe, sa modeste contribution personnelle à l'innocente persécution de Legay. Nous nous sommes juré de ne plus recommencer des farces aux conséquences aussi imprévisibles que fâcheuses.

Pour ne pas surprendre les quelques clients qui nous observaient du coin de l'œil par une rupture de ton trop flagrante par rapport aux regrets exprimés quelques instants auparavant, nous improvisâmes un éloge funèbre très particulier de notre victime tellement présente encore. L'un de nous, en levant son verre de bière, déclamait, assez fort pour être entendu dans tout le café, un compliment évoquant Fernand ; les deux autres corrigeaient tout bas, en enrichissant leur réponse d'une rime. Et cela donnait :

Tout haut : « C'était un homme qui avait de l'allure. »
Tout bas : « C'était surtout une belle ordure. »
À la tienne, Fernand !
Tout haut : « Il était bon, franc et honnête. »
Tout bas : « C'était un porc, c'était une bête. »
À la tienne, Fernand !
Tout haut : « De sa naissance à son crépuscule... »
Tout bas : « ... il fut la plus grande des crapules. »
À la tienne, Fernand !
Allez, encore un... on s'amuse comme on peut...
Tout haut : « Il est parti sans crier gare. »
Tout bas : « Bon débarras, vieux salopard. »
À la tienne, Fernand !
Vous voyez, rien de bien méchant.

Tout cela n'est pas moral, je vous l'accorde, mais décidément, nous tenions à trinquer à la santé de Fernand.

À la troisième Gueuze Lambic, je proposai à mes compagnons de tristesse d'aller visiter le pavillon de chasse de notre habile prédateur. Il affectionnait tant les cailles sur canapé, les biches, les oies pas trop sauvages et les grues pas trop causantes, qu'il devait avoir gardé quelques trophées dans son musée particulier dont la visite ne pouvait s'avérer qu'enrichissante. Inutile de vous préciser que Pierrette m'avait communiqué l'adresse de la résidence secondaire de notre cher disparu : 19, rue des Hirondelles. Attendrissant.

Nous voici donc à nouveau au bord de l'étang du Vieux Marais, sur le versant opposé, je reconnaissais au loin la façade de La Faisanderie.

La présence de Roland aux obsèques nous avait pour le moins étonnés, Rosario et moi-même. Mais il nous expliqua avec conviction combien il se sentait concerné par le malheur de Charlie. Pour rien au monde, il n'aurait voulu rater l'enterrement de son responsable. Nous le trouvâmes presque sympathique tellement il était disposé à mettre tout son savoir au service de la cause commune. Ce fut pour lui un jeu d'enfant d'ouvrir la porte arrière du domaine galant du grand séducteur.

Nous traversâmes une cuisine luxueuse en boiseries et en ferronnerie et nous nous retrouvâmes dans une vaste salle de séjour aux vieilles poutres apparentes et aux murs en crépi blanc décorés de plats en faïence aux motifs bucoliques.

D'un côté de la pièce, une salle à manger en chêne massif ; à l'autre bout, un canapé et deux chesterfields en cuir bordeaux faisant face à une impressionnante cheminée, avec pare-feu et chenêts, surmontée d'une crémaillère, où poêles, poêlons et toute une famille de casseroles rutilaient de tout leur cuivre. Un carré de fourrure blanche sur le carrelage en tommettes de Provence parachevait la décoration « chic rustique » du havre de paix de M. Legay. Nous nous regardâmes, un peu intrigués. « Ah bon, c'est tout... », pensions-nous en chœur.

Une porte nous mena à un couloir où s'alignaient deux chambres et deux salles de bain. La première chambre, de style classique campagnard, désespérément sans surprise, correspondait au reste de la maison. Nous ouvrîmes la dernière porte, et nous passâmes dans un autre monde, celui du Fernand secret.

Nous étions sans doute dans le théâtre de ses turpitudes. Des murs tendus de velours fuchsia au vaste miroir teinté au plafond, en passant par les gravures coquines dans leur cadre rococo doré, tout respirait la gaudriole. Le téléviseur écran géant ne nous inspira pas plus confiance que le reste de l'ameublement. Tous ces films des années cinquante exposés ostensiblement dans la vidéothèque sous le magnétoscope, les Raimu, Fernandel, Gabin, Bourvil... nous apparaissaient trop sages pour être honnêtes. Et que dire de l'immense lit en cuivre que je ne pouvais pas regarder sans penser à l'anecdote que m'avait relatée Pierrette, et que je ne pouvais pas m'empêcher d'assimiler à une machine à torturer ? L'armoire normande qui avait piégé Fernand était là aussi, imposante, solide comme une porte de prison. Brave bête, va ! Avec délicatesse et fil de fer idoine, Roland nous livra ses secrets en un tour de main. Puisque nous savions que notre coquin était fétichiste, il devait bien cacher ses trésors de guerre quelque part.

Les portes s'ouvrirent sur quelques costumes pendus d'un côté, et une série de tiroirs de l'autre. Nous les vidâmes l'un après l'autre. Dans le premier, nous trouvâmes sans étonnement quelques cassettes vidéo aux titres évocateurs, illustrées de photos de dames dévêtues jusqu'à l'intérieur d'elles-mêmes. Dans le second, nous découvrîmes des instruments divers, dont je vous épargnerai la description, mais que vous pouvez trouver dans tous les sex-shops bien achalandés. Et le troisième, ô surprise, était rempli de dessous féminins, slips, brassières et soutiens-gorge.

Apparemment, Monsieur était aussi connaisseur que je l'étais du temps où je vendais de la lingerie fine, bien que la plupart des modèles que j'avais devant moi eussent effrayé mes pudiques clientes mères de famille. Devant mes partenaires pris au dépourvu, je vidai le tiroir aux merveilles sur le lit. Bon Dieu ! il y a des femmes qui portent ces trucs-là ! Malgré mes protestations, Rosario, encore un peu dans l'euphorie de la Gueuze Lambic, n'hésita pas à se coiffer d'un slip rouge vif à dentelle noire ouvert en son milieu. Allons, monsieur l'inspecteur, vous êtes en présence d'un ex-hors-la-loi et d'un futur ex-croque-mort, un peu de tenue, s'il vous plaît.

Et parmi toutes ces horreurs mauves, noires, rose bonbon, tigrées, zébrées, emplumées, un petit bout de tissu nous apparut, tendre, délicat, poétique : un slip La Perla couleur pêche, modèle 052-030, taille 38.

Le soir même, nous nous rendîmes au cimetière pour rendre un dernier hommage à Fernand. Nous accrochâmes le mignon slip La Perla à un des bras de la croix en porphyre noir qui se dressait solennelle sur le caveau familial.

Me voici avec Pierrette devant son antre, sur la nationale 7 à quelques kilomètres de Binche, sur la route de Charleroi.

Une villa blanche à portique imitation Jugendstyl très classe. Rien que de très bon goût s'il n'y avait ce néon bleuté pour illuminer sans équivoque la porte laquée illustrée de deux vestales voilées qui vous accueillent au son virtuel de leur gracieuse lyre. Tout un programme. À côté du poussoir de la sonnette, une inscription très discrète : *Blue Night. Club privé.*

Une blonde un peu poupine, en fin de trentaine à vue de nez, aux boucles joliment désordonnées nous ouvre.

« Margot... Julien... Julien... Margot.

— Bonsoir, madame.

— Madame ! Comme il y va ton ami, Pierrette !

— Il est comme ça, tout en finesse. »

Nous prenons place dans des fauteuils club couleur tabac qui ne laissent aucun doute sur le niveau social de la clientèle et sa masculinité embourgeoisée. Quelques messieurs gesticulent au comptoir, très impressionnant, un vrai zinc du début du siècle acheté à Paris, en marqueterie nacrée ivoire et tabac, comme on n'en fait plus, et qui vaut une fortune à lui seul, commente fièrement Pierrette. D'autres clients très relax discutaillent aux quatre coins de la salle savamment éclairée de faisceaux tamisés.

Pierrette se sent obligée de préciser qu'il n'est que 20 h 30, et que ce n'est pas encore l'heure de pointe.

Shadia, une Shéhérazade plus vraie que nature, brune aux yeux d'or, aux formes savamment suggérées dans un cafetan pourpre, vient m'embrasser sur la joue dans un déhanchement de liane accrocheuse. Elle s'assied avec nous.

Pierrette :

« C'est ici que je travaille, c'est mon domaine, je suis la directrice de cet établissement.

— Chapeau, c'est somptueux.

— J'ai mis vingt ans pour y parvenir... Tu as pigé maintenant ce que je fais ?

— Oh ! j'en avais une vague idée, vous savez... avec toutes les allusions fugaces que vous y avez faites.

— Fugaces... pas de gros mots, s'il te plaît.

— Vous êtes en quelque sorte dame de compagnie, n'est-ce pas ?

— Dame de compagnie ! »

Elle allait éclater de son rire tonitruant, mais elle se retint, pour l'image de la maison sans doute, et presque en s'étranglant, à mi-voix, elle me dit en prenant Shadia à témoin :

« C'est la meilleure, celle-là, on ne me l'a jamais faite. J'ai déjà eu droit à respectueuse, marchande de plaisir, cocotte-minute, tricoteuse, étoile filante, poule, mais dame de compagnie, ça me botte ! Demain, je me fais imprimer des nouvelles cartes de visite : *Piera Santini-Dupré, dame de compagnie*, ça fait chic non ? »

Shadia s'esclaffait aussi du bout des lèvres.

« Allez, ça mérite le champagne, et du Veuve-Clicquot rosé et frappé, comme elle aime. »

Je ne relevai pas le très vilain sous-entendu.

Je me retrouvai seul avec la sublime Shadia.

Je regardais le plafond pour me donner contenance. Je suivais bêtement le dessin des moulures en rosaces.

« Alors, c'est vous le... »

Je l'interrompis :

« Le praticien en rites funéraires.

– Pierrette m'a dit que vous peignez aussi... des arbres bleus, j'adore ça. Armand Guillaumin en a peint de superbes et aussi les expressionnistes allemands Rothluf et Kirchner. »

Je regardai Shadia de tous mes yeux, ébahi.

« Vous aimez la peinture ?

– J'ai une licence d'histoire de l'art.

– Mais comment en êtes-vous arrivée à... ici quoi ? »

Elle ne répondit pas « Par chance » comme dans la blague.

« Toulouse-Lautrec me fascine, je voulais le retrouver quelque part... et où donc plus que dans ce genre de maison risquais-je de le rencontrer ? »

Ça y est, une autre illuminée, pensai-je en regardant mes mains entrelacées sur ma cuisse.

« Mais non, je plaisante. J'ai fui l'Algérie où les femmes, vous le savez sans doute, ne doivent pas en savoir trop sur quoi que ce soit et notamment sur l'art occidental considéré comme satanique...

— Et dans satanique, il y a..., nous interrompit Pierrette qui rappliquait avec ses flûtes et son champagne.

— Satan ! répondis-je. Pierrette vous êtes intenable !

— Ici, en Belgique, poursuivit Shadia, alors que je suis kabyle, je viens du Djurdjura, je ne suis jamais qu'une émigrée maghrébine parmi tant d'autres, tout au plus bonne à faire le ménage ou la danse du ventre. J'attends mes papiers d'identité depuis deux ans, parce que les autorités refusent de m'accorder le statut de réfugiée politique. L'obtention du permis de séjour passe forcément par une résidence régulière. J'ai donc un loyer à payer, et même plus cher que celui de ma voisine de palier belge, parce que moi, je n'ai pas le désavantage de m'avoir pour voisine nord-africaine. Il a bien fallu me résoudre à travailler. Alors, j'ai cumulé les deux fonctions, Mme Dupré a eu la bonté de m'engager en tant que danseuse du ventre, mais elle me déclare comme femme de ménage, ce qui est plus rassurant pour les autorités. Au moins je m'amuse, en attendant mieux... Tout à l'heure, d'ailleurs, je vais danser pour vous.

— Pour moi ?

— Mais il rougit, dit-elle à Pierrette, il est adorable... »
Et elle s'éloigna.

« Elle ne boit pas avec nous ?

— Non, elle est musulmane. Et ne te méprends pas, elle n'est ici que pour danser, mais, si tu veux, elle peut garder la dernière danse pour toi. »

Elle entonna doucement la chanson de Dalida : « Garde bien la dernière danse pour moi... », en levant son verre.

Je l'imitai.

« À la vôtre !

— Bon anniversaire !

— C'est très sympa de votre part d'y penser, mais c'est demain.

— Je sais, mais demain c'est le jour des morts, c'est pas drôle...

— C'est aussi l'anniversaire de votre fils.

— Oui, oui, je sais, mais n'en parlons pas... Ce soir, tu es mon fils. »

Je pris mon courage à deux mains et je me lançai.

« Est-il vrai que vous me surveillez depuis des mois ?

— Je te suis depuis des mois... nuance.

— C'est kif-kif, non ?

— "Qui m'aime me suive", dit l'autre, je t'ai suivi parce que je t'aimais bien, sinon il y a longtemps que j'aurais laissé tomber. Et comme je t'avais à la bonne, je n'ai fait que des rapports à ton avantage.

— Donc, d'après vous, je dois m'estimer heureux que vous vous soyez intéressée à mon cas.

— Parfaitement, p'tit gars, j'ai quand même l'impression que j'ai frappé à ta porte juste à temps pour t'empêcher de faire une grosse bêtise.

— Ah bon ! Je ne m'en souviens plus.

— Mon œil ! À d'autres ! Sans moi t'aurais eu des gros pépins, avec le gaz notamment.

— Et avec votre fils sans doute ?

— En plein dans le mille, parce que çui-là, mon vieux, faut s'le farcir... Ça fait plus de trente ans qu'il ne m'attire que des misères. J'ai fait des tas d'heures supplémentaires pour lui payer une éducation digne d'un prince... Eh bien non, il a fallu qu'il tourne mal. Les fugues, les mauvaises fréquentations, la frime et tout ce qui s'ensuit, il a ça dans l'sang, je m'demande bien de qui il tient. J'ai une vague idée de qui pourrait être son père, mais depuis l'temps, y a prescription, et j'ai jamais été assez revancharde pour lui refiler le marmot...

— Et Dupré, qui est-ce ?

— Mon mari, feu mon mari. Maurice. Dieu ait son âme. Il était français du Nord, œnologue et exportateur de vins... La route me l'a fauché un jour où il avait sans doute trop dégusté. Notre seul point de désaccord était le mépris qu'il affichait pour les vins italiens qu'il mettait tous sans exception dans le même tonneau de bibine. Ça me mettait en boule. Nous avons tout de même des grands vins chez nous non ? Le sassicaia, le brunello de Montalcino, le tignanello – tu t'en souviens, j'espère. Mais les Français avec leur culte du grand cru ne s'abaissent pas à boire « étranger ». Alors que chez nous le vin est bon parce qu'il doit être bon. Un point c'est tout. Et on n'a pas besoin de tout ce cinéma pour ouvrir une bonne bouteille.

— Il s'est occupé de Roland.

— Oh ! il a essayé, mais le garnement était déjà sur la mauvaise pente quand j'ai connu Maurice.

— Mais n'avez-vous jamais pensé que, peut-être, le fait d'avoir une mère, disons un peu spéciale, l'aurait poussé à un certain laisser-aller ; c'est le fils de sa mère, tout de même.

— Des fois, il m'arrive de douter qu'il est vraiment de moi... une infirmière aurait pu l'échanger par mégarde à la maternité. Bon, j'arrête de divaguer... Oui, c'est mon fils... et alors ? Ça n'empêche pas que c'est une ordure ; alors que toi, t'es un brave type.

— Pas si brave que ça, n'exagérez pas.

— T'en connais d'autres qui auraient été capables de confier à une rivière dégueulasse une lettre d'amour en forme de bateau ?

— Ce n'était qu'une bêtise, un secret entre moi et moi.

— Je te signale tout de même que ton courrier était déjà bloqué à cent mètres de son départ par un squelette de parapluie, c'est là que je l'ai recueilli par curiosité.

— Je n'espérais pas qu'il aille plus loin.

— Ouais, mais tu comptais quand même retrouver la même grognasse qui a mis mon fils dans la merde, passe-moi l'expression, et qui allait en faire autant avec toi.

— Vous ne l'aimiez pas, c'est pourquoi vous l'avez interceptée le soir de mon anniversaire pour qu'elle n'arrive pas jusqu'à moi...

— Je ne trouvais pas catholique qu'elle se ramène comme ça, sans être passée au confessionnal. Elle avait une idée derrière la tête, et pas sympathique pour toi, ça crevait les yeux.

— Alors, vous l'avez renvoyée à son destin.

— C'est quand même pas ma faute si elle s'est fait agresser, une fille bien ne traîne pas dans la rue à c't'heure-là, et ne monte pas dans la voiture du premier venu, fût-ce une Mercedes.

— Mais elle y était bien obligée, puisque vous lui avez fait avaler que je n'étais pas là.

— Je te répète qu'elle t'aurait fait du mal !

— Vous l'aviez suivie ?

— Pas vraiment, je l'ai vue en allant bosser. Puis, comme c'était très calme because Toussaint, je suis rentrée plus tôt. J'ai voulu prendre de tes nouvelles, comme ça, presque par instinct maternel, et je suis arrivée à point pour éteindre le gaz et te proposer mon risotto.

— Mais pourquoi m'avez-vous mis sur la voie plus tard, en m'indiquant qu'elle était là le soir de mon anniversaire ?

— Parce que Roland voulait la retrouver aussi, il avait sans doute ses raisons.

— Qu'y avait-il dans le violoncelle ?

— Il y avait quelque chose ? »

Silence.

« Si tu penses ça, c'est qu't'as tes raisons... alors pense-le. »

Nouveau silence. Je poursuivis :

« Il y avait une clé...

— Une clé ? J'te suis pas, p'tit gars.

— Allons donc, ne faites pas l'innocente. Vous pouvez parler maintenant, tout ça c'est du passé.

— J'vois toujours pas de quoi tu parles.

— Mais vous ne m'avez pas contredit quand je vous ai dit qu'il y avait quelque chose dans le violoncelle. Ne me dites pas que vous ne saviez pas qu'il y avait la copie de ma clé de la porte de service des Galeries réunies, grâce à laquelle votre fils a pu commettre un casse entre Noël et Nouvel An, en m'en rendant indirectement complice.

— Minute, p'tit gars, on ne joue pas dans le même film. Où t'as été chercher cette histoire de casse ? D'abord, Roland a passé les réveillons en cabane. Ensuite, si tu veux absolument l'savoir, et si ça peut te rassurer, je suis venue récurer une émeraude qu'il m'avait piquée pour l'offrir à sa pétasse qui, elle, n'avait rien trouvé de mieux que d'la coller avec un chewing-gum derrière le truc qui tend les cordes... le machin...

— Le cordier.

— Comme tu dis ! J'ai d'ailleurs eu un mal fou à récurer mon bijou.

— Ben dites donc, c'était un vrai fourre-tout, son violoncelle.

— Tu es sûr que tu l'as pas rêvée, ton histoire de clé ?

— Peut-être. (Silence.) C'est vrai, ce mensonge ?

— Je t'le jure sur ma tête et celle de mon couillon de fils.

— Vous tenez quand même un peu à lui alors.

— Ben devine. N'empêche qu'en renvoyant la nénette à son expéditeur, je t'ai évité des ennuis et sans doute quelques nouvelles désillusions.

— L'amour ne se commande pas, Pierrette, et moi, Charlie, je l'avais dans la peau... et je n'étais plus à une illusion près. J'aurais peut-être réussi à la changer, à la raisonner, elle n'était pas si mauvaise que vous le dites...

— C'est ça, rêve encore, p'tit gars...

— Vous la fréquentiez du temps où elle était avec Roland ?

— Pas des masses, je l'évitais autant que possible. Elle allait très bien avec mon salopard de garnement de fils, parce que qui se ressemble s'assemble, mais moi, elle me passait par les trous de nez. Elle était sa mauvaise muse. Le casse de Mons, en tout cas, elle n'y était pas pour rien. Crois-moi, elle n'était pas pour toi, elle t'aurait bouffé la vie.

— Plus qu'elle ne l'a fait par son absence ?

– Tu n't'en sors pas si mal que ça finalement.

– Si c'est vous qui le dites... »

Nouveau silence.

« Apparemment, nous n'avons pas connu la même Charlie, parlons-nous de la même fille ?

– Arrête, elle était capable de se transformer en brebis pour parvenir à ses fins.

– Oui, et le loup Legay n'a eu qu'à la croquer dans sa Mercedes.

– Tu en es sûr ?

– Oui, mais je ne peux pas le prouver, et il est mort, grand bien lui en fasse. Il a fait semblant de se pendre et par bonheur il y est parvenu.

– Eh bien dis donc, t'es impitoyable avec lui. Tu n'l'aurais pas aidé un tout petit peu ?

– Nous lui avons montré le chemin de sa conscience.

– Nous, qui nous ?

– Des amis convaincus. »

Silence.

« Pierrette, avez-vous déjà été heureuse ?

– En voilà une question qu'elle est bonne. C'est la première fois qu'on me la pose... et elle me fait plaisir, je dirais presque qu'elle me rend heureuse... À un journaliste qui lui demandait quelles avaient été les dix plus belles années de sa vie, Anna Magnani que j'adorais a répondu : entre vingt-neuf et trente ans. Pas mal, hein... Moi, j'espère que je ne les ai pas encore vécues ces dix plus belles années, sinon j'vois pas c'que j'suis venue faire dans cette vallée de larmes ! Allez, viens, accorde-moi ce tango... »

Et me voilà jouant les hidalgos avec Pierrette dans mes bras, souple comme une jouvencelle, sur le travertin du Blue Night, au son de la voix intemporelle de Carlos Gardel roucoulant « Mi Buenos Aires querido », un disque rare au demeurant.

Le volume de la sono augmenta de telle façon que la musique envahissait tout l'espace. Timide au décollage, le tango s'épanouit progressivement de nuance en nuance jusqu'à ce que nous atteignions l'osmose parfaite, la divine harmonie de la musicalité de nos êtres qui, sans qu'on se le dise, faisait de nous des partenaires parfaits investis de la grâce encanaillée des rives du Rio de la Plata.

Et de *quebradas* en *cortes*, de petits pas en suspensions félines, entre elle et moi, entre ses yeux et les miens, il y avait des rayons, des éclairs qui faisaient fi des générations pour se glisser de son âme à la mienne. Elle dansait avec ses vingt ans, tels qu'ils étaient avant qu'ils ne filent avec quelques douloureuses désillusions.

Moi, je dansais une fois de plus avec ma mère, et j'étais heureux... tout bêtement.

Et la mère et le fils dansaient sur la piste étoilée de leurs bonheurs conjugués sous le regard médusé de l'assistance.

La soirée avançait. Tous les fauteuils accueillaient maintenant des messieurs portant beau, très sûrs d'eux. Apparemment, cette année, la proximité du jour des morts n'avait pas réussi à assombrir leur mine. Ils discutaient désinvoltes et plaisantaient avec les hôtesses qui leur étaient dévolues, géographiquement supposais-je. Je les observais entre les volutes cotonneuses de leurs Cohibas auxquels les spots savamment orientés donnaient des reliefs d'hologrammes.

Je me demandais comment ils allaient accueillir Shadia, et j'étais inquiet pour elle.

Vers 23 heures, la musique en sourdine reprit brusquement une ampleur de salle de spectacle et des violons lancinants et langoureux chaloupant sur des darboukas entêtées nous emmenèrent jusqu'en Kabylie, je suppose.

Shadia apparut dans un ensemble pailleté émeraude qui offrait, aux regards prédateurs des célibataires d'un soir en goguette, des promesses de trésors de volupté, exacerbées par un voile de mystère qui embrumait sans les cacher les arabesques de son corps de déesse.

D'emblée, elle planta son regard dans le mien. Moi seul m'en aperçus, mais je l'ai senti au plus profond de moi et j'ai tressailli. J'étais comblé, j'ai compris qu'elle dansait pour moi seul, qu'elle m'offrait son plaisir alors que, pour les autres, elle travaillait. C'était un pacte secret entre elle et moi. Et peu m'importait qu'elle aille de table en table, sous les sifflets hystériques des mâles qu'elle provoquait, qu'elle s'enroule comme une écharpe de soie autour du premier homme debout, que son corps se courbe en arrière jusqu'à poser sa tête sur les genoux des vieux beaux en transe, elle dansait pour moi, et personne ne pouvait m'en dissuader, et quand ses yeux furtivement retrouvaient mes yeux, c'était pour s'assurer que rien de ce qu'elle faisait pour moi ne m'échappait. Une seule fois, elle vint à ma table, elle brandit ses crotales dont elle scandait sa danse devant moi comme pour me narguer, et elle s'éloigna ostensiblement, espiègle et moqueuse. Pas de favoritisme... oh non ! Mais j'étais son prince, et, grand seigneur, je laissai le bas monde s'enivrer de sa beauté, jusqu'à ce qu'elle disparaisse par la porte de service.

Pierrette avait tout vu.

« Eh bien, mon vieux, t'as un de ces tickets... c'est la première fois qu'elle sourit en dansant.

– Ah bon, vous croyez ? répondis-je hypocritement. Elle ne m'a même pas regardé.

– Faut t'acheter des lunettes, p'tit gars !

– J'en ai déjà, pour lire...

– Mais certainement pas pour lire dans les âmes...

– Joli, Pierrette, vous voyez que vous êtes poétesse quand vous le voulez !

– D'habitude, il y une espèce de douleur en elle qu'elle cache derrière une expression impassible, mais je sais que la gazelle a horreur d'approcher des lions qui la dévorent des yeux. Tu devrais venir tous les soirs, ça mettrait de l'ambiance. »

Je me suis levé. Pierrette a posé la main sur mon bras.

« Elle est déjà partie.

– Je vais aux toilettes, dis-je, me sentant démasqué.

– Mais bien sûr », persifla-t-elle.

Vers minuit, je lui fis comprendre qu'il valait sans doute mieux que je rentre.

« Je t'accompagne, p'tit gars. »

Elle fit signe à un bonhomme qui faisait la causette avec la préposée au vestiaire.

« Mais, Pierrette, je peux rentrer avec ce monsieur, je lui indiquerai la route.

– Il va se perdre au retour... je viens avec vous. »

Ils me déposèrent à l'entrée de la Cité.

« Merci pour tout, Pierrette, c'était une très belle soirée.

– C'est très bien, c'est la première fois que je vois briller tes yeux. Bonne nuit, Julien !

– Bonne nuit, Pierrette ! Bonne nuit, monsieur. »

Et de trente-deux ! Encore un balai pour moi, un !

Mais hier soir, c'était irréel. Shadia m'a offert mon plus bel anniversaire. Comment oublier ce corps qui ondoyait comme la flamme d'une bougie sur un gâteau descendu des cieux ? Merci, Allah. J'ai de quoi rêver de m'y brûler pour quelque temps.

Revenons pourtant à la réalité.

C'est le jour des morts, mon sombre anniversaire, mon paradoxe à la vie à la mort.

Mourir : crever, clamser, claquer, avaler son bulletin de naissance, casser sa pipe, déposer le bilan, éteindre son gaz, manger les pissenlits par la racine, passer l'arme à gauche, rendre ses clefs, baisser les volets à la boutique, larguer les amarres, y rester...

Mourir... Mourir, c'est la grande chose

De quoi mourir sera-t-il fait ?

Heureux ceux qui meurent de leur belle mort...

Et quelle mort plus belle que celle du président Félix Faure, qui a su profiter d'une « petite mort » pour se fondre dans la vraie, la grande. Il aurait pu mourir pour son idée de l'alliance franco-russe, mais il a sans doute anticipé le conseil de tonton Georges (Brassens, toujours lui) : « Mourir pour des idées d'accord... mais de mort lente. » Grand bien lui fasse !

En octobre 1983, j'avais vu à la télé l'interview d'un général syrien. Il était fier que son propre fils, ce qu'il avait de plus cher au monde donc, se soit sacrifié pour l'idée d'une suprématie au Liban. Le stratège militaire avait désigné le fruit de sa vie pour conduire le camion suicide, bourré de dynamite, qui allait détruire une caserne à Beyrouth, emportant dans le souffle de son explosion les âmes de quelque deux cent soixante soldats américains et français. Héroïque n'est-il pas ? Je parle du général bien entendu !

Il serait sans doute plus courageux d'aller soi-même signifier à un dictateur que, même s'il mourait à l'instant, il aurait déjà vécu trop longtemps, et que la terre se porterait mieux si elle était soulagée de sa pesante et avilissante présence. Évidemment, le tyran pourrait s'énerver. Il pourrait vous écraser et se débarrasser de vous d'une chiquenaude.

Certains l'ont fait, comme le Tchèque Jan Palach, qui a choisi de mourir à Prague au printemps, comme un flambeau, pour barrer la route un court instant aux chars d'assaut soviétiques. On lui a dédié une place à Luxembourg. Dommage qu'elle ne soit pas toujours au soleil.

Il a dû penser à tous ces soldats qui sont morts et qui mourront encore avec permis national, matriculés comme il se doit en ne laissant qu'un casque et un fusil en berne.

On meurt toujours trop tôt, dit-on. Mais on peut aussi mourir trop tard, simplement parce que le paradis est passé, mais il est difficile d'en juger soi-même. Les autres oui, ils

291

peuvent le penser, mais ont-ils le droit de venir vous le dire ? « Tu sais, mon cher ami, combien je t'apprécie, mais je crois sincèrement que tu as fait ton temps sur la terre et que le moment est venu pour toi de plier bagages et de laisser la place à un autre qui saura mieux profiter de l'aubaine qu'est la vie... Je dis cela pour ton bien, pour préserver le bon souvenir que tu peux encore laisser... Tu me crois, n'est-ce pas ? »

On peut aussi vous empêcher de mourir au moment le plus naturel, comme on l'a fait pour ma grand-mère paternelle, qui nous avait rejoints en Belgique après le décès de Pepe Lino dont je vous ai raconté les derniers jours. Elle avait quatre-vingt-six ans, elle avait bien rempli sa vie. Tout ce qui restait de sa famille était autour de son lit d'hôpital, elle avait bien refait le tour de sa vie et poli quelques souvenirs pour qu'ils soient plus jolis avant de nous les confier. Elle souriait, elle plaisantait, elle avait même chanté des bluettes de sa jeunesse. Elle n'était pas vraiment malade, elle savait que c'était le temps qui ne se laissait plus faire et qui filait sans pitié en l'oubliant sur ses chemins d'hier. Elle savait que son heure était venue et nous avions compris que nous ne devions pas pleurer parce qu'elle nous aurait grondés. Nous étions tous dans son cœur et dans ses yeux, et elle nous avait salués avant d'aller rejoindre son Lino dans la lumière de leur premier rendez-vous recommencé.

Que s'est-il passé ? Aujourd'hui, on appelle cela de l'acharnement thérapeutique. On l'a retenue sur terre, clouée à son lit blanc jusqu'à ce qu'elle soit toute recroquevillée et bonne à jeter.

Alors qu'elle aurait pu mourir de bonheur, comme cette mère qui avait survécu à la tristesse de la perte de son fils à la guerre mais qui n'a pas supporté le choc émotionnel de le retrouver vivant quelques années plus tard.

Ou mourir de fascination... comme cette touriste américaine en subissant incrédule la beauté suffocante de Florence.

De toute façon, on meurt toujours au hasard, d'un coup de dé, comme si d'improbables démiurges jouaient notre sort sur le tapis de leur ludique indifférence.

On meurt parfois par erreur, à cause d'une poussière sur la balance de la justice quand celle-ci a des rancœurs ou des absences.

Et que dire de ceux qui meurent dans les poubelles de la société, chassés comme des pestiférés avec au bout d'une ficelle le ballon crevé d'un dernier rêve.

Certains meurent sans même savoir qu'ils ne sont jamais nés vraiment ; demandez à ces enfants d'Afrique aux yeux exorbités, aux lèvres accrochées aux seins desséchés de leurs mères décharnées.

Il y a aussi ceux qui, comme ces fiers Esquimaux, marchent sans retour, pour aller cacher leur déchéance dans la neige infinie... jusqu'à la mort libératrice.

Et puis, il y a ceux qui meurent en marguerites effeuillées d'une main distraite, un peu, beaucoup, passionnément, à la folie, pas du tout... et ça s'arrête.

Moi, je voudrais mourir dans tes bras. Seras-tu là pour entendre mon dernier souffle te dire « je t'aime » ?

Et je me rends compte que je ne sais même plus à qui je pose cette question... vitale si j'ose dire. Je suis seul.

Il était 12 h 30, je sortais du cimetière, mais à titre privé cette fois, puisque je venais de fleurir la tombe de mes parents. Je croisai ma sœur. Elle était seule aussi. Nous en avons profité pour boire un café au Silence et évoquer certains souvenirs d'avant que nous soyons orphelins. Cela nous a fait du bien. Nous nous sommes promis de nous rapprocher, comme avant, mais ni elle ni moi n'y croyions vraiment. Nous nous sommes quittés sur un : « Bon anniversaire Julien, à bientôt !

– Oui c'est ça, à bientôt... Embrasse Aurélia. »

Sur la place de l'hôtel de ville, je fus accosté par un jeune homme micro à la main suivi d'un autre caché derrière une caméra. La télé !

« Bravo, monsieur, nous vous suivons depuis quelques minutes, et nous avons le plaisir de vous annoncer que vous êtes la personne la plus triste, la plus morne que nous ayons filmée en ce beau jour de recueillement. Nous avons un peu hésité entre vous et une autre épave, une femme qui jetait des miettes aux oiseaux en les appelant par leurs prénoms, mais vous avez l'air plus résistant et plus propre, bien que plus seul. Vous avez donc gagné ! Quel est votre nom, cher monsieur ? Croce... Julien Croce... Mais vous êtes d'origine italienne, comme moi, Alfredo Beltrame, je sais donc que votre patronyme signifie "croix", et, si je puis me permettre, vous les portez à merveille, votre nom et votre croix... ha, ha, ha.

– Et qu'ai-je donc gagné ? demandai-je méfiant.

– Pour l'instant, le droit de répondre à une question ayant trait à la surprise qui vous attend si vous répondez correctement. Voici, monsieur, tirez une carte de ce chapeau, il y a des lots somptueux à gagner ! »

Allez savoir pourquoi je me suis laissé fasciner par cet œil qui me surprenait dans ma tombe et me regardait câlin. Mon désespoir était sans doute encore plus profond que je ne croyais ; je m'exécutai donc, je plongeai ma main dans le gibus. « Aux innocents les mains pleines », dit-on.

Je tendis la carte à l'animateur tout excité.

« Voici, monsieur Croce : Pouvez-vous nous dire le nom des protagonistes du film *Elle et lui* dans lequel deux amoureux se donnent rendez-vous au sommet de l'Empire State Building ? »

Machinalement je répondis :

« Mais bien sûr, c'est Deborah Kerr et Cary Grant, j'ai vu le film il y a quelques mois à la télé.

— Monsieur Croce, accrochez-vous, vous ne rêvez pas, vous gagnez un voyage à New York ! »

Je risque un : « C'est une blague ! »

« Mais pas du tout, signor Croce : dans le cadre de la campagne de relèvement du moral des Belges, Télé sourire, la chaîne des bonnes nouvelles, a entrepris cette magnifique action humanitaire et salutaire, sponsorisée par Dentostar, le dentifrice des gens heureux, et vous l'êtes, n'est-ce pas ?

— Quoi donc ?

— Mais heureux, monsieur Croix, heureux qui comme Ulysse va faire un beau voyage, vous partez pour New York à Noël et à l'œil ! *White Christmas in New York !* Cela vous convient-il, êtes-vous disponible, et avec qui voulez-vous partir ? »

Je le regardai une dernière fois sceptique et puis je décidai de le croire.

« Eh bien... »

Je fis mentalement un rapide bilan de ma situation, et

je conclus qu'un peu d'air nouveau me ferait le plus grand bien.

« D'accord, je suis partant !

— Et avec qui, monsieur ?

— Heu ! Tout seul.

— Mais bon sang, mais c'est bien sûr, une chance pareille ne va pas sans quelques déboires en amour... Vous êtes vraiment le gagnant idéal ! Encore mille bravos, monsieur ! »

Recevant ce dernier compliment en pleine poire, je me ravisai, et avec un sourire timide qui cachait un bras d'honneur, je lui dis :

« À la réflexion, j'emmènerai ma dame de compagnie.

— Votre dame de compagnie, joli euphémisme ! Mais bien sûr, monsieur Croce, vous êtes le roi dans votre royaume. »

Je me dirigeai vers la rue du Calvaire, sans avoir réalisé ce qui m'était arrivé.

Me voici chez Legay et Cie, sans Fernand pour me souhaiter bon anniversaire. Y aurait-il pensé ? En tout cas, à ma grande surprise, Françoise s'en était souvenue. Bon anniversaire, Giulianoo ! Que cachait ce soudain retour à une sollicitude forcée ? Je le compris quand je la vis boire du bout des lèvres, avec dans les yeux la sournoise satisfaction de celle qui allait bientôt savourer sa revanche. J'étais déjà résigné, je n'en fis pas grand cas.

C'est étrange, mais les statistiques disent que les gens meurent peu le jour des morts, comme s'ils voulaient laisser les louanges et les regrets aux plus anciens dont ils ne voudraient pas fouler les plates-bandes. On ne naît pas beaucoup non plus le jour de la Nativité d'ailleurs. Ceci compense sans doute cela.

Je passai donc un après-midi relativement calme au travail, ce qui me donna tout le loisir de rêver à mon voyage à New York tout en me disant que c'était trop beau, trop facile et qu'il devait y avoir un vice caché.

Puis, content de moi, je pris le chemin de mon ex-petit nid d'amour à la Cité.

Vers 10 heures, je ne résistai pas à l'envie d'appeler Pierrette pour lui parler du voyage auquel je l'avais associée à son insu.

« Novyork, tu me vois à Novyork, moi !

— Ça nous changera les idées à tous les deux, non ? Ça nous fera un Noël original, une trêve des confiseurs...

— Mouais, ça s'discute... c'est vrai qu't'es un brave type... Allez, d'accord, je m'arrangerai avec les copines pour la boîte. Et puis, ça me permettra de rencontrer le milliardaire amerloque de mes rêves. »

J'avais décidé de ne plus me demander ce que Charlie avait pu faire entre notre rupture et le soir de l'anniversaire de ses deux soupirants. Cela ne pouvait hélas plus rien changer à sa nouvelle réalité, faite de tâtonnements et de petits pas prudents le long de son chemin bordé des gouffres de son passé ténébreux.

Je l'appris néanmoins sans le vouloir un jour où j'allai lui rendre visite chez elle, à Laethem. Nous étions mi-novembre, il faisait beau comme saint Martin, encore lui, sait l'arranger pour perpétuer sa légende. Sa mère m'ouvrit et m'accueillit moins froidement que je le craignais. Elle me conduisit au jardin où je la trouvai assise en compagnie de trois jeunes hommes aux cheveux rasés et une jeune fille aux cheveux mauves, autour d'une table. Je remarquai qu'ils avaient tous les quatre les mêmes godillots militaires et des piercings aux nez, aux oreilles, aux sourcils et sous la lèvre inférieure. La fille avait, elle, une dizaine de boucles à la même oreille et, en plus, une fleur miniature méticuleusement dessinée sur chacun de ses ongles multicolores. Du grand art. Mme Heirman conversait avec eux en néerlandais avec beaucoup de gentillesse. Comme par osmose, elle avait adopté le nouveau port de tête de sa fille, légèrement penché en un charmant sourire. Mais Charlie ne souriait qu'à elle-même. Je fus invité à m'asseoir avec eux pour prendre une tasse de thé.

J'étais intrigué par un disque que Charlie tenait dans sa main. Elle le posa sur la table, avec toujours son sourire inutile.

« Puis-je ? » demandai-je poliment avant de le prendre en main.

C'était un 45-tours. Sur la photo de la pochette, je reconnus les quatre visiteurs dans leur immuable accoutrement. Il y avait cependant un cinquième élément : une jeune femme dont la coiffure en crête, blonde avec une mèche noire suggérait la possibilité d'un montage tellement elle était différente du modèle original que j'avais devant les yeux ce jour-là : c'était Charlie.

Elle avait enregistré son disque.

Dans un sabir de français, anglais et néerlandais, je compris plus ou moins qu'après avoir fait le siège de plusieurs firmes « majors », après presque un an de patience, ses partenaires avaient enfin eu une accroche chez Sony Hollande qui y croyait dur comme fer. On avait déjà procédé à des tests auprès des radios bataves : l'accueil était excellent. Bingo !

Pauvre Charlie ! Elle ne se souvenait même pas de son rêve alors que celui-ci était sur le point de se réaliser !

Les membres du groupe avaient voulu lui en faire la belle surprise. C'est elle qui leur en fit une. Et quelle surprise !

Un peu plus d'un an auparavant, ils l'avaient prise en « péniche stop » et, ravie de les découvrir musiciens, elle s'était proposée comme chanteuse. Ils avaient été tellement séduits par sa façon de chanter qu'ils l'avaient convaincue de rester avec eux le temps de mettre deux titres en boîte, dont un écrit par Charlie. Ils avaient même signé un contrat en bonne et due forme. Charlie qui venait de me quitter, comme vous le savez, avait repris pour siennes les coordonnées de sa mère, et les leur avait laissées. Tout récemment, l'un d'eux avait appelé, et Mme Heirman lui avait expliqué ce qui était arrivé à sa fille. Elle les avait ensuite invités à Laethem, dans l'espoir toujours de provoquer une embellie dans les pensées embrumées de Charlie. Mais Charlie les avait accueillis en souriant aux anges. C'était désormais sa seule réponse à toutes les sollicitations de sa mémoire : Tu vas bien, Charlie ? Tu as une jolie robe, Charlie. Il fait beau aujourd'hui, n'est-ce pas ? Et Charlie sourit.

Les « Heaven Taggers » comprirent qu'ils avaient un sérieux problème. Charlie était la soliste du groupe. Sa voix déchirée et prenante, qui s'apparentait à celle de Kim Karnes ou de Bonnie Taylor, et la grâce sauvage de sa personne étaient les atouts qui avaient convaincu la firme de disques.

Non seulement l'existence du groupe était menacée, mais les pochettes avaient déjà été imprimées avec ce cinquième membre réduit au silence.

La chanson en face A s'intitulait : « I want to be free ». Cela réveilla des souvenirs en moi.

En désespoir de cause, ses amis proposèrent de l'emmener avec eux pour refaire le parcours qui l'avait menée à Amsterdam : depuis le moment où elle était montée dans leur péniche à La Louvière, sur le canal du Centre qui les avait menés à la Sambre, qui elle-même les avait confiés à la Meuse. Après Liège, Visé, Mastricht, leur péniche avait suivi le Zuidwillhelmsvaart jusqu'au port d'Amsterdam, où « y a des marins qui dansent ».

Sa mère décréta que cela ne servirait à rien. Elle faillit se fâcher quand ils osèrent la contredire alors qu'elle affirmait que sa fille était très bien comme elle était, et qu'elle savait parfaitement comment s'occuper d'elle. Il était fini le temps du vagabondage.

« Pouvons-nous publier le disque malgré tout ? »

Elle leur fit un vague signe de la main qui pouvait signifier : « Faites ce que vous voulez pourvu que vous fichiez la paix à ma fille. » Les jeunes gens partirent cent ans plus vieux qu'ils n'étaient arrivés.

Avant de prendre congé à mon tour, je me permis de demander à Mme Heirman, qui parle un français parfait, comme la majeure partie de la bourgeoisie gantoise, si nous pouvions écouter l'enregistrement. Mais, pour toute réponse, elle alla chercher le violoncelle que j'avais acheté à crédit pour sa fille (cela coûte la peau des fesses, ces jouets-là), et Charlie joua. Sa mère était aux anges. Moi, j'étais ailleurs, j'étais parmi un public en délire qui acclamait ma hard-rockeuse enfin star. La suite n° 1 en sol majeur de Bach, je l'entendrais une autre fois...

Le disque sortit... et cartonna. « I wanna be free » fut un beau succès international. Mais il n'eut pas de suite, pas de « follow up », par la force des choses.

La première fois que je reconnus la voix de Charlie sur les ondes, interprétant la chanson qu'elle avait déjà enregistrée avec moi, je crus qu'elle venait d'un autre monde. Un monde dont elle avait enfin trouvé le sésame, mais à la porte ouverte duquel elle était restée, prostrée, sans jamais y pénétrer... le monde de ses anciens rêves... oubliés, dispersés comme feuilles au vent, dans une vie antérieure.

Ses amis, eux, ne se privèrent pas de s'y précipiter. Je vis même les « Taggers » dans un programme pop à la télévision. Sans complexes, sans scrupules, la fille aux cheveux mauves mimait, usurpait, profanait, squattait, volait cette voix qui m'avait déchiré et effrayé tant de fois à l'époque où je ne comprenais pas de quoi Charlie voulait se libérer. D'elle-même peut-être ? Dans ce cas, elle a pleinement réussi. « I want to be free. »

Elle est libre, Charlie. Elle vole dans sa tête où il n'y a plus que du ciel bleu. Elle vole dans tout l'espace de ses souvenirs envolés...

Il est 8 heures. L'aéroport de Zaventhem est encore relativement calme en ce 21 décembre brumeux mais sans neige. Je bois un café à la cafétéria du Point-Rencontre. J'ai rendez-vous à 8 h 30 avec Pierrette et le représentant de Dentostar qui doit nous remettre les billets pour le vol de 10 heures, Sabena 432 pour New York-Kennedy. J'ai posé ma valise sur un chariot que j'ai laissé un mètre derrière moi. Je me retourne au moment où un type s'en approche les mains dans les poches.

Il me sourit, amical :

« Méfiez-vous une fois, il y a des voleurs qui fichent le camp avec le chariot et tout l'bazar.

– Merci », lui dis-je poliment.

Je le regarde s'éloigner pour aller s'asseoir à l'autre bout de la cafétéria. Comme j'ai du temps à gaspiller, je continue de l'observer. Quelques secondes plus tard, très calmement, il se lève, pose ses deux mains sur un chariot lesté de deux valises Vuitton, et se dirige vers la sortie la plus proche de l'air heureux de celui qui rentre d'un long voyage. Le propriétaire, imprudent, buvait tranquillement son café en tournant le dos à ses ex-bagages.

Je ne me mêlai pas de l'incident lorsque le quinquagénaire délesté ameuta les serveurs à demi endormis qui ne purent que lever les bras au ciel et lui indiquer où se trouvait le poste de sécurité.

Moi, j'attendais Pierrette et mes billets.

Je ne l'avais vue qu'une seule fois depuis mon anniversaire, Dieu sait où elle était encore passée.

Je ne sais par quelle pudeur déplacée je n'avais pas osé lui demander des nouvelles de Shadia. Aurais-je pu lui expliquer que, depuis que j'avais rencontré sa protégée, je la voyais danser toutes les nuits devant moi, insaisissable, que son visage se superposait à celui de Charlie et vice versa, bref qu'elle avait provoqué une secousse sismique en moi, que mes synclinaux et mes anticlinaux étaient sens dessus dessous, que je passais de l'âge de la pierre à celui du feu selon qu'elle me rejoignait ou me fuyait dans mes rêves. J'avais même envisagé de lui écrire, mais je m'en étais abstenu, pensant qu'il était délicat d'envahir, d'agresser une personne par une lettre qu'elle n'attend pas. La démarche présuppose que l'expéditeur de la missive ait décelé un minimum d'intérêt de la part du destinataire à son égard, ce qui est déjà prétentieux en soi.

D'autre part, qui vous dit que le nouveau sentiment que vous proposez de lui dévoiler vaut mieux que celui que lui porte déjà quelqu'un d'autre sans doute aussi digne de respect que vous l'êtes ? Tandis que si vous confiez votre lettre à une rivière, vous ne l'adressez à personne en particulier, et advienne que pourra. Veuillez donc considérer, chère madame, que vous n'avez pas reçu ma lettre que je m'empresse d'ailleurs de ne pas poster.

À 8 h 30, je me dirigeai vers le comptoir Sabena comme convenu. Je n'étais toujours pas convaincu de la véracité de ma victoire. J'attendais encore l'inévitable entourloupe... qui ne vint pas, pour une fois.

« Bonjour, Pierrette ! En forme ?

— Comme tu vois, p'tit gars ! Mais j'suis v'nue pour te dire que j'pars pas avec toi, et pour te souhaiter bon voyage.

— Ah bon ! C'est pas vrai !

— Ben ouais... j'ai bien gambergé depuis ta proposition, mais j'peux pas rater le réveillon au Blue Night. Les clients se demanderaient si j'ai déserté. Et c'est moi qui connais le mieux les chants de Noël... si tu vois c'que j'veux dire. »

Imaginant qu'elle devait avoir de bonnes raisons pour décliner ma somptueuse invitation, je n'insistai pas. Elle aurait quand même pu me le signaler avant, j'aurais pu offrir le voyage à quelqu'un d'autre. À qui, au fait ? La seule personne qui me vint à l'esprit fut Rosario. Cela m'attrista et me fit sourire en même temps d'imaginer l'inspecteur Bellassai aux States : « Le nouveau Hercule Poirot confond le dépeceur du Bronx » en couverture du *Time Magazine*.

« C'est dommage, je nous voyais déjà nous promenant entre les gratte-ciel, le nez en l'air.

— Console-toi, me dit-elle en se tournant vers un groupe d'une vingtaine de personnes, tu n's'ras pas seul, il y a dix couples gagnants. »

Je ravalai ma surprise.

« Bonjour ! lançai-je à la cantonade.

— Bonjour ! me répondit la joyeuse bande.

— Ben quoi ? me murmura Pierrette à l'oreille. Tu n'avais tout de même pas cru que Dentostar, le dentifrice des gens heureux, n'avait organisé ce voyage que pour tes zigues ? »

L'hôtesse Dentostar, tout de rose vêtue, me remit mon billet.

« J'ai rendu le mien, me dit Pierrette.

— Dommage ! balbutiai-je encore une fois.

— Retourne pas le couteau dans la plaie », fit-elle sérieusement.

On nous donna rendez-vous à l'enregistrement des bagages, rangée F, à partir de 9 heures.

C'était la première fois que j'allais prendre l'avion. Pierrette avait dû le sentir. Elle me couva jusqu'au contrôle de police, après avoir fait la queue avec moi pour le check-in, et pris un café avec en ma compagnie.

« Ne t'en fais pas, ça tombe rarement, ces gros oiseaux, et quand cela arrive, on en parle dans le monde entier, alors que quand Maurice est parti dans son accident de la route, il a eu droit à trois lignes dans *La Voix du Nord*, édition de Steenvoorde. »

Elle se voulait encourageante.

Pour détendre l'atmosphère, je lui racontai l'incident du chariot, comme un gag à la Marx Brothers.

Elle le prit très au sérieux et, en connaissance de cause, traita le voleur de fils de pute. Elle ne comprenait pas que je n'aie pas réagi « civiquement », et que je n'aie rien fait pour l'arrêter.

Elle était imprévisible. Son humour ne se manifestait pas toujours là où on l'attendait. Elle s'offusquait parfois d'incartades relativement bénignes de la part des autres comme si elle faisait totalement abstraction de l'étrangeté, de l'incongruité de sa propre vie. Elle s'attribuait toutes les circonstances atténuantes du monde pour pouvoir finalement et définitivement se pardonner à elle même. Ou alors, elle avait un sens de la fatalité, voire du sacrifice, qui lui faisait penser que certains êtres sont nés du côté sombre de la vie, et que ceux-là doivent expier et assumer tout le mal de la terre, et elle en faisait partie. À partir de cet axiome de base, elle se considérait comme une sainte ayant été forcée de tirer le meilleur parti des misérables cartes que le sort lui avait attribuées.

Le Boeing 737 n'était pas complet. J'avais le siège 2C, couloir, en économique, section non-fumeurs.

Juste avant le décollage, une hôtesse vint gentiment me dire à l'oreille que, pour des raisons d'équilibre pondéral, certains passagers devaient être « surclassés ».

Comment ? Voyager en première ? Mais il n'en était pas question !

Bon, je me taquine dans ma tête. Une fois de plus, je n'arrivais pas à en croire mes oreilles, sans pourtant avoir la moindre notion de la différence de confort d'une classe à l'autre, et pour cause...

Pas mal pour un baptême de l'air, me dis-je une fois installé dans mes nouveaux appartements.

D'où me venait cette soudaine vague de chance ? Bof ! Un voyage à New York, un « surclassement » sympathique :

306

bon pour le moral, me direz-vous, mais pas de quoi changer une vie !

Mais attendez, je ne vous ai pas tout dit.

On décolle. Je vole pour la première fois. Un bébé pleure au premier rang des « éco ». Cela m'empêche d'apprécier pleinement cette force terrifiante et magnifique à la fois qui part du gros orteil, qui vrombit le long des jambes pour monter jusqu'à l'estomac où elle se concentre pour vous coller à votre fauteuil, et qui finalement implose implacablement pour vous expédier jusqu'à la voûte céleste... si vous n'étiez pas retenu par votre ceinture de sécurité.

Vitesse de croisière.

Le bébé hurle de plus belle.

La voix obsessionnelle du nourrisson s'est installée dans l'aigu du chant des moteurs, comme une harmonique dissonante mais lointaine. Je me retourne ; on a déplacé le bébé récalcitrant et sa jeune mère tétanisée vers l'arrière de l'avion pour ne plus gêner les VIP de première.

Hé oui, que voulez-vous, nous avons payé plus cher... nous avons le droit de voyager tranquilles. Et s'il le faut, on parachutera le bébé au-dessus de la prochaine nursery et la maman avec si elle y tient, bien qu'en ce moment précis je doute de son attachement à sa vagissante progéniture.

Vagir... quel drôle de verbe. Quelle en est l'étymologie ? Pas vagin tout de même. Un vagin ne vagit pas, que je sache. Et pourtant le bélier bêle... soyons logiques.

Je vous épargne toutes les autres pensées idiotes qui ont

rendu visite à mon cerveau en veilleuse, champagne aidant, pendant les sept heures trente de vol.

De toute façon, avec le décalage horaire, nous atterrîmes à 11 h 30 AM local time, ce qui revient à dire que six heures s'étaient envolées perdues dans l'espace, et que tout ce qui avait été imaginé pendant ce laps de temps avait été écrit dans l'antimatière.

Arrivée John Fitzgerald Kennedy Airport, terminal 4W. Très accueillants, les Américains. Une heure de queue pour le contrôle d'identité.

Navette de l'Hôtel. Nous voilà sur le Vanwyck Express Way. Le trajet est rythmé par l'apparition des panneaux indicateurs imprimés blanc sur vert. Exit pour Jamaica Bd, Queens Bd, Flushing Meadow, La Guardia Airport, Brooklyn. Tiens, un cimetière à côté d'une décharge, étrange voisinage. Les tours de Manhattan apparaissent enfin. Impressionnant, quoi qu'on en dise. On traverse l'East River. Au bout d'une heure nous arrivons enfin à l'Americana Hôtel, 7ᵉ Avenue, tout près de Broadway. Nous nous sentons tout petits et perdus dans le hall gigantesque avec ses multiples comptoirs, comme si nous étions revenus à l'aéroport. Chacun décolle pour sa chambre par un ascenseur supersonique qui vous tire les joues jusqu'aux genoux. J'ai la 3917. Trente-neuvième étage.

Un autre monde. Un monde où les lits sont impeccablement faits et ouverts à heure programmée. Ma chambre, avec sa couche immense pour un homme seul, recouverte du même turquoise que les stores et les bergères m'a fait penser, déformation professionnelle, à une chapelle ardente aux couleurs des limbes. La salle de bain rutilante me propose toutes ses délicates attentions : savonnettes françaises parfumées, shampooing, lotions corporelles, brosse à dents et rasoir jetables, sèche-cheveux. Tout baigne dans le luxe et moi je fais comme si c'était mon élément naturel.

Oh ! il y a mieux, diront les connaisseurs. Le Pierre, le Waldorf Astoria, le Plaza, le Four Seasons. D'accord, mais à mes yeux, c'était Byzance, et je m'en tiendrai à ma première impression.

Merci, Dentostar !

Rassemblement. Déjeuner en groupe.

Quelques rapprochements, quelques regards échangés entre heureux vainqueurs. Mais les couples étaient formés, à une exception près : une blonde platinée qui n'avait pas jugé utile jusqu'ici d'ôter ses immenses et affreuses lunettes noires. Elle était seule et avait manifestement la ferme intention de le rester. Eh bien qu'elle ! aurait dit mon prof de néerlandais, M. Degelinck dont je salue la mémoire.

L'hôtesse, la même qu'à Bruxelles, toujours en rose bonheur, nous annonce le programme :

Cet après-midi : quartier libre.

Demain matin, 10 heures : croisière sur l'Hudson et l'East River avec visite de la statue de la Liberté sur Ellis Island.

L'après-midi : promenade dans la Cinquième Avenue avec visite du célèbre magasin de jouets Swartz et de la Donald Trump Tower au sublime hall d'entrée en marbre rose. Shopping possible.

Le soir : dîner en groupe.

23 décembre : promenade dans Wall Street et visite de l'United Nation Plaza et du World Trade Center, les deux plus hauts gratte-ciel qui ont détrôné l'Empire State Building.

16 heures : Madison Square Garden, combats de voitures ; en vedette : Big Wheel.

Le soir : dîner en groupe.

Veille de Noël, 14 h 30 : visite du Musée de l'histoire des USA.

Le soir : White Christmas. Réveillon de Noël à l'hôtel, en groupe.

25 décembre, 12 heures : promenade dans Brooklyn. Retour dans Manhattan pour déjeuner dans Little Italy.

Après-midi : Chinatown.

Le soir : dîner à l'hôtel en groupe.

26 décembre : quartier libre.

17 heures : visite du Rockefeller Center et de sa patinoire.

20 heures : dîner en groupe.

27 décembre : rassemblement dans le hall de l'hôtel à 14 h 30 pour départ aéroport Kennedy. Retour Bruxelles. Vol SN 552 à 18 h 50. Arrivée Zaventhem le 28 décembre à 8 h 10 local time.

Applaudissements. J'applaudis aussi par solidarité. Mais j'étais surpris et déçu qu'aucun musée d'art ne figurât au programme.

Pour profiter au mieux de mon quartier libre, je décidai de marcher au hasard, de dériver, flâner le plus tard possible pour faire connaissance de la ville, pour prendre son pouls et aussi pour ne pas succomber au décalage horaire et risquer de me coucher à 18 heures locales, minuit à mon horloge biologique.

Les rues sont jaunes, couvertes d'un interminable ruban couleur banane qui se traîne en slalomant au pied des buildings : les taxis à la queue leu leu. Mains dans les poches, je pousse nonchalamment du pied une boîte de corned-beef vide. Mes chaussures neuves se plaignent de mes coups vandales et, pris de pitié, je cherche une autre épave moins coriace, je trouve un paquet de cigarettes. Je le traîne vers le sud, jusqu'à Greenwich Village.

Géographiquement, je devrais être au cœur du fameux « Village » dont les beatniks avaient fait le cœur du monde dans les années soixante-dix. Mais l'âme n'y est plus... Ou peut-être est-elle sous cette mer de pop-corn et de fiente ?

Un type qui rase les murs m'aborde.

« *Hey man ! Do you want some shit or more ?* »

Il ouvre discrètement sa veste.

Que dois-je comprendre ? Je fais sincèrement l'innocent. Il me regarde dans les yeux et me dit : « Oh no ! » en se détournant de moi avec dédain. Il a répondu lui-même à sa question. Je ne suis pas son homme et par conséquent pas un client. Mais à quoi donc a-t-il pu deviner ma virginité en la matière ? Devrais-je être vexé ?

Et je repars pour mon cabotinage autour de Manhattan Island.

Je m'arrête chez Maxwell Plumm, un Speakeasy, pour me réchauffer d'un chocolat chaud, un *hot chocolate*. Et je pense à cette dame de quatre-vingt-deux ans, de ma région, elle aussi gagnante d'un concours. Alors qu'elle avait cru que son premier prix consistait en une visite d'une fabrique de chocolat à Londres, elle avait eu la surprise de se retrouver au premier rang du Palladium pour assister à un concert du groupe Hot Chocolate. Le chanteur annonce fièrement la présence de sa fan la plus fidèle, « qui a su garder suffisamment de jeunesse dans le cœur pour venir expressément de Belgique afin d'assister ce soir à la première de notre longue tournée à travers l'Europe ». Le public l'ovationne. Spot sur elle. Elle, ne sachant pas ce qui lui arrive, se lève, se retourne et promène son regard perdu mais revêche sur la salle. Premier accord de guitare saturée, premier break de batterie, une avalanche de décibels. La vieille, encore sous le projecteur, porte ses deux mains à ses oreilles, horrifiée, elle s'extrait du premier rang et titube vers la sortie par l'allée centrale sous les applaudissements goguenards de milliers d'adolescents. Histoire vraie que m'avait racontée le petit-fils de la dame en question quand on l'a enterrée.

Ici, « T'as pas dix balles ? » se dit : « *Hey... do you wanna spare a dime ?* »

C'est ce que me lance condescendant un autre piéton en regardant mes pimpantes pompes fraîches du matin. J'allais lui sauver la journée quand une dame, aux chapeau et shopping bag aux couleurs et étoiles nationales s'interpose.

Je ne parle pas l'anglais, mais je peux vous rapporter ce que j'ai cru comprendre du sermon.

« Enfin, jeune homme, vous n'avez pas honte ! Mendier ! Devant ces belles demeures bourgeoises fraîchement peintes par Paul Davis, Edward Hopper et Norman Rockwell eux-mêmes. Quelle image décadente de notre belle Amérique vous osez offrir à ce sympathique touriste !

Venez, cher ami, je vous emmène voir la Cinquième Avenue, et Wall Street, et les deux tours jumelles du World Trade Center.

– Merci, madame, c'est prévu au programme pour demain, je préfère rester sur terre en attendant. »

Et soudain je me suis ravisé. Comme je suis fidèle à tout ce que j'aime, j'ai pensé que même détrôné par deux autres géants plus hauts que lui, l'Empire State Building avait un pouvoir de suggestion incomparable, et que si Cary Grant et Deborah Kerr s'y étaient donné rendez-vous, il fallait que j'aille saluer le souvenir de leur mythique présence. Je m'y suis donné rendez-vous, Cinquième Avenue et 34ᵉ Rue, et j'étais dans son monumental hall d'entrée, du plus pur Art Déco en marbre et en acier à l'heure convenue dans mon rêve. Tout seul certes, mais pendant une demi-heure, toutes les jolies femmes qui sortaient de l'ascenseur au cent deuxième étage avaient rendez-vous avec moi. Mais, vous le savez déjà, je suis très difficile, et aucune d'entre elles ne valut la peine que je me prenne un uppercut de la part de son chevalier servant. Je suis redescendu confiant en l'avenir.

Et je repartis les mains dans les poches. Je marchai encore une bonne heure, et je me retrouvai devant Central Park.

Une féerie. Les contours et les branches de centaines d'arbres en lisière étaient dessinés en pointillés luminescents. Je n'en avais jamais vu autant à la fois. Je m'assis sur un banc, je remontai le col de mon manteau, et je me mis à rêver pour mieux entrer dans cette carte postale de Noël. J'étais ému et frustré à la fois. J'aurais tant voulu partager cet instant magique avec quelqu'un que j'aurais aimé et qui m'aurait aussi aimé un peu, éventuellement. Enfin, passons.

Il n'est que 18 heures, constatai-je étonné. Le soir tombe tellement tôt. Je devais tenir le coup encore quatre heures au moins. Je décidai de marcher vers le nord sur la Cinquième Avenue, en longeant le Park. Les passants se faisaient plus rares. Je tournais le dos aux gratte-ciel et, à ma droite, les façades d'immeubles à dimensions plus humaines se dessinaient sur un fond de ciel dégagé, comme des maisons de porcelaine.

Après quelques centaines de mètres, à l'entrée d'une galerie marchande artisanale, j'eus droit à mon petit miracle.

Un steel band ! Un orchestre de bidons pas bidon du tout. Trois Blacks et deux Blancs. Me croirez-vous, j'étais seul à m'être arrêté pour les écouter. Ils ne jouaient donc que pour moi, le seul sans doute à pouvoir me permettre le luxe de leur accorder quelques minutes à cette heure où le citoyen fourbu, harassé de travail, n'aspire qu'à retrouver ses pantoufles, sa femme et son émission préférée sur le petit écran, comme chez nous, supposai-je.

Et soudain, tous les klaxons, toutes les sirènes d'ambulances, toutes les stridences des hard rockers, toute l'hystérie des stades de base-ball, tous les coups de feu, tous les râles d'égorgés de New York City se sont écartés et ont fait une haie d'honneur pour laisser passer la Musique.

Liszt au steel band, une rhapsodie passionnée à quelques pas de l'heure de pointe et des taxis introuvables. Deux volutes de cette irréelle partition pour métal câlin, l'une pourpre, l'autre bleu tendre, m'ont pris tout naturellement sous les bras, et m'ont emmené avec elles, dans le ciel, par-dessus Manhattan, vers le nord, jusqu'à la lisière de Harlem. Et de mon petit nuage de musique, je voyais tout. Tout ce que le Blanc ne veut pas voir quand il emprunte le Bronx's Bridge, pont par-dessus la misère, par-dessus la honte, par-dessus le remords, quand il s'exile de New York à Westchester pour son week-end au bord de l'oubli.

Deux notes nées d'un bidon m'ont emmené jusqu'à leur nid, leur bidonville, leur ghetto, leur cimetière.

Sur la 110ᵉ Rue, entre Harlem et l'autre monde, deux gosses, l'un noir, l'autre blond, s'envoyaient à tour de rôle un ballon qui rebondissait blanc côté sud, noir côté nord, blanc sud, noir nord. Et des mains d'enfants le rattrapaient, mains noires côté nord, mains blanches côté sud jusqu'à ce que le ballon vienne éclater, rouge, sur le mur hérissé de tessons de verre et de lames de couteaux de la nuit qui venait de tomber avec toute sa haine.

Un taxi me fit le privilège de s'arrêter à mon signe. Un Haïtien souriant me fit comprendre, en un français au soleil inattendu, que j'avais pris des risques.

À 23 heures, j'étais dans ma chambre. J'avais raté le dîner en groupe, mais j'avais avalé un sandwich au pastrami façon Harlem : c'était le premier, et le meilleur, que j'aie jamais mangé. Avant de me coucher, je restai quelques minutes à regarder par ma fenêtre la flèche illuminée en rouge de l'Empire State Building plantée dans le ciel étoilé de New York comme une épinglette à la boutonnière d'un smoking à paillettes.

Je venais de passer la journée la plus longue et la plus étendue de ma vie. J'avais pris une douche à l'aube dans l'appartement 21, bloc F, Cité des marronniers à Haine-Saint-Martin, Hainaut, Belgique. J'en prenais une autre

315

le soir à la chambre 3917, Hôtel Americana, New York City, USA. Vingt-quatre heures pile et six mille kilomètres les séparaient. Six mille kilomètres de solitude. J'étais lessivé.

Dès le lendemain matin, ce fut le marathon. Pas question de traînasser. L'hôtesse nous remettait au pas, interrompant les badauds disciplinés que nous étions en pleine contemplation de l'un ou l'autre site. Nous étions là pour vibrer à l'unisson, sourire sur commande au « *cheese* » du photographe qui couvrait notre voyage pour différentes revues belges. Dur, dur d'être un gagnant de concours, dirait Johnny ! Toujours à devoir afficher votre bonheur d'être là.

D'accord, nous pouvions respirer la ville, entendre battre son cœur, mais nous avions l'impression que tout était en cage, derrière des barreaux invisibles qui nous interdisaient de nous mêler vraiment au flux de ses veines. Peut-être aurions-nous souhaité nous attarder sur des choses ne figurant pas au programme, nous laisser absorber par « The Big Apple » pour qu'elle se découvre à nos yeux au gré de sa fantaisie, de ses surprises.

J'aurais aimé, par exemple, prendre un verre avec ce Black qui est passé un soir devant l'hôtel en chantant son blues, la tête encastrée dans un téléviseur fluorescent sans écran, tout en poussant un landau plein à ras bord d'ampoules allumées. C'était une vision fantasmagorique qui reflétait à merveille cette folie latente, entre poésie et cauchemar, que nous devinions au détour de certaines ruelles transversales dans lesquelles Dentostar, le dentifrice des gens heureux, n'avait pas droit de cité.

Cette même folie qui me terrorisa au Madison Square Garden où nous allions donc admirer Big Wheel.

Personne ne savait qui pouvait être cette star capable d'attirer quinze mille personnes dans le célèbre Palais des Sports.

Nous fûmes vite édifiés.

Big Wheel est une camionnette à quatre roues motrices. Celles-ci ont la particularité d'être gigantesques, plus hautes que la carrosserie, c'est-à-dire plus ou moins deux mètres, et larges comme des rouleaux compresseurs. D'où Big Wheel. Et ce véhicule monstrueux comme un bonsaï qui aurait gardé quelques branches grandeur nature, grimpe sur d'innocentes voitures « normales » pour les écraser, les réduire en bouillie de tôle.

Et le speaker l'encourage de slogans guerriers, et le public hystérique scande son nom, il hurle hors de lui quand Big Wheel est attaquée par-derrière par des poids lourds impressionnants, mais aux roues riquiqui par rapport aux siennes. Les chocs, les grincements métalliques des carrosseries qui cèdent, se tordent sous les roues de l'exterminateur sont amplifiés dans un chaos de fin du monde kitsch.

Mais Big Wheel sort toujours vainqueur des situations les plus scabreuses.

Comme l'Amérique, c'est évident.

Et cette Amérique des arènes romaines, ivre de puissance, le pouce baissé, exhortant Néron chauffeur de Big Wheel à aplatir sans pitié, écrabouiller la berline qui lui barrait la route, cette Amérique-là, je regrettais d'être venu la saluer.

J'observais le groupe auquel j'appartenais. Je me rendais compte que l'euphorie était contagieuse. Seule la blonde platinée restait impassible, elle n'avait toujours pas daigné ôter ses lunettes noires. Je la trouvai plus sympathique. Je me dis que j'exagérais peut-être la portée symbolique du spectacle pour enfants et parents terribles auquel nous assistions.

Nous suivions docilement le programme prévu, guidés par notre hôtesse-loukoum et sa baguette invisible. Nous nous gavions d'images et de sensations nouvelles.

Nous eûmes droit à nos étonnements, nos ravissements, nos vertiges, nos coups de pompe inhérents au décalage horaire, mais nous gardions le sourire contre vents et marées, même quand le sol se dérobait sous nos jambes de coton. Dentostar pouvait être fier de nous.

Moi, j'avais fait ma moisson d'émotions plus personnelles peut-être, d'abord à Brooklyn et plus tard dans « Little Italy », au bout de Manhattan.

Da Ciccio, da Franco, dal Pugliese, Osteria romana, Pizze al forno, Vini dal paese, Banco di Napoli, di Sicilia ; quelque chose m'échappait. La rumeur de la rue, avec ses commis, ses coursiers, ses chauffeurs de taxis, ses serveurs, ses ménagères affairées à leurs courses, ses gosses en vadrouille, toute cette mouvance qui s'interpellait avec des accents venus de toute l'Italie, m'était tellement familière et me paraissait tellement irréelle que j'avais l'impression d'être dans un film de Vittorio de Sica.

Le garçon qui nous servit notre espresso Lavazza, en direct de chez nous, avec Domenico Modugno en fond sonore, m'expliqua que bien qu'étant là depuis dix bonnes années, il ne parlait que quelques mots d'« americanu » parce que tout simplement, entre Italiens, ce n'était pas nécessaire d'en savoir plus. En revanche, il avait bien fallu que les Américains apprennent le vocabulaire alléchant de la gastronomie du pays des pâtes s'ils voulaient avoir droit à leur part de délices.

Et je me demandai, le temps d'un souvenir, ce que je serais devenu si mon père, à l'heure du choix, avait opté pour la lointaine Amérique, comme plusieurs de ses amis l'avaient fait.

Il me revint soudain à l'esprit qu'une de ses expressions préférées était « O Fiffitêfounou ». Il me la servait avec un grand sourire à chaque fois qu'il me ramenait un cadeau et que je lui demandais où il l'avait acheté. L'expression sonnait pour moi comme une formule sibylline, mystérieuse, une sorte d'abracadabra, et je m'en contentais sans insister davantage. Et voilà que plus de vingt ans plus tard, la dérisoire illumination me vint en plein Brooklyn en écoutant un serveur rital mêler quelques mots d'américain à son italien. Le lieu magique, la caverne d'Ali Baba dont me parlait mon père était tout simplement la Fifth Avenue, la Cinquième Avenue. Le rêve américain avec l'accent rital : Fiffitêfounou !

Ciao amici. Buona fortuna ! E buon Natale !

Je ne m'attarderai pas trop sur cet étrange réveillon où chaque table avait son Père Noël. Imaginez-en une vingtaine, se croisant, se bousculant, s'invectivant sous leur barbe entre les sièges de la clientèle sur son trente et un.

319

Le souvenir du bonheur

Et pourtant, quitte à passer pour un attardé mental, moi je continuais à croire en l'original. Et à la longue, j'ai été récompensé, toujours dans le cadre de la vague de chance qui suivait ma route depuis quelque temps. Santa Claus, la version américaine du généreux ami et confident des enfants, allait me faire le plus somptueux des présents. Mais ne soyez pas impatients... je vous dirai lequel au prochain chapitre.

New York est une mégapole tentaculaire sans doute, mais très pratique. Quitte à vexer à titre posthume les héros qui ont écrit son histoire, à quelques exceptions près, elle a préféré numéroter ses avenues et ses rues plutôt que de les baptiser au nom de ses glorieux enfants.

Les rues, orientées ouest-est, circulant alternativement dans un sens ou dans l'autre, sont parallèles entre elles, et perpendiculaires aux avenues orientées nord-sud : l'enfance de l'art. Et de ce fait, non seulement il est difficile de s'y perdre, mais on y a l'agréable l'impression que tout est à portée de marche, et que le temps passe sans que vous en ayez conscience tellement il y a de choses à voir.

Mon programme précisant que je pouvais disposer librement de mon 26 décembre, je décidai de passer un lendemain de Noël mystique, à ma façon. Je marchai à nouveau sur la Cinquième Avenue qui était vraiment devenue le centre de mon nouveau monde. À la 82ᵉ Rue, je le trouvai sur ma gauche. L'art est le langage des dieux, l'art rapproche de Dieu. J'en fus convaincu lorsque je me trouvai face aux colonnades du Metropolitan Museum et surtout lorsque je commençai à gravir les marches qui menaient au sanctuaire. J'étais ému comme un séminariste montant vers la cathédrale où il allait être ordonné.

J'allais chercher la grâce céleste dans quelques-uns des chefs-d'œuvre de mes peintres préférés, et tant pis pour ma solitude, je serais égoïste pour une fois, je prendrais tout le plaisir pour moi seul, sans états d'âme ni regrets.

Je traversai le hall d'entrée, et j'achetai mon billet au guichet situé au pied de l'imposant escalier central. Le plan du musée m'indiquait les salles dévolues à l'art européen au deuxième étage, côté ouest. Par courtoisie vis-à-vis du pays qui m'accueillait, je rendis visite à quelques-uns de ses peintres contemporains au rez-de-chaussée. Après avoir plané quelques instants au-delà des mystérieuses horizontales embrumées de Rothko, après m'être retrouvé adolescent dans les Sixties de Roy Lichtenstein, après m'être promis de reprendre la peinture pour essayer les tendres couleurs de David Hockney, je suis monté à l'étage par l'escalier du paradis.

Je flânai dans l'étonnante modernité de l'art égyptien, je passai rapidement par le Moyen Âge, fis un détour par la Renaissance italienne. Une bonne heure était déjà passée quand je me retrouvai nez à nez avec un jeune éphèbe en bronze né de la fougue géniale de Rodin. J'étais au croisement de l'allée centrale que je suivais et d'une autre transversale jalonnée d'œuvres de l'auguste sculpteur. Je contournai l'imposante statue pour me retrouver dans une salle aux murs vert pistache dédiée à Manet. Sur la droite, une pièce contiguë m'offrit mes premiers vrais éblouissements. J'avais devant les yeux un Matisse céleste voisinant avec un Modigliani d'une bouleversante pureté. Sur le mur en vis-à-vis, *Les Joueurs de cartes* de Cézanne, juste à côté, *Champ de blé et cyprès* de Van Gogh. Tant de beauté étalée sur quelques mètres carrés me donnait le tournis, j'étais à deux doigts de sangloter de bonheur. Je m'extasiai encore devant *Le Rêve* et *Le Repas de l'aveugle* de Picasso. Chaque tableau exposé justifiait à lui seul le déplacement. J'aurais aimé pouvoir venir jour après jour au musée, et me planter des heures entières devant l'un d'entre eux pour le regarder comme il le mérite. Et puis, il y eut Monet. *Claude Monet : French Impressionnism* annonçait une enseigne. Dans l'ordre de découverte : *Les Quatre Arbres*, *The House of Parliament*, *Matin sur la Seine*, la *Cathédrale de Rouen au soleil*, et enfin, en me retournant, je reçus en plein dans l'âme un magnifique, magistral, miraculeux *Nymphéas* de la série « Reflets de saule », peints entre 1915 et 1919. *Water Lilies*, confirmait l'écriteau.

La divine surprise. Il y avait un banc au milieu de la salle, sans doute destiné à accueillir les visiteurs plus émotifs qui, comme moi, étaient au bord de la syncope. Il était libre, je m'y affaissai pour reprendre mon souffle.

Dire qu'il y a un an, j'étais allé à Paris uniquement pour voir les célèbres nénuphars à l'Orangerie, affrontant Françoise et ses assiduités, et qu'une fois sur place, nous avions appris qu'ils n'étaient pas visibles pour cause de restauration du musée.

Signe du destin : Mlle Legay ne devait pas être la femme au rendez-vous de mes rêves.

Je me remettais à peine de mon émotion pour plonger corps et âme dans la profondeur des étangs de Giverny et leur beauté subtilement distillée en foisonnements bleu lilas, mêlés de frondaisons vert profond avec quelques touches carmin, quand une douce voix de femme me dit distinctement à l'oreille : « Puis-je plonger avec toi ? »

Je me retournai et je tombai nez à nez avec Shadia. Elle tenait une perruque blonde platinée et d'affreuses lunettes noires à la main.

Et j'ai décidé sur-le-champ que, désormais, je posterais tout mon courrier important dans la Haine.

Nous voici revenus au moment précis où vous m'avez rencontré, il y a quelques heures de lecture, au seizième étage de l'immeuble au rez-de-chaussée duquel se situe le « Violoncelle bleu », la galerie d'art dont je suis le directeur, je suis heureux de vous l'apprendre.

Souvenez-vous, vous m'avez trouvé en pleine hésitation. Devais-je ou non aller jusqu'au bout de mon idée ? J'avais besoin d'un avis pertinent : le vôtre. Vous ne voyez toujours pas où je veux en venir ? Pour vous prononcer, il fallait bien entendu que vous sachiez exactement sur quel terrain elle a pu germer, sous quelles pluies, quels orages et quels soleils elle s'est développée jusqu'à envahir mon esprit comme un baobab dans une chambre d'étudiant.

Mon récit a dû vous éclairer. Maintenant que vous me connaissez mieux, je vais pouvoir vous l'exposer, cette idée, et vous comprendrez pourquoi je ne me suis toujours pas décidé, conscient des conséquences catastrophiques que le geste que je veux accomplir pourrait avoir sur l'avenir même de notre prometteuse galerie dans laquelle nous avons investi les quelques deniers dont nous disposions. Je vous explique le *nous*.

En premier lieu, il y a Shadia. Pourquoi jouer sur un coup de dés l'estime de celle qui partage ma vie et mes rêves, mon envoûtante Kabyle ? Pourquoi la décevoir encore, elle qui avait déjà déchanté quand elle était descendue de son Djurdjura natal pour s'épanouir à Alger, et qui dut bientôt fuir son obscurantisme, son intégrisme religieux et son oppression intellectuelle ? Vais-je la trahir, elle si bonne avec moi, elle qui est restée pleine des mystères et des coutumes de son pays, mais qui a la délicatesse de ne pas me les imposer, elle qui pour respecter un tant soit peu son Ramadan, ne l'évoque que de jolie façon, en se tatouant des fleurs au henné sur les paumes des mains ?

Elle, que j'ai appris à observer attendri, devant sa coiffeuse, quand elle tresse infiniment ses cheveux de jais ; elle qui ne le fait que pour me plaire, je le sais, elle par qui je me sens prince, anobli par son amour sans ombres. Elle qui, pour m'aider à me construire, s'est investie corps et âme dans notre passion commune : l'art.

Je vous disais dans l'avion pour New York que je traversais une période de chance. Elle dure encore.

Suis-je en train d'en abuser ? Vais-je me retrouver bredouille, comme le joueur qui sort du Casino en se mangeant les coucougnettes, parce qu'il a misé un coup de trop, alors qu'il avait déjà battu tous les records de gains. Je ne vous ai pas encore dit que Charlie, figurez-vous, la dure, la mauvaise Charlie de l'avis de Pierrette, Charlie que je n'oublie pas, mais dont j'ai bien dû m'éloigner le cœur blessé, eh bien Charlie, la fantasque, l'imprévisible, m'a fait un cadeau inespéré qui m'a permis de claquer la porte des Entreprises Legay pour prendre mon essor dans une nouvelle vie, une vraie vie.

Vous vous souvenez du premier disque que ma musicienne avait enregistré et dont, dit en termes ronflants, j'avais financé la production...

« Mon artiste » avait tenu à me signer un contrat en bonne et due forme selon lequel, d'après les usages du métier, non seulement quelques pour cent des royalties me revenaient, mais elle s'interdisait en outre de réenregistrer la même œuvre avant dix ans.

Sincèrement, j'avais oublié cet engagement, et quand j'entendis Charlie et les Heaven Taggers sur les ondes, jamais il ne m'était venu à l'esprit qu'elle me fût redevable de quoi que ce soit. J'étais ravi et triste à la fois pour elle comme vous pouvez le comprendre.

Scrupules, remords, prudence ou grandeur d'âme, ma chanteuse, elle, s'en était souvenue au moment de signer son nouveau contrat en Hollande.

Ayant donc « repris » « I want to be free » pour la réorchestrer et la traiter dans des conditions techniques incomparablement meilleures que celle de la version originale, Charlie exigea par écrit que son nouveau producteur m'attribue un « over ride », c'est-à-dire un reversement de droits. M'avait-elle cru capable de faire obstacle à la nouvelle sortie de la chanson ? Me connaissait-elle si mal ?

Quoi qu'il en fût, c'était tout bonnement inespéré pour le producteur de fortune que j'avais oublié avoir été !

Imaginez donc ma surprise à la réception du premier chèque en guldens. Un petit pactole. Devais-je le garder ?

Devant l'impossibilité d'en discuter avec la principale intéressée qui restait désormais à des années-lumière de ces considérations bassement matérialistes, je me convainquis que j'en ferais bon usage. Je ne spoliais personne : sa mère devait avoir touché pour elle ce qui lui revenait. Et, tout compte fait, c'était à cause de ce fichu disque que Charlie m'avait quitté. J'en avais perdu la boussole au point de m'engager aux Pompes funèbres plutôt qu'à la Légion étrangère. Ce n'était sans doute qu'un juste retour des choses et, en tout cas, une belle fin, bien ronde et morale, au parcours de misère que ma solitude mal vécue m'avait imposé.

En fait, je ne saurai jamais vraiment qui j'ai aimé : une aventurière, une velléitaire, une pauvre fille paumée, une ratée, une star en puissance ? La seule chose que je sache avec certitude, mais à postériori, c'est qu'elle était de parole.

Merci Charlie ! C'est tout de même sympa ! Et surtout, tu m'as même délicatement laissé le temps de faire mon deuil de cet amour dont je ne saurai jamais s'il t'est venu à l'esprit de le partager, ne fût-ce qu'une seconde. À moins que cette souffrance que tu m'as offerte n'ait été l'expression même de ton amour. Alors, je te remercie de m'avoir fait souffrir, donc exister. Je ne vois pas comment te prouver ma reconnaissance éternelle autrement que par mes visites et les quelques bises que celles-ci me permettent de poser sur tes joues. Tu vois, je pense encore à toi, mais autrement... tu gardes toute ma tendresse. À très bientôt j'espère, j'ai hâte d'écouter la suite n° 1 en sol majeur de Bach, elle me manque.

Vais-je aussi trahir Pierrette, mon associée qui me fait confiance ? Elle a vendu son « affaire », bien que je la soupçonne d'en avoir gardé quelques parts (la bagatelle est un investissement qui résiste à toutes les modes et à tous les séismes financiers, elle est trop bien placée pour l'avoir oublié). En tant qu'« entremetteuse » généreuse et pour une fois désintéressée du bonheur qu'elle a concocté pour deux êtres qui, selon ses mots, étaient faits l'un pour l'autre, elle a voulu nous garder sous son aile, et même s'associer à notre enthousiasme.

Après m'avoir envoyé Shadia à New York, après que ma Kabyle a emménagé chez moi, à la Cité, avec tout son folklore de tendresse et de passion, convaincue que les chérubins ne se quitteraient pas de sitôt, Mme Dupré a décidé d'admettre une fois pour toutes que les arbres pouvaient être bleus, mauves, rouges... elle s'en secouait le cocotier... pourvu qu'ils rapportent. Elle nous a donc gratifiés d'une somme qui, doublant le pécule des royalties de Charlie, nous a permis d'ouvrir une galerie d'art. Modestement.

Pierrette a préconisé que nous quittions la région du Centre. Il a été question de Mons, Charleroi. Ces villes lui ont paru trop locales. Elle s'est renseignée auprès d'anciens clients tout étonnés de l'entendre parler de peinture. De l'avis unanime, il fallait tenter Bruxelles, capitale de l'Europe en devenir.

Si je n'avais pas connu le vertige de New York, pour relativiser le dépaysant passage de la province à la capitale, j'aurais eu peur ; mais finalement j'ai accepté, à une condition : réaliser un vieux rêve. J'organiserais une exposition à la Cité en guise de cadeau d'adieu. J'entends encore Pierrette au moment où je lui ai annoncé mon intention.

« Attends, je ne te suis pas, p'tit gars. Qu'est-ce que tu vas exposer à la Cité ? On n'a rien à leur montrer, et ils n'en ont surtout rien à cirer.

– Nous n'apportons rien, ils apporteront les œuvres.

– Qui, ils ?

– Les habitants de la Cité.

– Alors là, p'tit gars, tu délires... tu t'imagines que...

– C'est une très bonne idée », a interrompu Shadia, très belle et généreuse.

Pierrette l'a regardée dans les yeux.

« C'est pas vrai... ils sont deux contre moi maintenant. Et qu'est-ce que cela nous rapportera ?

– Rien, ai-je répondu, cela nous coûtera peut-être quelques milliers de francs, mais ce n'est rien comparé au plaisir que nous pourrons leur donner.

– Attends, m'a dit Pierrette, à Bruxelles tu ne vas pas jouer les Don Quichotte avec mon pognon j'espère... sinon, on se sépare dare-dare.

– Sépare dare-dare... c'est marrant ça, ai-je fait, persifleur.

– Mais je suis sérieuse, mon bonhomme, on est pas là pour jouer les mécènes, c'est comme ça qu'on appelle ceux qui entretiennent les artistes pour pas un rond, n'est-ce pas ?

– Oui, Pierrette, je sais que nous n'avons pas les moyens, mais je jure que ce sera la seule fois. À part ça, si vous sollicitez vos relations dans la presse, l'opération peut être un coup médiatique sans précédent, une rampe de lancement extraordinaire.

– Mais il a raison, le p'tit gars...

– N'oubliez pas que si j'aime l'art, j'ai aussi vendu de la lingerie, et je suis comptable de formation. »

Nous avons obtenu le concours de la mairie, grâce à Pierrette bien entendu.

Nous étions mi-mars. Nous avons fait imprimer des affichettes annonçant une exposition « intra-muros » dans la Cité. Tous ses habitants intéressés, hommes, femmes, enfants étaient priés de présenter leurs œuvres avant le 15 mai à la maison communale. Vernissage le 1er juin 1989. Nous voulions que toute l'opération se déroule avant les vacances, car même dans la pauvreté de la Cité, les émigrés vont voir leurs familles dans leur pays d'origine au prix de gros sacrifices et de longues fatigues au volant de voitures souvent déglinguées.

La tutelle échevinale inespérée a donné au projet une tournure officielle du meilleur effet et a joué sur les imaginations des aspirants artistes de la Cité. Les murs de Haine-Saint-Martin furent recouverts de notre affiche. Il nous fut impossible, sans provoquer une révolution, de convaincre les villageois que l'expo n'était réservée qu'aux habitants des Marronniers. Nous avons dû accepter toutes les œuvres présentées après que chacun eut rempli un formulaire sur lequel figuraient son nom, son adresse, son âge et le titre de son travail. Un maximum de tableaux seraient donc exposés autour d'un ou plusieurs tableaux de maîtres confirmés en surprise.

Entre-temps, boulevard Général-Jacques, à Bruxelles, Pierrette avait repéré un loft spacieux dont l'enseigne oubliée, une guimbarde baptisée « Old Ladies », laissait supposer qu'il avait abrité des voitures de collection. L'état d'abandon dans lequel il pourrissait depuis des années justifiait le loyer dérisoire pour lequel nous avons conclu sa location.

C'était un très bel espace : de très hauts murs sur un plateau de près de deux cents mètres carrés contourné par une mezzanine accessible par deux escaliers symétriques qui vus de l'extérieur donnaient à l'ensemble un cachet majestueux.

Nous nous sommes contentés de blanchir les murs et de peindre les quelques structures tubulaires en bleu électrique. La finalité artistique du local nous a paru de la sorte suffisamment affichée. Nous étions fin février de cette année 1989. Ainsi est née notre galerie, que nous avons baptisée « Le Violoncelle bleu », en gage de gratitude à qui vous savez, malgré quelques réticences de la part de Pierrette. L'œuvre originale éponyme rabibochée trône en vitrine. Puisse-t-elle nous porter bonheur !

Il s'agissait dès lors de remplir le beau volume, lui donner une âme, et par là même de nous faire vivre, comme me le rappelait Pierrette à qui j'avais promis d'oublier le mécénat.

Pendant les cours du soir que j'avais suivis à Haine-Saint-Martin, j'avais appris à apprécier les grandes figures de l'art contemporain, les peintres et sculpteurs mythiques, inaccessibles, intouchables, même s'ils étaient encore de ce monde. Mais nous nous attardions volontiers sur les œuvres d'artistes moins connus dont la démarche nous paraissait intéressante et vouée à la reconnaissance future des connaisseurs. Parmi ceux-ci, un photographe italien avait captivé mon attention et ma sensibilité. Il reproduisait, en noir et blanc, dans toute leur simplicité, des objets usuels ou ménagers comme par exemple une cuiller, une tasse avec soucoupe, une cafetière, une tranche de pain, un œuf dans son cocotier, un fruit, un cendrier, un crayon, une brosse à dents, bref, rien que de très familier. Je ne sais par quel artifice, par quel effet d'éclairage, peut-être par le procédé de solarisation, les contours paraissaient dessinés au pinceau noir, et donnaient au sujet un relief réel et surprenant. Ces objets agrandis jusqu'à deux mètres sur deux se paraient alors d'une aura d'exception, comme si l'œil les voyait pour la première fois.

J'ai trouvé les coordonnées du photographe. Il s'appelait Angelo Boschi. Il habitait Varese en Lombardie.

Je lui ai proposé de mettre notre galerie à sa disposition pendant un mois, et de partager les bénéfices sur les œuvres vendues, sans minimum garanti. Nous prenions la promotion, les frais de transport et d'hébergement à notre charge. La routine pour les galeries établies, une aventureuse gageure pour les novices que nous étions.

Il n'avait jamais exposé en Belgique. Il était ravi à la perspective de découvrir le pays de Magritte et de Delvaux.

Il m'a demandé si nous avions suffisamment de place en façade pour une photo de quatre mètres sur trois. Il fallait que je mesure. Il a insisté. Il fallait absolument créer l'événement, intriguer le passant, et pour cela, il avait déjà expérimenté un moyen infaillible : exposer la tête d'un parfait inconnu, du pays de préférence, en quatre mètres sur trois. Il devait pour cela arriver quelques jours avant le vernissage, le temps de trouver le quidam, de le photographier, de développer, de plastifier le portrait, et finalement de l'accrocher. Je lui ai dit que je ferais en sorte que ses desiderata soient respectés. Marché conclu.

333

Une cinquantaine de photos encadrées de bois blond, ainsi que deux cents catalogues ont été acheminés par camion jusqu'à Bruxelles.

Le photographe a atterri à Zaventhem le 5 avril. Je suis allé le chercher avec Rosario.

Angelo Boschi a été ravi de rencontrer l'inspecteur Bellassai et m'a félicité pour mon choix. Le sujet était parfait. Je voulais absolument que ce soit la tête de mon ami qui figurât à mon fronton. Rosario ne comprenait pas ce que j'attendais de lui. Je lui ai expliqué qu'il devait me porter chance. Il a finalement accepté, flatté mais inquiet, et a posé avec une attendrissante timidité :

« Que dira-t-on si quelqu'un me reconnaît ?

– Que tu es le meilleur flic du monde ! »

Nous avons passé quelques modestes annonces dans quelques journaux de la ville. Je savais qu'elles ne seraient pas déterminantes. Quelques affichettes sont apparues aux portes de quelques bistrots.

Cinq jours plus tard, je tenais ma première exposition. Le vernissage a été discret. Une vingtaine de curieux soi-disant concernés se sont présentés pour le champagne et les zakouski, comme le veut la coutume. Avec nos amis et ceux de Pierrette, nous étions une cinquantaine. Rien d'exceptionnel.

Mais la bouille gigantesque et malicieuse de l'inspecteur Bellassai a attiré les regards de tous les passagers des tramways, de tous les automobilistes, tous les piétons qui sont passés sur le boulevard Général-Jacques entre le 10 avril et le 10 mai 1989.

Tout a été dit, supposé, supputé, parié même.

Rosario a été tour à tour ministre, acteur de cinéma, maffieux repenti, roi du pétrole, entraîneur de football, écrivain à succès, chercheur, restaurateur, artiste peintre et j'en passe. On l'a même pris pour Angelo Boschi lui-même. Personne ne l'a pris pour un flic.

Quoi qu'il en fût, les gens entraient, ne fût-ce que pour demander de qui nous exposions la bobine. Une brave dame nous a même signalé qu'elle connaissait ce type, qu'il était son voisin, et qu'il n'avait vraiment rien fait dans sa vie qui mérite qu'on le mette à l'honneur. C'était devenu notre gag récurrent. Chaque jour, nous attribuions à Rosario une nouvelle identité. Nous l'avons même promu garde suisse au Vatican et, ne reculant devant rien, à court d'idées, nous en avons fait un transsexuel. Et les gens, une fois entrés, remarquaient les belles photos exposées, les immenses ustensiles qu'ils n'avaient jamais vus de ces yeux-là. Et ils avaient l'air agréablement surpris. Ah bon, c'est de l'art ça ! C'est aussi simple que ça ? En tout cas c'est beau ! Certains allaient jusqu'à s'enquérir des prix pratiqués. Et comme ceux-ci n'étaient pas rédhibitoires, en quinze jours à peine, nous avions collé le victorieux petit rond rouge sur tous les cadres exposés. Tout était vendu.

Ayant senti le vent dès la première semaine, j'avais rappelé Angelo Boschi qui, un peu sceptique, était rentré chez lui au lendemain du vernissage.

Trois jours plus tard, le même camion nous livrait cinquante autres photos.

Au lendemain du 10 mai, j'ai eu l'immense satisfaction d'annoncer au photographe qu'il était inutile qu'il revienne récupérer les invendus : il n'y en avait aucun. Il n'en croyait pas ses oreilles et m'a proposé de devenir son représentant exclusif pour la Belgique. J'ai accepté. Il y aura en permanence quelques photos d'Angelo Boschi au « Violoncelle bleu ».

Pierrette m'a assuré qu'elle n'avait jamais douté de ma bonne étoile. Shadia, elle, a parlé de flair.

Rosario a attribué la responsabilité du succès à la force d'attraction de son regard. Angelo Boschi lui a offert deux photos : un blaireau à barbe avec mousse, et un cendrier avec un mégot fumant. En prime, il a reçu son portrait réduit à un mètre carré.

Ce succès inespéré nous a permis d'investir dans quelques vraies toiles.

En allant rendre visite à Charlie chez sa mère, j'avais découvert l'école de Laethem, qui regroupe de nombreux talentueux peintres belges, impressionnistes, expressionnistes et cubistes du début du siècle. J'en avais visité le musée dans la ville même et acheté le catalogue.

Bien que certains de ses artistes fussent inaccessibles à mes moyens de galeriste débutant, je pense à Constant Permeke ou Gustave Desmet, d'autres, que j'admirais autant, comme Van de Woustijne, Fritz Vandenberg, Albijn van den Abeel, Floris Jespers, se monnayaient encore à des prix raisonnables. Nous avons acquis une quinzaine de leurs œuvres qui bien évidemment ne justifiaient pas une exposition à elles seules. Nous nous sommes donc lancés dans la formule dépôt-vente. Après avoir contracté toutes les assurances d'usage, nous avons passé des annonces dans les revues spécialisées comme *Belgian Art*, pour nous situer dans le paysage déjà surchargé des galeries d'art en Belgique. Nous y avons fait imprimer un florilège des passages les plus élogieux des critiques de notre première exposition qui avaient salué l'originalité et l'audace de la promotion autant que la qualité des photos exposées. « Le Violoncelle bleu » invitait les propriétaires d'œuvres de l'école de Laethem à les lui confier pour expo-vente.

Méfiance, demandes de curriculum vitae, de pedigree, nous avons eu droit à toutes les inquisitions. Nous ne nous sommes pas dégonflés : nous n'éludions aucune question, nous jouions cartes sur table. Cela a apparemment plu à quelques collectionneurs qui ont fermé les yeux sur notre inexpérience. Une vingtaine d'œuvres nous ont été confiées, dont *Rustende boeren* de Constant Permeke. *Paysans au repos*, une œuvre magnifique, suffocante de beauté, une luminosité divine, un véritable incendie sur toile. Les marchands chevronnés l'avaient quelque peu boudée parce que le tableau n'était pas des plus représentatifs du style sombre de l'artiste, plus connu pour ses personnages austères aux traits burinés, comme peints au couteau, qui garnissaient les murs cossus des richissimes industriels flamands. C'est une des fâcheuses tendances du milieu de décréter, selon des critères très alambiqués, qu'une période d'un artiste est définitivement plus riche que le reste de toute sa vie de recherche et de travail passionné. Enfin, moi je suis tombé amoureux de cette huile sur toile de plus ou moins un mètre soixante sur un mètre dix, peinte en Angleterre en 1919.

Et c'est en m'extasiant devant le magistral Permeke que

je me suis dit qu'il n'y avait pas de raisons valables pour que des tableaux de cette qualité ne soient présentés qu'au regard de l'élite de la société. J'ai quitté mon ghetto, mais je l'ai encore à fleur de peau. J'ai réagi en enfant des Marronniers, je me suis vexé une fois de plus au nom de tous ceux et toutes celles qui n'ont pas accès aux merveilles que la plupart des grands artistes ont peintes dans les mêmes conditions de vie misérable que les leurs. Et, ne fût-ce qu'au nom de ce malheureux point commun, je veux au moins faire savoir à ces laissés-pour-compte que les chefs-d'œuvre existent aussi pour eux, et que leurs yeux ont également le droit d'en graver la beauté dans leurs rétines.

Mes cours de dessin et d'histoire de l'art m'avaient permis d'étudier les secrets des grands peintres, leurs pigments, leurs savants mélanges, leur façon personnelle d'appliquer la peinture, le choix des médiums pour retarder ou accélérer le séchage de l'huile au gré de leurs besoins. Je sais tout cela. Et pourtant, je vous l'ai dit, je me suis abstenu de peindre par respect pour l'Art. Je suis incapable de créer d'après une idée originale, mais j'excelle dans la reproduction des grandes œuvres... si je les aime, condition sine qua non. Je ne veux pas devenir faussaire, même reconnu, comme certains artistes qui en ont fait leur fond de commerce. J'adore les *Rustende boeren*, ils me fascinent. Et je n'ai qu'une envie : les faire connaître à mes pairs de la Cité.

Sans arrière-pensée malhonnête, je me suis laissé aller au plaisir de les peindre, de les copier avec amour et modestie, simplement en hommage à leur créateur. Mais voici que par petits flashs successifs, cette idée dont je vous parle depuis les premières pages de mon récit s'est mise à me titiller la conscience pour finalement s'y planter de toute son insistance. Et j'en arrive à vous confier mon dilemme. Vais-je signer mon travail de mon nom ou de celui de Constant Permeke ?

La deuxième option, vous l'avez compris, peut faire basculer un acte de la sincère admiration au délit.

Aïe ! Que vous ai-je dit là ! Je vous entends déjà : « Quoi ! Nous nous sommes farci des heures de lecture pour en arriver à cette question stupide ! Mais on s'en fout, c'est ton problème, espèce de scribouillard à la manque ! Tu nous racontes allégrement que tu n'as pas hésité à pousser un homme vers sa tombe, sans scrupules, comme un primaire partisan de la peine de mort, et maintenant tu nous joues les pères-la-vertu à propos d'une signature au bas d'une croûte. »

D'accord, d'accord ! Ne vous fâchez pas, laissez-moi vous expliquer. Vous pourrez toujours vous faire rembourser par mon éditeur ou refiler mon livre à votre pire ennemi si je ne vous convaincs pas.

D'abord, croyez-moi, je suis farouchement contre la peine de mort. Et d'un ! Au moment même, à chaud, je pourrais sans doute abattre un monstre qui aurait tué un être qui m'est cher, mais si, après qu'il aurait été jugé coupable, on me demandait d'appuyer sur le bouton qui déclencherait son électrocution, je refuserais. Cela dit, si le même monstre était victime d'un accident de circulation mortel lors de son transfert au pénitencier, je ne pleurerais pas. Disons donc que Fernand Legay a eu un accident sur le chemin qui le menait vers sa prison : le mépris et la haine qu'il a engendrés au cours de son existence. Et, de toute façon, il était condamné à plus ou moins brève échéance, demandez à son docteur.

Ensuite, avec tout le respect que je vous dois, on ne traite pas la reproduction fidèle d'un chef-d'œuvre de croûte. Et de deux !

Quoi qu'il en soit, pour ceux et celles qui me suivent encore, sachez que mon tableau, ma version de *Paysans au repos*, recouvert d'un drap blanc, sommeille dans mon atelier de fortune, improvisé dans une pièce de notre appartement en demi-cercle, orientée vers le nord pour la lumière idéale.

Je suis revenu dans mon bureau pour réfléchir.

Maintenant que vous vous êtes fait une opinion, envoyez-moi les ondes de vos pensées qui me seront d'un grand secours, n'en doutez pas.

Le passereau qui a picoré mon sandwich m'a mis du baume au cœur. Son innocence à se servir de ce qu'il lui revenait de par sa fragilité naturelle m'a conforté dans mon idée folle : je vais exposer le Permeke à la Cité. Le vrai ou le faux ? En toute modestie je vous assure que la copie est parfaite, et le subterfuge indécelable. Mais ne serait-ce pas une mesquine tromperie, un manque de respect assimilable à du mépris que de montrer à mes ex-voisins la réplique d'un chef-d'œuvre, aussi réussie soit-elle. Comment réagirais-je à leur place si je découvrais la duperie à postériori ? Je me sentirais trahi une fois de plus. Ou alors, du bas de leur modestie innée, ils apprécieront quand même la bonne intention. Va savoir. Et je réfléchis, je réfléchis... Le temps s'est arrêté, pour me laisser prendre la juste décision.

Laissons passer quelques jours...

Nous voici le 8 juin, une semaine après le vernissage de mon exposition d'Art dans la Cité. Nous avions reçu quelques centaines d'œuvres, les unes plus fraîches, plus inattendues, plus éloquentes que les autres. Il y avait de tout : des crayons de couleur, des aquarelles, des gouaches, des fusains, des pastels, des lavis, des huiles sur toile, des acryliques, toutes les techniques sont représentées. Et pourtant, il n'y avait aucun concours, aucun prix, aucune récompense à la clé.

Que de bouquets, que de soleils, que de maisons entourées de jardins en fleurs nous avons reçus, peints par des enfants !

Mais aussi que de paysages miniers, avec leurs tours d'ascenseurs, leurs terrils, que de visages noirs, crispés, aux yeux exorbités, terrorisés, nous ont envoyés les adultes.

Que de rêves, que de regrets, que de blessures étalées sur quelques décimètres carrés de toile, de carton ou de papier.

Beaucoup ont voulu faire joli, et se sont appliqués à reproduire de toute leur fraîcheur d'âme retrouvée des dessins ou des tableaux existants.

D'autres se réclamaient d'un art brut digne de Dubuffet ou de Chaissac dont ils ignorent à coup sûr l'existence, et c'est tant mieux pour la spontanéité.

Des Italiens du Sud, Siciliens et Calabrais, ont recréé au pinceau de leur nostalgie les paysages de terre brûlée de leur jeunesse, avec leurs vallons plantés d'oliviers et leurs figues de Barbarie sur des murets de pierres, et dans le lointain, là où la mémoire se dilue, la timide évocation de leur village.

Quelques Nord-Africains nous invitaient à suivre les ruelles qui serpentent dans la touffeur de la nuit brune de chez eux, ou à nous rafraîchir au puits sur lequel des femmes voilées se penchent à la lueur de la lune rousse.

D'autres encore, plus rares, ont poussé jusqu'à l'abstrait, et ils ne sont pas les moins intéressants, loin de là, et chacun d'eux mérite à coup sûr que l'on se penche sur leur message secret.

Les tagueurs, prenant le risque d'être reconnus et appréhendés, nous ont confié des planches en contreplaqué sur lesquelles leurs révoltes peintes à l'aérographe ont fait exceptionnellement patte de velours. Mais les cris en couleurs, à peine retenus, désignaient encore clairement les responsables de leur mal d'être.

C'est comme si les peintres refoulés avaient attendu cette occasion depuis toujours pour enfin exprimer leurs aspirations les plus profondes. L'art était tellement plus présent que je ne l'imaginais dans la Cité, et chacun avait osé le déterrer de son inavouable jardin secret, qu'il cachait prudemment, de peur de déparer dans l'apparente médiocrité que suggère le décor.

Mais quels que soient le style, l'habileté du peintre, le dénominateur commun de toutes les œuvres a été la volonté de s'engouffrer dans une porte ouverte à une dignité retrouvée, et de s'accrocher à la chance d'exister enfin autrement qu'en tant que rebut de la société ; et c'est là que l'opération a atteint son plus grand succès, et sa finalité première.

Ç'a été une exposition pluriethnique, une fête aux couleurs de toutes les joies, tous les espoirs et toutes les souffrances de gens venus d'horizons lointains.

Une explosion de confettis jetés à la gueule de la vie moche à laquelle ils étaient condamnés et à laquelle ils ont offert un bras d'honneur.

Nous avions passé deux jours à accrocher les tableaux aux murs des halls d'entrée des différents bâtiments ; nous avions même dû déborder vers les couloirs des appartements du rez-de-chaussée.

Le 1er juin à 17 heures, c'était la ruée vers l'Art. Mais non pas l'art des marchands sur lequel on spécule, non pas l'art que l'on thésaurise, que l'on cache dans les coffres des banques suisses, mais bien l'art d'une âme qui se déclare, ce fut la déclaration des droits de l'âme.

Le ciel a été avec nous. En cette douce journée, le maire, accompagné de son échevin de la culture, a ouvert l'exposition d'un discours rassembleur devant le bâtiment F. Il a remercié tout un chacun, les participants, plus nombreux que dans la plus optimiste des estimations, et tous les bénévoles qui avaient collaboré au projet. Il a félicité les villageois pour l'effort de rapprochement entre les quartiers qu'ils avaient consenti, geste de bonne volonté qui ne pouvait être que bénéfique et qui laissait augurer d'un avenir plus fraternel. Il m'a cité en tant qu'audacieux initiateur de l'exposition, et après avoir été applaudi par la moitié du village, on m'a photographié à côté des édiles communaux. Le début de la gloire !

La foule s'est ensuite égaillée vers les différents bâtiments. Et ce fut un concert de « Oh, ah, c'est toi qui as

343

peint ça, dis donc tu as vu celui-ci, mais c'est pas mal du tout ! »

Et puis vinrent les « Ah bon, vous habitez la Cité, je ne vous y ai jamais croisé, comment vous appelez-vous déjà ? Venez prendre un café chez nous ».

Ce fut une vraie réussite dont chacun s'est réjoui. Un pont par-dessus l'indifférence. Les gens du village ont bravé pour l'occasion la mauvaise réputation de la Cité, et ont été au contraire convaincus du mal-fondé de celle-ci. On s'est parlé de clan à clan. La peur de l'autre a nettement battu en retraite, et de nouvelles amitiés se sont nouées. C'était si simple d'y penser.

Les laissés-pour-compte, les pestiférés des « Marronniers » se sont sentis pour la première fois respectés et acceptés. Il n'y a eu aucun incident de quelque ordre que ce soit. Aucun acte de vandalisme n'a été enregistré.

Les *Paysans au repos* de Permeke trônaient dans leur cadre en bois vieilli. Je les avais accrochés au mur qui fait face à l'entrée principale du bâtiment F, le mien. Un vrai soleil devant lequel chacun a fait patiemment la queue pour pouvoir se réchauffer quelques secondes aux rayons de sa beauté magique. Devant tant d'émerveillement, parfois maladroitement, mais toujours sincèrement exprimé, il était évident pour ceux qui en doutaient encore que l'Art, quand il vient des dieux, peut entrer dans l'âme de chacun, et que l'émotion artistique n'est pas que le privilège des initiés.

J'ai savouré le bonheur des gens, orgueilleux d'en être en partie l'amphitryon, et je regrette la prudence à laquelle nous avons cédé en décidant de récupérer le Permeke tous les soirs. Aujourd'hui je sais que nous pourrions sans risque le laisser sur place pendant toute la durée de l'expo. Celle-ci doit durer un mois ; elle se perpétuera certainement ad libitum, chacun estimant que nulle part ailleurs les tableaux n'auront meilleur effet que là où chacun peut les voir. Je suis certain que dans cinq ans ils y seront encore, et qu'ils feront des petits.

Comme par enchantement, les autorités se sont souvenues de tout ce qu'elles avaient promis pour améliorer la vie dans la Cité, revenant finalement au fondement même de toute politique qui se respecte.

Dans les mois qui suivront, tous les immeubles seront repeints et les graffitis ne réapparaîtront plus jamais, les ascenseurs seront réparés, l'esplanade sera réasphaltée et la plaine de jeux renouvelée. La vie y deviendra enfin décente. Toute la Cité y croit fermement, elle n'acceptera en aucun cas d'être déçue une fois de plus.

J'ai gagné mon pari. L'événement a eu un énorme impact dans la presse régionale et même nationale.

Il y a eu un seul hic.

Au « Violoncelle bleu », les artistes de l'école de Laethem attirent gentiment les amateurs. La galerie n'est pas vraiment prise d'assaut, mais le succès va en s'amplifiant lentement mais sûrement. Nous commençons même à profiter des retombées positives de mon opération « L'Art dans la Cité », la presse ayant à plusieurs reprises attribué la paternité de l'excellente idée « au directeur du Violoncelle bleu, une galerie d'art pas comme les autres », je cite. C'est ainsi que nous avons pu coller nos confettis rouges sur trois tableaux. Ce n'est pas Byzance mais c'est déjà mieux que rien. Les *Rustende boeren* dont nous avons fait notre affiche attirent et séduisent leur monde, mais le prix demandé aurait paru moins fou dans une galerie plus prestigieuse que la nôtre. Il y a sans doute une sorte de décalage entre le quartier et la qualité du tableau, qui est difficile à admettre par certains. Mais qu'importe l'écrin... pourvu que l'on ait le joyau. Et le joyau, lui, a été remarqué et convoité par des malins qui avaient l'intention de se l'approprier sans toutefois se plier à bourse délier.

C'est ce qui s'est passé la nuit dernière, à la faveur d'une panne d'électricité dans l'immeuble, savamment provoquée par les spécialistes. Et même si notre système d'alarme était de la sorte hors d'état de leur nuire, les malfaiteurs au goût aiguisé n'ont cependant daigné s'emparer que de nos chers *Paysans au repos* en les découpant au cutter. Les autres tableaux, de toute évidence, n'étaient pour eux que roupie de sansonnet, comme l'a fait remarquer Pierrette catastrophée, et on le serait à moins. Le chef-d'œuvre est assuré pour une valeur supérieure au prix demandé, notre part incluse. Mais les assurances en ont vu d'autres, et d'enquêtes en expertises diverses, avant qu'elles n'acceptent de rembourser le premier centime, les victimes auront eu le temps de fermer boutique.

Quand Pierrette nous a rejoints ce matin à la découverte du cambriolage, elle n'a pas compris mon manque d'affliction.

« C'est tout ce que tu peux m'offrir comme tête d'enterrement, toi qui étais du métier ?

— Je fais ce que je peux, Pierrette, c'est difficile de paraître triste quand on ne l'est pas vraiment.

— Ah bon, et qu'est-ce qu'il te faut pour être triste vraiment ? Que je m'écroule morte à tes pieds terrassée par une crise cardiaque ? Tu crois que ça va nous faire du bien cette histoire ? On va nous prendre pour des rigolos. Et les assurances, hein, tu crois qu'elles vont casquer sans essayer de te tirer les vers du nez ? »

Je sentais un fou rire monter en moi, j'avais de plus en plus de mal à le contenir.

Shadia me regardait du coin de l'œil, intriguée tout de même. Je l'avais mise au parfum pour la copie du Permeke. J'avais discuté avec elle de l'utilité d'exposer le faux à la Cité. Je lui avais fait part de mes scrupules par rapport à la duperie dont mes voisins d'avant seraient victimes. Elle m'avait tendrement conseillé de faire ce que mon cœur me dictait. Je la savais convaincue que finalement je me plierais à la raison et que, même s'il s'agissait d'un faux, mon intention d'exposer le Permeke à la Cité était louable.

Je repris mon sérieux de justesse.

« En fait, leur dis-je, nous ne passerons pas pour des rigolos, ni aux yeux de la clientèle, ni à ceux des assureurs, tout simplement parce que nous ne les informerons pas de notre mésaventure. »

Pierrette s'égosilla.

« Et comment ça, et qui c'est qui va le rembourser c'fichu tableau qui n'me plaisait même pas ? Bon Dieu d'bon Dieu, qu'est-ce qui m'a pris de m'laisser attendrir ?

– Pierrette, puis-je me permettre de vous dire en toute modestie que jamais je n'ai été aussi fier de moi ?

– Ça y est, il est fier de lui par-dessus l'marché, tu s'rais pas en train d'péter les plombs par hasard ?

– Mais pas du tout, Pierrette, je suis légitimement fier de moi à l'idée que j'aie pu, par mon petit talent de

347

peintre, berner des grands spécialistes qui n'ont pas pensé un seul instant que le magnifique Permeke exposé chez nous n'était qu'une copie faite de mes petites mains nues. Il n'y a que le cadre qui soit d'origine. Les vrais paysans se reposent depuis trois semaines à la Cité, et là, alors qu'on était supposés être en enfer, personne n'a eu la mauvaise idée de les emmener dormir ailleurs. Moralité : l'occasion ne fait pas toujours le larron... quand les larrons sont comblés. »

Un petit aparté vers vous qui m'avez lu jusqu'au bout, pour vous remercier de votre message, que j'ai reçu cinq sur cinq par télépathie, et qui m'a beaucoup encouragé à faire ce que j'ai fait.

Pierrette regarda Shadia qui leva les bras au ciel en soupirant « Inch'allah », et le fou rire que j'avais réprimé monta irrésistiblement du ventre des trois associés du « Violoncelle bleu » pour éclater et ricocher de mur en mur, de tableau en tableau, jusqu'à ce que tous les personnages de l'École de Laethem se tordent de rire.

Épilogue

Le temps a passé. Dix ans... comme un seul homme.

On ne parle plus de Fernand, mais bien de sa fille qui a repris la direction de l'entreprise paternelle. Elle est épaulée par l'inénarrable Firmin et Jean-Guillaume Meunier, mon ancien copain de classe, Jean-Gui pour les intimes qui, après avoir offert une silhouette de naïade à sa future épouse, a réussi son examen d'accès à la profession de croque-mort. Il est diplômé en techniques des pratiques funéraires. Hé oui, les autorités compétentes sont devenues très sévères pour barrer la route à certains abus. Il paraîtrait qu'avant la nouvelle législation, n'importe qui pouvait s'autoproclamer « spécialiste en obsèques et funérailles » dans le seul but avoué d'exploiter les familles endeuillées. Quelle idée ! Est-ce possible ? Je tombe des nues. Tout va changer maintenant avec Jean-Gui.

Françoise est une bien belle femme aujourd'hui, et surtout, elle est épanouie. Grand bien lui fasse. Où sont passés les trente kilos qu'elle a perdus ? Ai-je le droit de les regretter ? Bof ! Bof ! Et rebof !

Entreprenante comme elle a toujours été, et sans doute

encouragée par son Jean-Gui aux dents longues, elle a décidé de réaliser le complexe funéraire dont rêvait son père, à quelques pas du cimetière, sur l'hectare de prairie que Fernand le prévoyant avait acquis depuis belle lurette. Les plans existaient déjà, fidèles aux aspirations expansionnistes du roi Legay. Plus rien ne peut arriver aux morts de la région sans que le Complexe Legay n'en fasse ses choux gras. C'est le supermarché de l'au-delà. Même la morgue du cimetière est privée de ses pensionnaires, puisque Fernand avait prévu une chambre froide. Le curé, lui, s'est découvert des orateurs concurrents appointés par Legay S.A., laïques certes, mais plus zélés qu'il ne l'était lui-même le jour de son ordination.

Cercueils, tombes, caveaux, funérarium, crématorium, fleurs, tout se vend ou se loue chez Legay. Vous y trouverez même une compagnie d'assurance pour obsèques en viager, auxquelles les Héritiers Legay s'engagent moyennant le payement à crédit de leur coût, du vivant du client jusqu'à sa mort, ce qui leur permettra parfois de toucher trois fois le montant du devis initial. Bien joué !

« Le père en a rêvé, la fille l'a réalisé », dit-on dans la région avec admiration et envie.

Pierrette a rencontré Rosario. La mère maquerelle en retraite a craqué pour l'humour, le flegme et la philosophie de l'inspecteur aux sept vies. L'attraction des extrêmes. Je les ai inscrits au Tango Club, et ils ont trouvé le synchronisme de leurs pas, ils ont entrepris de faire un bout de chemin ensemble pour essayer de comprendre lequel des deux a le plus manqué à l'autre. Rosario avait quelques années de tendresse à rattraper et Pierrette en a refoulé, emmagasiné des tonnes. Apparemment, le stock n'est toujours pas épuisé. Rosario s'est acheté une minuscule lampe de poche qu'il allume chaque fois qu'il veut tenter un trait d'esprit face à Pierrette. Si vous avez la chance de passer une soirée chez eux, face au parc de Mariemont, dans la demeure de Mme Dupré Santini, et un jour qui sait, Bellassai, vous entendrez une conversation entrecoupée de silences, ponctuée par des soupirs et des « Il m'énerve, il m'énerve... mais j'l'aime cet inspecteur de mes... ».

Roland s'est volatilisé. Parfois je le devine dans certaines ombres qui traversent le regard de Pierrette. J'ai cru comprendre qu'il se tient à carreau, quelque part au soleil, du côté de Formentera, l'île des Baléares la mieux préservée. J'ai entendu sa mère évoquer un possible voyage d'agrément et « d'affaires » dans ces parages. Rosario pourrait peut-être le raisonner et lui faciliter une réinsertion. Au risque de provoquer l'irrémédiable tempête familiale.

En attendant, notre Colombo préféré court toujours après le dépeceur qui dépèce à tout va.

Dépeçons-nous avant qu'il ne soit trop tard semble être le slogan des partisans du séparatisme. La Belgique est toujours cet étrange animal hybride à tête de coq devant et tête de lion derrière qui ne peut donc pas éliminer puisqu'elle n'a pas de trou de balle. Comment voudriez-vous qu'elle ne soit pas malade ?

Les pédophiles défilent et se refilent les bons tuyaux.

Les tueurs du Brabant wallon se voilent toujours derrière leur épais mystère.

Bruxelles bruxelle de moins en moins comme Brel l'a constaté depuis belle lurette.

Elle est la capitale d'une Europe qui dérape.

Mais on s'en sortira... Souriez, vous êtes filmés.

Moi, je suis toujours dans l'art. J'ai gardé la nationalité italienne par fidélité à mon père et à mes racines. Et un peu par défi sans doute, étant donné qu'on n'a toujours pas dissocié l'image de la Sicile de celle de la maffia, malgré les millions d'honnêtes gens qui ne veulent plus en entendre parler, malgré les juges qui se succèdent dans la lutte contre le mal honteux et qui n'hésitent pas à prendre la place du dernier mort. Je veux honorer ma Sicile. Oui, je suis sicilien.

« Le Violoncelle bleu » a déménagé aux Sablons, et la famille Croce à Rhodes-Sainte-Genèse. Le chic du chic, dans les deux cas. Je peux dire que j'ai pignon sur rue. On vient de partout pour m'acheter ou me proposer des tableaux. Je me suis fait un nom par quelques opérations audacieuses qui ont frappé les esprits. Tout ayant déjà été fait, mais pas forcément chez nous, j'ai tout refait, et même pire.

Après l'exposition à la Cité, j'ai investi des lieux inattendus pour des happenings artistiques.

Le spécialiste Christo qui « entoile » des sites historiques ou patrimoniaux étant hors de prix, j'ai lâché l'art dans la nature.

D'abord, j'ai fait plaisir à Pierrette. Dans le parc de Mariemont, en face de chez elle, j'ai exposé des tableaux vivants. *Le Déjeuner sur l'herbe* de Manet, *Le Moulin de la*

Galette de Renoir, la *Descente de croix* de Rubens, l'*Arlequin sur un ballon bleu,* de Picasso, et j'en passe, rien que du très classique. Énorme succès de foule. Bien sûr, je n'ai vendu que des photos des compositions vivantes et des reproductions des chefs-d'œuvre originaux, mais Pierrette était comblée, et cela faisait plaisir à voir. Cela m'a permis d'emmener mon associée plus loin, vers des expériences plus ambitieuses, et d'attiser la curiosité autour de mon nom. C'était toujours cela de pris, sans impôts jusque-là.

Ensuite, j'ai dressé de gigantesques totems de toutes les couleurs dans des usines et des charbonnages abandonnés où se promenaient des troupeaux de moutons gardés par des bergères nues ; la musique sérielle aidant, les critiques y ont perçu le mystère de l'île de Pâques. Quelles antennes !

J'ai mis des hommes en cage avec des singes en liberté qui les regardaient de l'extérieur. Cela a plu aux écologistes.

Pour créer l'événement, j'ai défié un peintre, dont je n'avais pas dit que du bien, lors d'un match de boxe règlement de comptes. Bien entendu, le ring était monté au milieu de ma galerie, et le match eut lieu une heure avant le vernissage de l'exposition du même artiste que j'avais habilement préparée. Le public s'est régalé. Mon adversaire avait de beaux gants rouges, les miens étaient bleu électrique, comme le violoncelle. Nous avons été déclarés ex-aequo à l'unanimité. Le peintre a bien joué le jeu. Ses œuvres se sont bien vendues, et nous sommes devenus amis.

Dans une église désaffectée, j'ai installé des « buts » de football devant lesquels des employés modèles habillés de noir, à genoux, en chapeau boule et attaché-case, « à la Magritte » scandaient d'incompréhensibles incantations en

353

levant les bras au ciel. Les catholiques ont ri jaune, mais la presse de gauche m'a encensé.

Ne reculant pas devant l'esbroufe, j'ai fait des fissures aux murs et je les ai exposées dans des cadres vides, pour insister sur la permanente et consciente supercherie d'une certaine forme d'art. J'ai participé au marché de dupes officiellement instauré tout en critiquant habilement ce dont je profitais. Bref, je suis un marchand d'art et j'ai la couleur du temps pour bible.

Ma sœur Sarina vient parfois me rendre visite avec la toujours adorable Aurélia qui est une belle jeune fille maintenant mais qui n'oublie pas son « tonton aux oiseaux ». J'essaie de les gâter toutes les deux à l'insu de leur père pour qui je suis toujours à la solde de Satan dont je vends les œuvres lubriques et fétides. Que Dieu le bénisse.

En parlant de Satan, 1989 avait été une année d'enfer. Je débutais au meilleur moment. Tous les prix flambaient, tous les records étaient battus. J'ai beaucoup vendu. Et même si l'euphorie s'est un peu calmée dès 1990, ma progression a été assez constante pour que je puisse enfin passer dans la catégorie supérieure, celle qui tutoie les inaccessibles.

J'ai encore un autre rêve, fou certes, mais je compte encore sur mon porte-bonheur Shadia pour le réaliser. J'aimerais, dans quelques années, pour couronner ma carrière de galeriste, alors que je ne suis toujours pas obsédé par l'idée de possession, j'aimerais, disais-je, pouvoir me permettre l'achat du plus petit des tableaux de la série que Claude Monet a peints à Giverny entre 1915 et 1920, vous savez, ces délicieux nénuphars qui portent le nom de ma fille de quatre ans : Nymphéa.

J'aimerais tant pouvoir le lui offrir.

Je l'ai entendue fredonner une nouvelle version de « Pandi, Panda », l'inoffensive et enfantine rengaine de Chantal Goya qui vient d'être réactualisée pour célébrer un angélique pasteur hongrois qui a honoré la Belgique de sa présence :

Pandi, Panda,
la fille et le papa
ont coupé en morceaux
la mère, le frère, la sœur.
Pandi, Panda
la fille et le papa
ont jeté dans le ruisseau
les restes des gêneurs !
La la la la la
la la la la la !

Vous voyez qu'au train où vont les choses, j'ai intérêt à préparer au plus tôt un écrin de beauté pour mon innocente Nymphéa.

J'ai gardé des amis de la première heure, Rosario en tête, mais je fréquente aussi les artistes dont je vends les œuvres, ils ont porte ouverte et leur couvert chez nous. Shadia fait le meilleur couscous du monde. On nous invite aussi.

Dernièrement, nous avons été conviés à une surprenante fête mexicaine en costume. Drôle d'idée en plein Bruxelles, me direz-vous. Il s'agit en vérité d'une jolie histoire. Lors de leur voyage de noces au Mexique, notre hôte, un grand collectionneur, a offert à sa jeune et ravissante épouse une magnifique robe ayant appartenu à Frida Khalo, femme peintre mexicaine, emblématique pour son talent, mais aussi pour son courage à surmonter le handicap physique qui s'est abattu sur elle. Avec son non moins célèbre époux Diego Rivera, ils formaient un couple mythique. De retour en Belgique, la robe s'est avérée impossible à porter dans un contexte normal, et aussi belle soit-elle, en velours de soie bordeaux et bleu nuit, avec sa crinoline, ses abondantes dentelles, ses délicates broderies, il était évident qu'elle venait d'un autre temps ou de l'atelier de couture d'un théâtre antique.

Qu'à cela ne tienne. Le mari ne s'est pas démonté. Voulant absolument satisfaire l'envie de sa femme de s'identifier, ne fût-ce qu'un soir, à son idole, il a loué le magnifique château de La Hulpe pour y organiser une fête en son honneur. Quand les trois cents invités se sont présentés en sombreros et mantilles, la réincarnation de Frida Khalo, d'une irréelle et intrigante ressemblance, les accueillait sur les majestueuses marches de marbre. Ce fut une des plus belles fêtes auxquelles j'ai eu la chance d'assister.

Le repas, à la hauteur de l'évenement, était préparé par un des plus grands chefs de Belgique. Chacun participait, sans arrière-pensée, au bonheur qui irradiait de ce couple qui s'aimait et qui avait les moyens de le faire savoir.

Grand bien leur fasse. J'aimerais tellement que tous les amoureux du monde disposent des mêmes moyens pour fêter leur passion. Sincèrement.

Au risque de vous désorienter, j'affirme que Shadia est la femme de ma vie, indubitablement ; même si elle a tardé à se faire connaître et même si elle ne prend qu'une petite place dans mon récit. J'espère que l'avenir me permettra de lui consacrer une bibliothèque entière. Elle le mérite. Notre mariage a été célébré au son des darboukas et des mandolines réunies dans la joie et l'amour. Nous nous étions promis de garder le meilleur de nos cultures respectives. Comme le veut sa tradition, un jeune garçon du nom sacré de Mohamet a noué la ceinture de sa robe de mariée. Elle irradiait de ce bonheur passionné et tranquille qu'elle me donne sans retenue depuis notre rencontre. Comme elle a une intelligence de cœur hors du commun, je la sais assez bonne pour comprendre et admettre une idée qui aurait pu la faire souffrir : j'aurais tant aimé offrir cette fête mexicaine à Charlie, du temps où elle illuminait ma petite existence. Peut-être avait-elle besoin de cette aune mirifique pour y mesurer l'amour céleste que je lui vouais. Céleste mais irréaliste. Elle m'aurait quitté quand même, je n'en doute plus aujourd'hui, mais au moins, je pourrais dire que j'aurais vraiment tout fait pour elle, alors qu'avec le recul, je me rends compte que je ne lui ai offert que du médiocre, et que je dois considérer ses deux années de présence dans mon cœur comme un somptueux cadeau de sa part. Pauvre Charlie, son rêve s'est réalisé à son insu, son agresseur a été puni par le ciel, mais cela ne la remettra pas hélas sur le chemin du paradis qu'elle cherchait au prix de quelques détours par l'enfer.

Un jour, pour lui arracher un vrai sourire qui monterait du fond de son âme muette, pour aller s'étaler comme un baume sur la fêlure de son esprit, j'organiserai une ronde autour de sa maison. J'inviterai Reuze papa, Reuze mama, Pitje, Mitje et Betje, Tintin Pourette, Marie Gaillette, Phrasie, Totor, Julia, Zef Cafougnette, Pierrot Bimberlot, Binbin, P'tit Frère le Pêcheur et bien d'autres géants. Ils se donneront la main et chanteront pour elle une comptine qu'elle comprendra, dans sa langue de petite fille condamnée à l'enfance... à perpétuité.

À mon père, à ma mère, aux autres parents dont j'évoque le souvenir et qui sont partis trop tôt également.

Merci à :

Fredo, Barbara, Jan Hoet, Pierrette, Rosario, Gérard
qui m'ont inspiré chacun à leur façon.

Rony, Tibet, Alain Locoge, Meur Vandendael, mon beau-père,
Lino, Felice, Dominique, Pierre et autres amis et amies
qui m'ont raconté des choses...

Olivier Minne, David, Tina, Joseph, Lara, Maryse, Didier, Maurice
qui m'ont documenté.

Giovanna qui m'a trouvé un éditeur (et quel éditeur !).

Jérôme Duhamel et Marie-Paule Rochelois
qui m'ont lu, relu, conseillé et corrigé au besoin,

ma famille, mon foyer, mon nid au sein duquel j'ai trouvé
l'affection, la complicité, la compréhension et la sérénité qui
m'ont permis d'aller jusqu'au bout de mon idée.

J'ai pris quelques libertés vis-à-vis de la géographie de la Belgique et de la chronologie de quelques-uns de ses événements marquants, notamment en ce qui concerne le dépeceur. Nos années 90 ayant été suffisamment horribles, je les en ai soulagées au détriment des années 80.

*La composition de cet ouvrage
a été réalisée par I.G.S. Charente Photogravure,
à l'Isle-d'Espagnac,
l'impression et le brochage ont été effectués
sur presse Cameron dans les ateliers
de Bussière Camedan Imprimeries
à Saint-Amand-Montrond (Cher),
pour le compte des Éditions Albin Michel.*

Achevé d'imprimer en septembre 2001.
N° d'édition : 19151. N° d'impression : 014100/4.
Dépôt légal : octobre 2001.